敲門

笭菁

著

目錄

CONTENTS

禁忌・敲門

禁忌・借胎

自序

這是《禁忌》系列第一彈。

古今中外，只要有人的地方就有禁忌，更別說中國人的禁忌喔，真的要寫可能可以出成好幾本書，在圖書館還借得到。

而許多禁忌聽起來令人狐疑、令人莞爾，還有的會叫人啼笑皆非，找不著根據。

但有沒有可能，禁忌確有其根據，只是隨著時間流傳，被歪曲了、被淡化了？

因此我挑了一個最簡單，也最平易近人的禁忌，每個人都聽過、每個人都會遇到，甚至大家可能都做過。

「心」是主宰善惡的根源，很多事情的轉變都在一念之間，信念可以驅動我們意想不到的好事，甚或壞事。

至於裡頭的人物，各有其特色，他們將是《禁忌》系列的主角群，別覺得他們怎麼老是會犯禁忌——畢竟在日常生活中，禁忌百百款，總是會不小心觸犯一兩個，說不定犯了你自己都不知道呢！

嘿嘿……請認真的翻開下一頁吧！

敲門

P.S. 本篇故事的場景、某些內容，還真有其事，確有其景，源自笭菁特別的高中畢旅喔！

禁忌

敲門

—楔子—

女孩沒命的、不停的往前跑。

走廊卻像是無止境般，越跑越長，永遠都跑不到盡頭似的。

她臉色蒼白，雙唇發顫，她表情驚恐的用眼尾瞥著右方的房門號碼，一間又一間的飛掠。

0504、0505……0506，房間一間間挨著，卻也在她抵達門口的瞬間開啟。

房裡的燈光閃爍明滅，裡頭的顏色是混濁且窒悶的，明明空無一人，門卻被用力拉了開，還向後甩上了牆，發出令人心驚膽顫的碰撞聲響。

「不……救命！誰來救我！」女孩邊搖著頭，淚如雨下，還一邊沒忘記拔腿狂奔。

突然一個失神，她被走廊上早已泛黑發霉的紅地毯絆了跤，整個人重重的跌上了地。

她正跌在0510的房門口，而房門也在她倒下的那一刻，倏地開啟了！

女孩全身不住的發抖，她根本不敢往旁邊瞧，因為她聽到了、她聽到那制式的腳步聲，正吃力的從那間房裡傳來，正……向著她走來。

喀噠……喀噠……喀噠……喀噠……

「為什麼會這樣……拜託你們……我不是故意的！我不是故意的啊！」女孩哭號著，慌亂的爬起身，趕在那腳步聲逮到她前逃離！

不能被抓到！她清楚的知道，絕對不能被抓到啊！

眼看著走廊的盡頭出現了，那是個彎道，她不顧一切的只想逃離這裡，一定要離開這一條走廊！

只是當她這麼想著時，彎道那端所有的燈突然滅了！走廊盡頭的世界頓成一片黑暗，讓女孩清楚的知道她絕對不能跨越過去！

然後呢？難道要她回頭嗎？

不——她不能回頭，就算跳下樓，她也沒有回頭的餘地！

女孩幾近崩潰的緩下腳步，她站在0513的門前，但門並沒有開。

她看著彎道前的一片黑暗，一旁牆上的房號指示標記，還有後頭越來越近的腳步聲。

喀噠……喀噠……喀噠……喀噠……

跳樓！跳下去好了！這裡只是五樓，賭一把定生死，她也不想被活生生的擄獲！

她只能往前看，沒有回頭的勇氣……然後，她終於意識到右手邊的房門並沒有開啟。

這彷彿是黑暗中的一盞明燈，那表示這間房間並沒有被惡意的佔據，或是具有邪惡的力量……

女孩的腎上腺素頓時飆漲，她瘋也似的撞門，這是棟年代久遠的小旅館，單薄的門與簡單的鎖，一點也敵不過女孩用生命撞擊的力氣。

門被女孩撞開了，那喀噠的腳步聲就在身後，她飛也似的衝進房裡，把門緊緊關上。

門被她撞壞了，那鎖不起來怎麼辦？她用盡力氣壓住門板，聽著那停在她房門口的腳步聲。

喀噠……喀噠……喀噠……喀……

沒有聲音……外頭變得一片死寂，完全沒有聲音。

接著，突然傳來某人奔跑的足音——有人正呼喚她的名字！

她深怕那是陷阱，不敢輕舉妄動，她的淚無法扼抑，恐懼深深的植進她的心底。

壓著門板的手是蒼白而顫抖的，聽著門板的頭是僵硬的。

「怎麼跑那麼快？一下就看不見了？」聲音來到她的門前。

「會不會下樓了？這旁邊就是安全門了！」另一個聲音狐疑的說著，「奇怪……可是我沒聽到腳步聲啊！」

安全門？女孩瞪大了眼睛，這間房間的隔壁怎麼可能是安全門？那明明是另一條接續的彎道走廊啊！

「先回去好了……我覺得不太對。」一開始的聲音這麼說著，躊躇著。「她應該是跑出去了，等一下就回來了。」

「……」另一個聲音沉默了，「她可能回不來了。」

「嗯？是不回來吧？你詞怎麼用的！」

「喔，抱歉抱歉！沒事，我們回去吧！」那聲音突然敲了敲她的門，但發出的卻不是木板門的聲響。「怎麼老是說不聽啊……」

兩個聲音漸行漸遠，女孩全身冰冷，她想著安全門的消失、彎道走廊的突然出現，還有後面那位同學詭異的話語——為什麼她回不去了？

什麼又叫做說不聽……

『嘻嘻……妳怎麼總是說不聽呢？』

詭異的女孩尖笑聲，從女孩身後傳了來。

喀噠……喀噠……喀噠。

女孩僵直了背脊，連奪門而出的力氣都失去了。

『想進來就進來啊？真沒禮貌……』

她緩緩的回首，房內一片不透光的絕對黑暗，她只能看到一個光點，還有那前所未有的壓力，正朝著她飛襲而來。

她不知道什麼東西，但那東西正朝著她飛過來！

那一瞬間，她突然想到，剛剛外頭牆上的走廊房間標示。

這條走廊，只到 0512 號房。

她站的位置，應該是……一片白牆——咚！

第一章 Check-in

一長列的大型遊覽車緩緩在市區中停下，車上的學生們正興奮莫名的往窗外看，期待著今晚入住的旅館，是否跟昨日一樣豪華舒適。

這是某國中的畢業旅行，眼看著是最後一晚了。

I號車上的學生們也吱吱喳喳，部分的人已經收拾好準備下車了，另一部分的人則還癱在椅子上，為昨晚通宵打牌而補眠。

由於是最後一車，大家都收好行李，準備趕快進旅館休息睡覺，車上一片嘈雜。

車子的最後方熱鬧非凡，頭上夾著小花夾的女孩就叫小花，正吱吱喳喳的抱怨這條街上沒一棟看起來豪華的旅社；坐在她身邊別了個幸運草髮夾的叫小草，若有所思的低著頭，她跟小花是死黨。

她們身後站著一位短髮的女生，身高很高，又非常健美，但意外的有張相當清秀的臉龐，正趴在小草座椅上跟小花聊天，她是體育健將王羽凡。

她邊扯開嗓門說話，一邊瞄著和小草隔了條走道的男生。

怎麼那麼會睡啊……她越說越大聲。

走道隔壁那位看似正熟睡的男生，偷偷的扶了扶眼鏡，皺著眉頭，實在有夠吵的！難怪有人說三個女人就可以組成一個菜市場。

「不要吵！大家準備下車了！」惟中在前方高喊著，「注意帶齊所有的東西！」

高惟中並不是I班班代，但是他是前任的學生會長，一直是個頭兒，加上天生的王者氣勢使然，隨時隨地都以領導人自居。

「收一收了！欸！阿呆！你該醒了！」真正的班代由後拍了拍很想繼續睡的眼鏡男孩。

I班班代穩重異常，他的穩重指的不只是個性，還外加……外型。身高並不高，矮矮壯壯的，卻沒給人遲鈍的感覺，取而代之的是一種內斂的早熟。

他注意的是細節，例如關心還疲累的同學，而不是在前頭吆喝。

阿呆不情願的坐直身子，用力伸了伸懶腰，他沒什麼好收的，沿路他都只顧著睡而已。

他的位子在倒數第二排，自然是等到大家都走完才下車，即使他坐在前面，也得等大家都走後才能走……

「阿呆！你很慢耶！」一下車，羽凡就對他抱怨著。

「哎喔！大家不是都擠在外面？分房間哪有這麼快？」阿呆歪了歪頭，一副泰然。

「阿呆！」有調皮的男生從後頭經過，順道擊了他的頭一下。

噯！阿呆的眼鏡被震了下，掉到鼻梁中間！他緊閉上雙眼，皺著眉頭，來不及撫頭，只急著把眼鏡扶正。

「你們不要鬧他啦！」羽凡厲聲喝止，「阿呆！你幹嘛都無所謂，任大家整你啊！」

「啊？沒有啊！」阿呆扶好眼鏡，只是淡淡的笑笑。「大家只是跟我開玩笑而已啦，呵呵呵！」

「呵你的大頭鬼！」羽凡不高興的嘟囔著，阿呆就是這樣，有夠沒用，才會被大家欺負著玩，然後叫他阿呆！

因為他就是個大呆子！

分房的速度比想像的慢，老師們按照車號來分，惟中早就去幫別班班代發鑰匙去，反正全校都認識他，好做事得很。

畢旅通常都是四人一房，小花、小草、羽凡跟美娟聚在一起聊天，小花邊豎起耳朵聽自己的房號，而阿呆的室友業已拿了鑰匙飆上樓了。

只是分到最後，有三個房間沒有鑰匙。

原來是這間旅館有一層的空調壞了，偏偏來不及修，雖然硬把所有的房間騰出來，但還是少了三間房。

現在又正值畢旅季，附近所有的旅館幾乎都滿了！老師們開著緊急會議，畢竟有經驗，惟中迅速的吆喝拿到鑰匙的同學先上樓，現場人是越少越好，免得亂七八糟。

最後，旅館負責的幫他們找到這條街的另一間旅社，只剩他們還有空房。

萬不得已，能睡就好，老師們也不好抱怨什麼；只是跟出來的老師不多，總不能全部的老師都過去，這成了棘手的問題。

「老師！我自願過去！」惟中自告奮勇的高舉起手，「阿呆也自願！」

嗄？阿呆一臉錯愕，他明明已經跟別人同房，也有鑰匙了啊！不過，他瞥了羽凡一眼，隨便啦，他是隨遇而安的類型嘛！

「老師，我也自願去住！」班代當然絕對是自願者。

「那、那我也自願好了！」一聽到阿呆要過去，羽凡立刻高舉了手，一臉興奮的模樣。

「啊……不對，我本來就沒拿到鑰匙……嘿！」

她們四個女生一間房，她們全是落單群。

訓導主任因為惟中跟班代都過去，一整個放心許多，而阿宏原本就跟惟中一房，所以四男四女，外加四位老師，圓滿解決了這個問題。

街頭的那棟旅館很快就派人過來，親自把鑰匙交給老師們，並且在老師的簿子上也登記了房號，便在那兒等著領路；以普通旅社來說，這樣的服務倒是優等。

一間房間配有兩支鑰匙，學生們都在五樓，老師卻落在三樓，旅社的理由是因為只剩三間房，不得不這樣分。

精疲力盡的大家也無心計較，只求快點入住就好。

羽凡偷偷看向阿呆，他正看著那間旅社的人員，認真得有些驚人……或說呆滯比較恰當。

「喂！你不甘願就要跟導師說啊！」羽凡走到阿呆身邊，「幹嘛讓那個囂張的高惟中擺佈你？」

「沒關係啦！算了！」阿呆又是傻笑，「反正大家也都在一起！」

真是不可思議，怎麼有人可以這麼不計較的？

她永遠記得，第一次跟阿呆說話的情況。

她國二才轉過來，因為身高很高，又是運動健將，一轉來就成了話題人物；有很多男生在追她，可是她現在根本不想談戀愛。

而某一天，阿呆走到她的位子邊，當著全班的面很大聲的說：「我喜歡妳！」

她整個人都嚇傻了！站在她眼前的是個身高比她矮小很多的瘦小男生，戴著一副大大的青蛙框眼鏡，像脆笛酥男孩的瀏海，整個人簡直是誇張到要命的俗！

她來不及回神，惟中那一票開始捧腹大笑，她才知道，阿呆是班上的弱勢族群，被欺負著玩，他那天是被惟中逼著玩國王遊戲——跟王羽凡告白。

阿呆衝著她說對不起，傻笑的樣子讓她覺得很難過，她厭惡同學之間這種惡形惡狀，沒有誰有權利欺負任何人。

但是……她一直以為被欺負的人都是悲劇人物，直到阿呆這傢伙打破了她的既定印象。簡直就是白痴！又呆又傻，什麼都無所謂，好像永遠搞不懂人家在整他！不過可能是他實在太好笑了，他們不會對他出重手，通常只會使個小詭計而已。

阿呆全身上下都很怪，頭髮矬、眼鏡呆、動作說話都像傻子，手上除了戴手錶還外加兩條大佛珠，最不搭調的是他兩隻耳朵都有穿耳洞、還戴著耳環咧！

這是她看過最不協調的男生了！最詭異的是，學校竟然沒刁難阿呆！還說什麼因為家庭因素，准許他戴著耳環光明正大的來上學！

怪咖！阿呆都快成為鎮班之寶了！

「好了！我們走吧！」惟中高聲吆喝著，像個領隊兒率先踏開步伐，帶著大家往前走。

班代也揹起行李，沉穩的他總是殿後，默默的算著人數。

「咦？阿宏呢？」班代注意到男生少了一個人，然後……「小花，美娟呢？」

「美娟……」小花左顧右盼，「我不知道耶，她剛剛拿了鑰匙後……就不見了？」

「噯呀！一定是那樣啦！」小草不大開心的嘛起了嘴，「美娟跟阿宏不是……那個嗎？」

小草用嘴型悄悄的說著，他們兩個是情侶，一定是美娟先拿到鑰匙，兩個人就先到旅館去甜蜜了啦！

「真是的！怎麼可以擅自脫隊？」惟中也不大高興，「一點紀律都沒有！等一下見到要教訓一下！」

你以為你是誰啊？羽凡小聲的抱怨著，她一點都不喜歡惟中的自以為是，也不過是當過一屆的學生會長，氣燄沒必要那麼高吧？

大家都是同班同學耶！看看班代，胖歸胖，做事超有責任感又穩重，最重要的是人家很謙虛！

一行人走到大街上，旅館人員親切的帶路，並指向遠方一棟建築物，笑容滿面的介紹著。

「前面那棟最高的建築，就是我們的旅館喔！而且也是這附近歷史最悠久的旅館呢！」

大家往遠處瞧，為什麼旅社人員指的那一棟……有點灰暗呢？附近街道明明都點著燈，更別說這邊還是熱鬧非凡的夜市，偏偏這些光像照不進那棟旅館似的？

三個女孩緊張的面面相覷，羽凡還緊張的用手肘頂了頂身邊的阿呆，為什麼那棟像極了電影裡的鬼屋？

阿呆沒吭聲，他遠望著那棟旅館，眼鏡下的雙眼有點呆滯，被羽凡一頂，輕扶了扶眼鏡，轉過頭對羽凡笑。「怎樣？」

「你不覺得那棟旅館很怪嗎？」礙於旅社服務人員在場，羽凡壓低了聲音。

「不會啊！」阿呆果然又這樣！

羽凡扯扯嘴角，跟阿呆多說無益，只好帶著忐忑不安的心，持續往前行進；因為氣氛丕變，導致原本想逛夜市的話題，瞬間改成，在外住旅館的禁忌大全。

什麼進門前要敲門或按個門鈴啦，進入後要禮貌的告知要打擾一晚，然後要先按沖水馬桶把不好的東西沖掉、打開衣櫃跟抽屜看有沒有貼符在那兒，床墊要掀開，說不定床底有祭拜過的香……

越說，大家越毛。

等到了那間非常「有歷史」的旅社時，大家都傻了，從外觀來看，老闆可能有心要讓這棟旅館變成古蹟似的，沒有添置任何招牌或是燈泡，怎麼看都是一棟風燭殘年的深灰色建築，勉強的屹立在這裡。

惟中昂首看著這整棟建築，也不過四、五層高，再回首瞧著身後女孩子的蒼白臉色，他嗤之以鼻的輕笑。

「妳們是怎樣啊？」

「感覺很怪耶！」小花覺得背部有點涼，湊近小草。「小草，我們回去跟老師們換好不好？」

「厚！沒、沒關係啦！不要再走回去了！」羽凡大聲抗議，除非阿呆也一起，要不然她才不要換回原來的旅社！

小草有點失神，她勉強抬頭笑笑。「沒關係啦，大家都在一起，惟中說的也對，只是舊了點而已啊！」

小花噘了嘴，只是舊了點不打緊，問題是她心底涼啊！

「子不語怪力亂神，OK？」惟中大步跨進旅館。

「你沒聽過寧可信其有嗎？」小花跟在後面嘟囔個沒完。

這氣氛真熱鬧，就算有鬼也被嚇走了吧？羽凡不禁咯咯的笑了起來。

櫃檯邊站了一個詭異而削瘦的男子，他瞥了他們一眼，然後低聲跟領他們前來的服務人員說幾句話，就回頭做自己的事。

「你們的房間是501跟502，聽說你們已經有兩位朋友上樓了。」服務人員親自為他們按了電梯。「電梯有點小，一次可能只能坐四個人……」

「女生先上去好了！」惟中又下了決定，「阿呆，你跟她們一起上去！」

「啊？可是……」阿呆困擾的頓了一頓，「我想先去買東西耶！」

羽凡訝異的轉向他，怎麼突然要買東西？

「我有的紀念品沒買到，沒買到我會被罵死……」阿呆尷尬的蹙著眉，「羽凡，妳陪我去好嗎？」

「好哇！」連猶豫也無，羽凡大聲的應好。

然後現場六個人頓時少了兩位，還真剛剛好，兩男兩女正好可以同時坐一部電梯上去。

「真是……手機要開喔！我覺得主任會突然殺過來，十一點前要回來！聽見沒有！」惟中不大高興的敲了阿呆的頭一下，「行李我幫你拿上去！」

「不、不必……」阿呆飛快的護住行李，深怕給惟中拿上去，說不定回去時連內褲都被拿出來展示了！

「你幫我拿上去吧！」羽凡也知道惟中的爛個性，趕緊把自己的行李丟給他，不讓他有搶阿呆行李的機會。

惟中撇了撇嘴，一臉失策的模樣，但還是禮貌的接過羽凡的行李。

「喂！記得帶點宵夜回來！」惟中朝著阿呆說，跟著是一串菜單，旁人都沒有插嘴的機會，他天生霸氣，小花她們也懶得跟他爭，反正他點的那一堆恐怕也吃不完。

怕是怕阿呆跟羽凡沒有手拎回來。

羽凡心裡不大高興，但還是點了頭，拉了阿呆就走，只是才要走，阿呆突然又回了身。

「小花！不要忘了剛剛提到的那一堆步驟都要做喔！」阿呆搔了搔頭，「什麼敲門按門鈴的，還有洗廁所是不是？」

「沖馬桶啦！」小花大笑著，還洗廁所咧！

哼！惟中揚起不屑的神情，逕自先進入電梯裡，目送阿呆他們離去。

敲門

一群人擠在超級狹窄的電梯裡，惟中還得彎著腰才不會頂到天花板；電梯又舊又髒，腳踩著的「黑色紅毯」根本全是黑色黴菌。

好不容易到了五樓，他們幾乎是逃出電梯的。

「好噁爛！我是不是吸進一堆黴菌的孢子啊！」小花裝模作樣的呸了幾口。

「我比較想吃饅頭！」惟中哈哈哈的大笑起來。

真是夠了！小花用力拉過小草，快步走到 502 號房門口，小草拿著鑰匙，準備插入。

「欸！等一下！要先敲門！」小花制止了她，「不然就要先按門鈴……厚，這家旅社陽春到爆，連門鈴都沒有！」

「拜託！都是鑰匙而非磁卡了，妳還在笨喔！」惟中站在 501 號門口高聲說著，「而且為什麼非得敲門不可？」

惟中扔出問題，小花一下愣住了。

「因為、因為要……通知裡面的人，我們要打擾一晚啊！」小花想起媽媽交代的，「要有禮貌，才不會把裡面的人嚇到。」

「裡面有什麼人？這是空房耶！」惟中簡直啼笑皆非。

「喂！你很故意喔！我說的不是真正的人……是那個啦！」小花平舉雙手，演起遊魂來了。

「最好是！全是無稽之談！」惟中冷哼一聲，「不通知又會怎樣？」

這問題，問得小花語塞了！

她只是聽阿嬤說、聽媽媽說，她哪知道會怎樣？可是這種問題不能這樣探討啊，難道要被殺過才會知道死亡的滋味？

「說不定會發生很可怕的事啊！」小花胡說一通，「因為你沒禮貌，『他們』就生氣了……」

生氣了。一直沉吟著的小草，聽著這段話，卻若有所思。

她畢旅前的基測失利了！爸爸氣得不跟她說話，不認她當女兒；媽媽每天逼她寫更多的參考書，她應該要考到南一女的分數，卻落了個吊車尾。

連這次畢業旅行都是老師親自到家裡拜託爸媽，他們才勉強看在老師的面子，點頭讓她參加的。

對於畢旅，她原本有很多期盼的……然而出發前爸爸卻說她懂事的話就裝病，不要去畢旅，乖乖去圖書館念書！

媽媽說她執意要去也無所謂，下週的段考得考個全校前三名……否則她不會承認她是她女兒！

這場畢旅成了一股壓力，她拗著脾氣執意參加畢旅，可是爸媽的話一直迴繞在她腦海中，揮之不去。

為什麼，成績真的如此重要，代表了她人生的一切呢？

她好幾次都希望畢旅的遊覽車翻下山，她重傷無所謂、骨折沒關係、死了也好！她想知道到那個時候，爸爸媽媽在意的是她的成績，還是她的人！

喀噠！

在大家沒注意的當下，小草竟插入鑰匙，一鼓作氣的扭開門把，推開了房門！

管他發生什麼事，她才不管！

「小草？」小花瞪大了眼睛，看著被推開的房門。

「好暗喔……美娟他們沒在裡面啊？」

小花搶先一步走了進去，按開牆邊的燈。

站在門口，門開在右側，左側是電燈開關，然後是浴室；這條短短的小廊結束，左手邊便是一大片空間，座落兩張雙人床，而最旁邊立著簡單的衣櫃。

梳妝鏡就在兩張床之間的前方，果然是非常簡陋的旅社。

「啊哈！那他們應該在我這間嘍？」惟中一聽到美娟跟阿宏沒在 502，興奮的就插入鑰匙，倏地轉開 501 號房。「Surprise！」

嗯？小草跟小花超無力，美娟拿到的鑰匙是女生房的 502，501 房的鑰匙分別在惟中跟阿呆手上，再怎樣都不會在隔壁啊！

「咦？我這邊也沒人耶！」惟中大聲喊著，小花好奇的想衝過去看。

她在門口差點撞上班代，他拎著本應該在惟中手裡的羽凡行李過來。

「這是羽凡的行李。」他站在門口，把行李遞給小花。「先檢查一下窗戶能不能開、水龍頭有沒有壞，有的話再跟我說！」

到這種時候，班代注意的還是最切實的事情。

小花小草開始聽班代的話巡視房間，而惟中等得不耐煩就把門給關上了。

檢查一切沒問題後，小花跟班代比了OK的手勢，班代便微笑點頭，移動略胖的身軀回到501號房。

這中間，他聽見了強力的敲門聲，跟惟中在房裡大喊「開門」的聲音！

他狐疑萬分，但還是輕聲的叩了叩門，惟中隨手開了門後，很興奮的又往裡頭跑去。「你過來看這個東西！」

班代走進房裡，赫然發現陳設跟隔壁一模一樣，而小草竟然在這裡。

「登登！任意門！」

兩間房中，在靠陽台的牆邊有另一道門，而這道門能通往隔壁的房間。

應該是旅館的設置，兩邊同時都打開的話，就可以變成一個大的家庭房，走動也方便。

班代覺得這樣很好，萬一女生那邊有什麼事的話，他們過去就快得多了。

「可是很奇怪……」小草咬著唇，環顧了四周。「如果美娟跟阿宏沒有來的話……他們跑去哪了？」

「哎喲！搞不好跟阿呆一樣去買東西了啊！」惟中這麼說著，一屁股跳上床，悠哉悠哉的躺下來看電視。

「是嗎？」小草不安的瞥著角落，她怎麼覺得哪裡怪怪的？

剛剛聽見惟中在隔壁敲門，她循著聲準備打開房內的門中門時，彷彿聽見了重疊的敲門聲。

等到她打開房門，見到惟中的那一剎那，眼尾瞥見一個影子從她身邊竄到惟中那兒去。

那時有一陣風，她搞不清楚是風還是自己眼花了。

不管哪個，她都開始覺得不舒服了……她並不是個迷信的人，刻意不管那些老一輩的禁忌交代，是因為那根本毫無根據。

可是現在的她……小草看著自己的手臂，上頭一根根的寒毛，真的是豎直的。

說不上來為什麼，她覺得這兩間房間，都給她無形又強烈的壓迫感。

可能因為，剛剛瞥到的影子，有點像美娟。

※　※　※

數分鐘前

「好討厭喔！我覺得老師都在盯著我們耶！」美娟親暱的勾著阿宏的手，在街上走著。

「妳想太多啦，我們隱藏得很好啊！」阿宏安慰著女友，「咦？好像是這一棟耶！」

「這一……」美娟一瞧，簡直傻了，這是什麼陰陽怪氣的旅館啊！「真的假的？我們被分來住這一棟喔！」

「地址沒錯啊……去問問看好了！」阿宏鼓起勇氣，兩人一起走進旅館。

旅館櫃檯站了一個乾瘦的男子，兩頰凹陷、臉色慘黯，他過長的瀏海紛亂的遮住臉龐，一雙死魚白的雙眼看著走進來的學生。

「請問……我們是畢旅的學生……」阿宏揚了揚鑰匙，有點不安。

「喔！是的……我知道！」削瘦的男人點了點頭，比了比手邊的電梯。「請上五樓。」

是耶！果然是這間！阿宏喜出望外的挽著女友的手進入電梯，雖然是四人一房，但是他們總想多貪一點獨處的時光！

所以美娟一拿到鑰匙，就跟阿宏先到這間旅館來報到了。

電梯裡的燈光並不強，黃燈還有些昏暗，最令美娟討厭的是那股重重的霉味，彷彿年久

敲門

不散般從這窄小的電梯裡傳來。

電梯不只是小，還比一般電梯矮，阿宏身高才一百七十，都要頂到天花板了……四周斑斑駁駁，白色的牆上還有許多污點，腳踩的紅色地毯還都是黑霉。

怎麼有這麼爛的旅館啦！美娟不高興的抱怨著。

他們踏上五樓的走廊，走廊一邊是房間，另一邊是石護欄，只可惜從這兒能眺望到的景色沒多美，只是這個小市集的燈景罷了。

而這條走廊一樣是昏暗的，給人一種漫長的感覺，彷彿踏進了舊時光陰。

阿宏轉著鑰匙，很快的找到女生的「502」號房。

「欸！那個我媽說，進旅館房間時要先敲門耶！」美娟攔住正要插入鑰匙的阿宏。

「拜託！現在已經二〇〇八年了耶！妳還在迷信這個？」阿宏笑了起來，大膽的吻了美娟鼻頭一下。「別鬧了好不好，他們等一下就來了耶！」

「可是我阿嬤也說……」美娟想繼續爭辯，阿宏卻低頭吻住了她。

兩個人生澀卻激烈的熱吻著，阿宏順勢插入鑰匙，扭開門把，兩個人一路吻了進去。

木門開了，小情人咯咯笑著，阿宏拉著美娟旋了個身，倚在牆上，用腳抵著打開的木門。

「關門啦！」美娟抵住他，不好意思的低著頭，然後順手把左手邊的電燈開關打開。

啪！燈一亮，他們看到梳妝台，還有靠近門邊一張床的角落。

有個女孩，坐在床的角落。

那個女孩，留著一頭及肩的短髮，但是現在全散在臉前，面向著他們。

阿宏跟美娟都錯愕非常，為什麼應該是空的房間裡會有人？是旅館搞錯了嗎？

下個瞬間，床上的女孩竟一骨碌跳上了床，單腳站在床沿的角，以猙獰的姿勢朝著他們。

她的雙肩高聳，雙手呈現張牙舞爪的模樣，那指甲又尖又長，那手臂既枯且瘦。

接著，女孩跳了起來，幾乎是騰在半空中，然後朝著他們俯衝過來。

「哇呀呀呀——」尖叫聲此起彼落，兩個人慌亂的往外逃。

不，是阿宏往外逃。

他倉皇中推了美娟一把，將她推進房裡，推離了可能會妨礙到關門的空間，然後迅速的奔離房間，還順手把門給帶上，緊緊的拉住。

「呀！開門！開門！」裡頭傳來美娟的嘶喊聲，「不要——哇——呀——啊——」

淒厲的叫聲隔著一扇門板傳來，嚇得阿宏全身發抖，嚇到無法鬆開緊拉住門把的手。

然後，就什麼聲音也沒有了。

阿宏手一鬆，腿一軟，整個人癱坐在地上，腦子裡一片空白。

剛剛……是怎麼回事？那個女孩是什麼？美娟呢？

他茫然的，看著自己的腳、鞋子，還有眼前那扇緊閉的門。

敲門

從門縫下，倏地竄出五隻有著尖甲的手指，朝著他拚命的抓取……接著卡住的手掌在被門縫削掉一塊肉後，成功的往前更伸長了點……手腕又卡住了。

手，血肉模糊的向著他，拚命的想竄出。

阿宏忘記怎麼尖叫，他只記得他緊抓著鑰匙，幾乎是飛也似的逃離了這條走廊。

第二章 房客

兩個房間都有窗台，雖然毫無美感，但是小花還是開了小燈，溜出去要看另一頭的景色。

結果她一站到窗台邊，人就傻了。

前頭是熱鬧滾滾的夜市，這一頭竟是荒煙蔓草，夜色中只感到涼風淒淒，比人高的雜草沙沙作響，遠處山頭還是連綿不絕的「夜總會」！

一丘丘的墳頭在月光下清晰可見，嚇得小花完全不敢久留，咻的就溜進房裡。

「怎麼啦？」小草正拿出一件易皺的外套，聽見小花把玻璃門用力鎖上的聲音。

「喲……嚇死我了！」小花站在互通門前，順便讓惟中他們聽見。「外頭全是墳墓耶！」

「真的嗎？」惟中竟立刻從床上躍起，衝到陽台邊去看。

「應該沒關係吧？我們也沒冒犯到什麼……」小草也有點不安，但還是自我安慰一下。

小花走到隔壁房去，班代已經拿出自己要換洗的睡衣，外頭站著把恐怖當有趣的惟中，小花越想越毛，匆匆一瞥，就想回到房裡去。

眼尾餘光，卻瞄到窗台外有兩個人的影子！

她一時以為自己眼花了，但是定神一瞧，卻清楚的瞧見惟中旁邊還有另一個人！

那個人側著身子，頭低垂著，站在快貼著玻璃門的地方！

「哇呀——」小花尖叫出聲，嚇得往後退去！

「怎麼了？」班代立刻趕到她身邊，擔心的往外頭看。

「兩個、兩個人……」小花抖著手，指向陽台。「惟中旁邊還有另一個人……」

是嗎？班代狐疑的抬首，他只看到外面有惟中的身影，哪來的第二個人？他直接走上前去，把玻璃門打開。

惟中聽到聲音回首，此時陽台上怎麼看，就只有他一個人！

「噯，挺有意思的！我們有不少鄰居耶！」他還輕鬆的笑起來。

小花臉色發白，另一個人呢？她剛剛不可能看錯的，那身形清楚得很，她甚至可以確定是個男生的影子！

她惶惶的往前伸長頸子，再來回看了一次陽台，真的……只有惟中一個人？

「小花，一些墳頭就可以把妳嚇成這樣？」

小花慌張的退後，她沒有眼花！而且這個陽台上也沒懸掛任何會造成錯覺的東西。

她顫顫巍巍，感覺有什麼要發生似的……

「啊呀——」小草的尖叫聲忽然從隔壁傳來！

所有人全跳了起來，飛快的衝回 502 號房，就看見癱坐在地上的小草，跟比小花還蒼白的臉色。

「怎麼了！怎麼了！」小花急急忙忙的蹲到她身邊去，注意到半掩的衣櫃。

衣櫃在剛剛進來時檢查過了，裡面除了幾個簡單的鐵絲衣架外，什麼都沒有。

但現在，衣櫃裡躺了一只布娃娃，它穿著破布，綁著黃色的麻花辮，腳上有雙黑色的短靴，眼睛部分有個裂口，棉花在眼窩爆開了朵花。

「娃娃……」小花愣愣的看著衣櫃裡，「妳、妳帶來的嗎？」

「沒有啊……我、我剛剛一開門就看見它躺在裡面了！」小草嗚咽一聲，哭了起來。

惟中不耐煩的靠近，用力拉開衣櫃門，瞧見破娃娃也不在乎，直接把它抓了起來。

「又臭又髒，可能是哪個客人留下來的吧？」惟中皺了皺眉，端詳了娃娃一眼，又把娃娃丟回去。

「才沒有！剛剛班代叫我們檢查房間時，裡面並沒有這個娃娃！」小草縮起身子，哽咽的哭喊著。

「這裡好奇怪……無緣無故為什麼會有這個東西！我剛剛在外面還看見另外一個男生的影子！」小花跟著恐懼的哭起來。

小草掩著臉的手微微放下來，掃視了大家一眼。「我剛剛……好像還看到美娟……」

兩個哭泣的女孩子把氣氛帶到了詭異的境界，突然出現的娃娃、還有什麼窗戶邊的男生、現在連美娟都出來了……

班代擔心的蹙緊眉頭，開始環顧四周，他是完全沒覺得什麼不對勁，別說阿宏了，就連美娟也不可能出現在這裡啊！

惟中則是嗤之以鼻，他就討厭這種迷信的人，講一些毫無根據的話，自己嚇自己！說不定是剛剛開衣櫃時沒注意到那只娃娃，那麼小，很容易忽略啊！

「我想、我想徹底檢查一下這間房間……」小花哀求著班代，「拜託你們幫我好不好？」

「妳們實在是……」惟中又準備數落了，班代一步上前拍了拍他。

「我們就看一下好了，不然她們會很害怕的。」

惟中深吸了一口氣，不甘願的扯扯嘴角，雙手抱胸的站到一邊去。

小花跟小草也相互扶持的站起身，兩人拚命回想剛剛一路上討論的注意事項，所以她們去沖了馬桶，然後開啟每一個抽屜，甚至挪動櫃子跟梳妝台，以確認有沒有任何符咒。

最後，班代跟惟中還為她們把床墊搬開，檢查下頭有沒有三炷香。

一切都毫無異狀，惟中終於抓到了話柄，擺了臉色又是一頓冷嘲熱諷；什麼幻覺啦、自我意識過剩啦，講得小花她們是既尷尬又害怕。

難道惟中都沒有發現，冷氣越來越冷嗎？

她們皮膚上的雞皮疙瘩一顆顆的立了起來，明明調了二十五度，為什麼溫度卻一直往下探？

「好了，別再說了，讓她們安心就好。」班代終於制止了惟中，「小花，牆上還有一幅畫，妳也要檢查嗎？」

小花趕緊往牆上看去，兩床之間的小茶几上方，果然還有一幅風景畫，她用力點了點頭，班代就主動去幫她取下。

畫掛得有點高，班代勉強的踮起腳尖去搆，而惟中擁有一百八十的身高，卻不願意去幫忙。

最後班代以指尖一勾下緣，那幅畫就這麼掉了下來，先是砸到了班代的頭，接著摔上了地。

沉悶的落地聲讓眾人屏息，畫以反面落地，晃了好一會兒才停止不動。

而在深褐色的畫框後面，正貼著一張刺眼的黃色符紙！

「呀呀——」小花失聲尖叫起來，緊緊的抱住小草，嚇得花容失色。

這下大家真的都呆住了，小草任由小花緊箍著她的頸子，瞪著地上那幅畫瞧，而班代則是神情凝重的皺起眉，遠處的惟中緩緩放下抱胸的雙手，不可思議的瞧著這詭異的畫。

任誰都知道，房裡若是貼有符咒，絕對不是什麼好事！

「我想回去！我不要住這裡了！」小花嗚咽的說道，「跟老師他們講，我要回去學校住的那一棟旅社！」

「我、我也要！」小草雙眼直直盯著地上，全身不住的發抖。

「我打電話看樓下的老師到了沒？」班代嘆口氣，電話就在唾手可得之處。

「夠了沒！」惟中突地一吼，大步走了過來。「只是一幅畫，有必要這麼小題大作嗎？」

他害怕。惟中心裡根本正湧起恐懼！瞧見符咒的他渾身上下都不對勁，但是這種恐懼卻跟他的鐵齒嚴重抵觸！

他既然不相信這種鬼神之說，那就不該會對一張符咒感到害怕！這種東西只是人們拿來自我安慰的紙而已，代表的意義也只是穿鑿附會之說，他怎麼能因此心生畏懼！

所以，他為了向自己證明這種無依據的迷信，為了不想讓自己變得跟小花、小草一樣懦弱，他決定親自處理這件事。

惟中把畫拾起。

「惟中！你幹嘛！」小花又嚇得尖叫，「你不要動它啦！那很可怕耶！」

邊說，兩個女孩嚇得往後退，直到撞上了床又栽了上去。

「一張黃色的紙，上面亂寫些看不懂的東西，就可以把妳們嚇成這樣？」惟中擰著眉，揚著畫嚷著。「這種東西全是無根據的迷信，貼張紙代表什麼！」

「絕對不是保平安吧！」小草咬著唇，仰著頭看向惟中。「你不要太偏激好不好，把畫掛回去，我們離開這裡！」

「哼……我就不信這有什麼值得害怕的！」惟中拿起畫來端詳，仔細觀察上頭的符咒。

小草看著惟中，她壓制全身不止的顫抖，鼓起勇氣站起身來，扣住了畫緣。

「把畫給我。」她難得堅定的說，「我要掛回去。」

「小草！」小花一個人跪在床上哭哭啼啼的，每次都溫柔膽小的小草，怎麼突然敢去碰那種可怕的東西啦！

「妳又掛不到。」才一百五十公分耶，自不量力。

「總比你拿著嚇人好！」小草搶過了畫，惟中實在太過分了，連一向沉穩的班代也都臉色凝重，他看不出來嗎？

「妳幹什麼！放開！」惟中反手一握，又搶到畫框之處，不讓小草拿走。

兩個人竟然開始為一幅令人生畏的畫展開爭奪，小草平日雖靜，但脾氣卻倔強得很，她討厭惟中的自大到了臨界點，就算他不迷信，也沒有資格拿這個來嚇人！

「你要逞英雄去別的地方！別拿這種不知名的東西做文章！」小草順利的搶下畫，緊扣在懷裡。

「誰在逞英雄！我是就事論事！」惟中被惹惱了，或許是因為小草說中了。「這種東西、這種東西本來就是無稽之談！」

敲門

惟中不知哪根神經犯了衝動，為了證明他的理論、為了克制自己的恐懼，他長手一伸，直往小草懷裡的畫探過去。

「唰」的一聲，在大家錯愕之際，就眼睜睜看著惟中撕下了那張黃色的符紙。

那讓大家全身發寒的……符紙。

死寂在房裡蔓延，小草低首看著畫上已被撕去符紙的空白，小花幾乎是呆滯的，而班代的眉頭皺得很深，他簡直不敢相信，竟然有人敢去撕掉那代表避邪的符咒！

咿……某扇木門的拖曳聲，在靜寂的房裡響起。

班代的視線恰好與衣櫃一直線，他看著無風的房裡，衣櫃的門自動開啟，而那個角落裡，再無任何娃娃的蹤影。

噠噠……噠噠……噠噠……

取而代之的，是一個細小的足音，從床下緣的地方吃力的傳來。

坐在床上的小花根本動彈不得，她瞪大了眼睛看著床緣下方，聽著越來越近的足音，噠噠、噠噠的傳來。

「小、小花……」小草氣若游絲的說著，一顆心都快跳出來了。

「我、我不敢看……」小花的淚拚命滾落，可是她也動不了啊！

「啊！夠了！」惟中氣得把手中的符紙一扔，躍然上床，直接大手就往床下一撈——

什麼都沒有。

他仔細的找了一遍，那足音已然消失，也根本沒看到什麼東西。問題卡在……衣櫃裡的娃娃也跟著消失了。

沒人敢開口，娃娃先是突然出現，現在又憑空消失？衣櫃是誰開的？那足音又為什麼像極了娃娃靴底的聲音！

四個人尚未回神，立即又看到房裡多出了詭異的影子。

小花剛去陽台回來時忘了關燈，所以現下望出去，玻璃窗外是點著燈的……有個人，正站在外面！

「哇——」小草終於尖叫出聲，打破了死寂的沉默！

班代跟惟中瞬間依著小草的手回頭看，惟中終於親眼瞧見小花剛剛所說的「低著頭的男孩」！

窗外多了一個陌生人，那男孩又瘦又高，頭垂得低低的，很靠近玻璃門，側著身站在那兒。

而他的影子被燈照映進來，就映在惟中的身上。

他，現在站在床的下緣，側著身體面向小花他們，影子幾乎是與他重疊著的。

「怎麼了？」班代認真的往窗外看去，禁不住提出了疑問。

「誰！誰！」惟中的聲音抖著，往外頭嚷著。「你是誰！再不走……我、我要告你喔！」窗外的男孩突然動了！

他像是剪影一般，突然開始顫動著身子，頸子緩緩抬高，他笑得花枝亂顫的，胸前有條像領帶的東西飄呀晃的。

電光石火間，他突然正了首，像是往裡頭瞧著！

那動作簡直就跟惟中現在的姿勢一模一樣！側著身子往裡頭看……再側身往外瞧，外頭那陌生人的影子跟惟中幾乎合而為一了！

「離開！」小花不知哪來的勇氣，衝到床下緣，一把就把惟中往牆邊推去！

她不知道外頭是「什麼」，但是那個男生的影子這樣跟惟中的疊在一起，她就是覺得不好！

惟中被這一推嚇得踉蹌，撞到了梳妝台，恐懼緊緊纏繞著他，他意識到自己撕掉符紙是不當的行為，隨之發生的事也讓他禁不住往他口中的「無稽之談」想……

外頭那個男生，是人的話……這裡是五樓陽台啊！要是真的是人，剛剛小花出去時為什麼沒看見？

惟中被推開，外面那個男孩子的身影，就應該映在詭異的衣櫃上才對啊！可是、可是……小草卻緊摀著嘴，她驚恐的望向窗外、再看向房裡。

「惟中？你們在幹嘛？」班代不明所以的邁開步伐，走到惟中身邊攙起他。「你還好吧……你……」班代一怔，看著惟中。「你的臉怎麼變得好黑？」

影子，黏在惟中身上，如影隨形。

「不要！」小花慘叫著，連滾帶爬的翻下床，什麼東西也不想收了，直直往門口衝出去！

小草跟著往外衝，明明只是一個喇叭鎖，卻因為慌亂的情況而轉不開門！好不容易轉開了，門一拉，卻有個人直直的立在門口。

「美……美娟？」小花愕然的看著站在門口的同學，她一臉死白，雙眼無神，像尊蠟像似的站在門口。

「美娟？妳怎麼現在才來？阿宏呢？」惟中被這突然出現的同學分了神。

「阿宏……」美娟的視線逐漸對焦，停在小花臉上。「他丟下我了……」

她哽咽的說著，然後紅色的眼淚從眼眶裡湧了出來。

伴隨小花不止的驚叫，她的眼球也跟著從外眼瞼翻了出來，然後是一條一條的皮膚，因為鮮血不斷湧出而絲絲崩落……

「哇呀！她不是美娟——關門！關門！」小草尖聲喊著，比小花或是呆掉的惟中更有行動力，飛快的把門甩上！

她還能聽見門板甩上美娟臉龐的聲音，跟她的頭骨碰撞出一聲碎裂的巨響。

敲門

意氣風發的惟中現在身上鑲著那抹黑影，貼著牆僵直身子；小花情緒失控的跪在地上嚎啕大哭，而班代則是嚴肅而凝重的站在房裡，不停的搖著頭。

小草的深呼吸是顫抖著的，她的手心全是冷汗，汗水也浸透了T恤，即使房間已經降到了可稱之為冰冷的溫度。

而窗外除了那個男生的身影外，又多了另外一個女生，頭髮比美娟要長了許多，所以不是美娟。

那個女生手上抱著一個東西，從黑影的輪廓看來，很像是剛剛在衣櫃裡的娃娃。

「誰……你們……是誰？」小草哭著，對著外頭嘶喊著問。

班代回首，也望窗外瞪著。

『這裡……』

終於有人開口了。

『是我們的房間。』

※　※　※

『您撥的電話沒有回應，請稍後再撥……』

羽凡嘟著嘴掛掉手機，怎麼搞的？大家都沒開手機？阿呆正在前頭排隊買炭烤臭豆腐，瞧他樂不可支的樣子，根本沒有在留意什麼紀念品。

「好吃！」阿呆拎著紙袋遞給了她，「趁熱快點吃，這家烤得真不錯！」

「我快飽了！」羽凡摸了摸肚子，「我們吃好多攤了耶……等一下去買飲料啦！」

「OK啊，前面有清心！」阿呆早就注意到了，眉開眼笑的。

「喂，你不是要買紀念品嗎？」

「嗯？」阿呆滿不在乎的搖了搖頭，「我不想買了！反正少一點沒關係啊，我又沒那麼多零用錢！」

說的也是啦，她就搞不懂為什麼阿呆一路上都在買紀念品，大家只是國中畢旅，又不是出國玩。

阿呆留意到她手上的手機，一直到吃完整支炭烤後，才開口問她。

「妳打給惟中喔？」

「嘿啊，我想跟他說宵夜買飲料跟炸雞回去就好了，不要買那麼多！」羽凡不大甘願的抱怨著，「他以為我們是傭人啊，交代那麼多又吃不完，誰付錢啊！」

「喔……然後咧？」

「沒通啊，全部進入語音信箱！而且我打小花跟班代他們，通通都沒通耶！」羽凡疑惑的看著手機，「怎麼大家都在沒電嗎？」

阿呆戛然止步，幾乎是急煞般的頓住。

「都沒通？」阿呆再確認一次。

「嗯，全部都打不進去！」羽凡肯定的點了點頭，「我……總不能打給老師吧？」

阿呆飛快的從自己的包包裡拿出手機，然後再從口袋裡摸出適才離開旅社前拿的名片，開始撥打旅社的電話。

「你打旅社啊？打市話很貴耶！」小國中生的零用錢少，用錢得細細斟酌。

阿呆比了一個噓，直到對方接起電話。

「您好，請幫我轉501號房。」阿呆這麼說著時，突然拿下右耳的耳環，交到羽凡手中。

羽凡疑惑的看著擱在掌心的銀色圈狀耳環，再看著阿呆把話筒擱回右耳邊。

『好的，請稍候。』

電話那頭響了好幾聲，越響讓阿呆覺得越不對勁時，終於有人接了。

『喂！找誰？』女孩子的聲音自電話那頭響起。

就在這一剎那，阿呆幾乎是甩上掀蓋式手機，然後重新拿回耳環，匆匆的戴上去。

「怎麼了？沒人接嗎？」羽凡不明所以，「他們該不會都溜出來了吧？」

「我們回去。」阿呆拉過羽凡的手，回身往另一方向走。

「回、回去？」好好的怎麼突然要回去？「啊……先買宵夜！」

「不必了！」阿呆回首瞥了她一眼，「用不著了。」

嗯嗯？羽凡真的是丈二金剛摸不著頭腦，阿呆怎麼突然變得嚴肅起來？剛剛打電話回去有發生什麼事嗎？

她偷偷的握住阿呆的手，小女孩的青春飛揚，她赧紅了臉，亦步亦趨的跟在阿呆身後，疾步往旅社走回去。

阿呆連飲料攤都略過，現在已經不是吃東西的時候了！

唉，真搞不懂為什麼老是這樣？難道想好好的畢旅都不行嗎？

照顧旁邊這一個已經很累了，現在又搞這種飛機……阿呆皺起眉頭，心裡其實一千萬個不爽。

要不是接電話的是別的不認識的女生，他才不想那麼快回去咧！

第三章　真心話

才踏進旅社，阿呆便直直往櫃檯正後方的樓梯走去。

櫃檯後面的樓梯是鋪有紅毯的那種，雖然那些紅毯全部偏黑紅色，牆上的壁紙也斑駁不已，空中也瀰漫著一股霉味，完全沒有豪華的感覺。

「同學！」那個削瘦詭異的男子突然開了口，「你走樓梯的話……要注意樓層。」

「嗯？」阿呆停下腳步，從扶攔往下看著他。

「旅館的五樓，通常是四樓。」他幽幽的仰起頭，「所以爬到四樓時，就是你們的房間走廊了。」

「我知道。」

這是中國人的忌諱，跟外國人對十三這個數字是相同的，四音同死，代表不祥，因此不管是飯店旅社甚或醫院，都沒有「四」這個樓層。

但是說穿了，只是個名稱的改變而已，事實上四樓還是存在的。

這間旅社既灰暗又陳舊，歷史悠久，阿呆帶著羽凡往上一層層的走去，直到踏上五樓時，才稍做休息。

阿呆掏出鑰匙，緊握著印有501的塑膠柄。

「妳跟我一起走。」阿呆一直沒有鬆開羽凡的手。

「我房間在隔壁耶！」羽凡害羞了。

「反正跟我一起進去就對了。」阿呆根本沒理她說什麼，只是站在房門口。「來，我們一起敲門。」

羽凡點了點頭，她當然知道要敲門啊，這是聽到膩的說法！她看著阿呆舉起手，然後在他點頭時在房門上敲了三下，叩叩叩。

「好了，進去時要說……」

「各位抱歉了，我們要打擾一晚喔！」羽凡順口說了出來，溜得很呢。

「哈哈，非常好！」阿呆又傻笑起來，然後把鑰匙插進鑰匙孔裡——轉動。

門被推開了，裡頭一片光亮，燈全亮著的，卻空無一人。

阿呆再度緊握住羽凡的手，領著她踏進房間；羽凡什麼也沒想，就閉上眼，在嘴裡默唸著「打攪一晚」的話。

她睜開眼睛偷瞄阿呆，他嘴裡唸唸有詞——……長串，不知道在唸些什麼鬼，可以講那麼久啊。

反手一關，羽凡把門給關上。

「他們真的溜出去啊？」羽凡往前走去，阿呆卻登時把她往後拉，扯到了身邊。

「哇呀！你幹嘛啦！很痛耶！」羽凡被拉得唉唉叫，阿呆力量怎麼那麼大？不小心她會脫臼的耶！

阿呆往前移了幾步，直到見著房間的全貌，而羽凡一看到兩間房有扇互通的門，欣喜的叫了起來。

「哇！阿呆，你看！兩邊房間可以互通耶！太棒了！」

互通？阿呆無力的垂下雙肩。「可以再糟一點……」

此時，出現拖鞋的聲音，羽凡怔然的往互通門的那端看，瞧見班代緩緩探出一個頭來。

「阿呆？你們回來啦！」班代的神色沒好到哪裡去，回頭往另一側看過。「是阿呆跟羽凡。」

「你確定是真的阿呆跟羽凡嗎？」小花的聲音傳了過來。

「廢話！還有假的喔？」羽凡噘起了嘴，這是什麼問法啦！

阿呆終於鬆開了她的手，羽凡卻大剌剌的往隔壁房間走去，瞧見隔壁房間有三個臉色慘白的人，小花、小草在床上緊抱著彼此，淚流滿面；惟中則坐在另一張床上，安靜得詭異。

「怎麼啦？妳們為什麼在哭？」羽凡連忙走到小花身邊去，「惟中，你是不是欺負她們了！」

一反愛辯的性格，惟中沒有說話，他只是坐在床沿，十指交握，一顆頭低垂著，一直喃喃自語，

「你幹嘛？碎碎唸什麼啦！陰陽怪氣的！」羽凡挑了眉，趕緊坐下來安撫好友。「不要理他啦！他就是嘴賤又自以為是……啊美娟咧？洗澡嗎？」

小草搖了搖頭，發白的唇不停的顫抖。

「娟……美娟她……」小草驚慌的看向羽凡，忽地扣住她的雙肩。「她好可怕，她的眼珠都滾下來了，她的皮膚一條條的被撕掉……」

啥？瞎米？羽凡一臉迷糊，現在在幹嘛？怎麼連眼珠滾出來這種話都有了？

「還有那個男生！那男生的影子黏在惟中身上了！他的身子變得好黑、印堂發黑了……」小花跟著近乎歇斯底里的搖著羽凡，指向不為所動的惟中。

「影子黏在身上？」羽凡暗叫不好，這兩個是怎樣了？該不會惟中偷帶酒進來喝吧？這幾個喝過頭了吧？

羽凡趕緊安撫小花她們，要她們乖乖坐下，待她仔細觀察一下；她先往陽台那兒瞧，外頭是通亮的，但是哪有什麼男生？

接著再走到惟中身邊，喊半天他連應都不應一聲，惹得她煩，自己蹲低了身子瞧他。

「喂！姓高的！你哪根筋不對啊？」羽凡戳了戳他。

「我該死……我應該要死……」聲如蚊蚋的細碎聲音，傳進了羽凡耳裡。

嗄？她狐疑的想再聽清楚一點，才湊了近，卻赫見惟中的整張臉真的是黑色的！

不僅僅像發黑……真的是很像小花剛剛說的……臉上黏了什麼影子一樣的感覺！

喲！怎麼出個門回來大家就變奇怪了？羽凡趕忙站起身，用力搓了搓全身冒起的雞皮疙瘩。

「是怎樣？」她回頭看向班代。

「我也不知道……」班代一臉擔憂的看向羽凡，「他們從剛剛開始就變得很奇怪，什麼外面有人、還有在門口看到美娟……」

「有啊！就在那裡啊！在你後面啊！」小花尖叫著，指向班代正後方的玻璃窗。

羽凡望過去，什麼也沒有。

「什麼人？」她壓低了聲音，莫名其妙。

「我也沒看到有誰啊！」班代兩手一攤，「我想出去看看，她們卻又哭又叫……」

「到底發生什麼事了？」阿呆到現在才走到了502，一見到惟中就傻了！「他是怎麼了？你們有碰什麼不該碰的東西嗎？」

「咦？」班代很是訝異的轉向阿呆，「……你怎麼知道！？」

「他印堂黑成這樣，有眼睛的都看得到。」阿呆指向了惟中，「而且這傢伙突然變那麼安靜，還不奇怪嗎？」

班代嘆了一口氣，把從進來後發生的事仔細說了一遍，羽凡不免起了寒，看向班代掛回牆上的畫，下意識的往阿呆身邊躲。

「他把符撕了？」阿呆吃驚的倒抽了一口氣，「惟中，我認識你這麼久，第一次知道你這麼有種耶！」

「亂說什麼啦！」羽凡戳了戳阿呆，這跟有沒有種有啥關係！「把符撕掉感覺很毛耶！」

「廢話！我如果在一個盒子外貼了符，妳會去把它撕開嗎？」阿呆沒好氣的踢了踢惟中，然後無奈的走到了畫前。

「不要碰！那個不能碰！」小草慌亂的跪在床上阻止他，「那個後面有……」

「哇咧，符都被撕掉了，還有什麼不能碰？」阿呆沒好氣的嘆了口氣，踮起腳尖想要拿畫。

阿呆幾乎是班上最矮的，班代都勉強才搆得到，別說阿呆可能要立定跳高才能把畫給撥下來。

問題是旁邊有兩個女生鬼吼鬼叫的，吵得他心浮氣躁。

「我來拿啦！」一百七十二公分的羽凡，悠哉悠哉的走過來。

「喂！給我點面子好不好？」阿呆阻止她的前進，男生矮有矮的方法，才不要讓高得嚇死人的女生拿咧！

阿呆搬動了畫作正下方的小茶几，先把根本沒用的電話扔到惟中坐的床上，人再踩上茶几，輕而易舉的把畫拿下來，跳下地時還一臉自得咧。

「我就不必踩茶几。」羽凡還故意補充。

「閉嘴！」阿呆尷尬的把畫翻過來，上頭果然只剩一些殘留的符紙，最重要的中間部分都被撕掉了。「啊殘骸咧？喂！學生會長大人！」

阿呆又用腳踢了踢惟中，他卻一樣無神的望著地板，繼續喃喃自語。

「我撿起來了。」班代趕緊從口袋裡把破碎的符紙拿出來，小花她們又歇斯底里起來，阿呆已經懶得叫她們閉嘴了。

「你放在口袋裡啊？」阿呆看著班代，有點讚嘆。「某方面來說你滿厲害的耶！」

「啊？我順手撿起來就放在口袋裡了啊！」班代一副理所當然的模樣，阿呆只是掛著輕笑，然後接過符紙。

就算恐懼到極點，小花跟小草也感覺得到，阿呆變了。

他完全變了一個人，從講話、動作到口氣，完完全全不像只會傻笑、一臉笨笨的阿呆。

羽凡更清楚的感受到，幾乎是從他打電話回旅社後，他就變得極度的穩重，而且幾乎是戒慎恐懼；態度非常的謹慎，說話的語氣也不再打哈哈，就連傻笑也不見了。

「嘖！」只見阿呆嘖了聲，眉頭皺了起來。「我真搞不懂，好端端的貼在畫後面，為什麼要去撕掉它呢？」

「搞不好他是為了證明這種東西沒什麼！」羽凡故意模仿起惟中的語氣，「根本是無稽之談，不代表什麼……」

班代尷尬的笑笑，還真給羽凡說對了。

「這種事哪能亂證明？太亂來了！」阿呆把符紙還給班代，「班代，你繼續收著！」

「你有看出什麼嗎？」班代拿起符紙看了好幾輪，還是看到一堆圖案跟潦草的筆跡而已。

「現在看出什麼也來不及了。」阿呆搖了搖頭，把畫給掛回去，再把茶几推回。

他推動茶几的動作有點遲疑，然後索性停下動作，彎下了腰，在茶几與牆之間探來探去。

阿呆起身時，手裡竟握著一綹頭髮。

那是一綹黑色的頭髮，被紮好再剪下的，好整以暇的用一張紙包裹住，外頭用膠帶貼牢。

「這應該不是現場哪位的頭髮吧？」阿呆揚了揚手中的髮束，緊扣著白紙的地方。

「你在後面撿到的啊？」羽凡走了近，她頭髮那麼短，怎麼可能會是她的。

「嗯，這兩間房間好像有不少精采的故事，我想去樓下問一問。」阿呆順手把頭髮擱在茶几上，「羽凡跟我下去，班代，麻煩你看一下他們。」

「不要！不要！」小花立刻衝上來抱住羽凡，「我也要跟你們走……我們要離開這裡！拜託！」

「小花……要是能走，妳們早就走了吧！」阿呆蹲了下來，握住小花的手。「我現在就是要去幫妳們離開這裡！妳冷靜點！」

阿呆認真的凝視小花，像是給她信心般，讓小花整個人頹軟下來，趴在床上痛哭失聲。小草則一直啜泣，大顆的淚珠拚命滾落。

是啊！門外就站著美娟啊，她恐怖的樣子站在門口，誰敢出門？她嚷著他們的名字、阿宏的名字，那血淋淋的雙手不停的朝她們伸過來。

「她們說美娟在門外。」班代困惑到極點了，「我出去過幾趟，就沒看到美娟或是阿宏啊！」

「因為美娟只想讓她們看到吧？」阿呆不由自主的往 502 的房門口那兒望去，他總覺得該擔心的不是美娟。

「美娟？」羽凡好奇的四處張望，「她幹嘛站在外面不進來啊？」

「因為……」小草抬頭看了羽凡一眼，怔了怔，不知道該怎麼說。

那個美娟是真的人，還是某個可怕的鬼假扮的？如果是真的人，那豈不表示美娟已經……死了？

「阿呆……」班代語重心長的坐到了惟中身邊，「你要解釋這是怎麼回事嗎？」

連羽凡也期待似的看著他，阿呆只好大大的嘆了口氣，整個人沉吟下來。

好一會兒後，他才慎重的開口。

「我大膽假設……你們三個人進來前沒敲門，對吧？」

小花立刻抬起頭來瞪向小草，她本來要敲的，都是小草莫名其妙的突然把門開了！班代跟著點了頭，表明那時惟中原本以為阿宏在501房，也是突然就衝進去了。

「我先把羽凡的行李拿給小花她們，才走回房去的，因為需要惟中幫我開門，我自然有敲門。」班代回憶著兩個小時前的事。

「只有這樣嗎？你進門後呢？有沒有說一些請勿打擾的話？」阿呆對著班代微笑以對，下一秒看向小花她們。「大家進旅館前不是都說了，要注意禮貌啊！」

「嗯，有！我一直都會這樣做。」班代用力點了點頭，他進門時不僅說了這些話，還緊握住左手腕中那串阿嬤給的佛珠。

「所以呢？因為他們沒敲門，所以變得怪裡怪氣，還有幻覺？」羽凡搔了搔頭，她連不起來。

阿呆看著羽凡，有種頭痛的感覺。

「因為他們不懂禮貌，沒跟住在這裡的人通知，所以對方不高興了！」

「住在這裡……的人？」羽凡越聽真的越迷糊了。

「阿呆，你、你指的是……好兄弟嗎？」還是班代聰明，一聽就懂。

「鬼！」羽凡驚呼起來，直接叫喊了出來。

「妳說話小心點，別鬼來鬼去的！要尊敬別人，說句好兄弟！」阿呆開始覺得，他命運多舛，為什麼身邊很多像羽凡這類的人？「我沒猜錯的話，他們現在不但看得到好兄弟們，還跟他們處在同一個空間裡！」

同一個空間？小草再慌也沒慌到失了神智，她瞪大了眼睛看著阿呆，阿呆是呆了還是傻了，怎麼會說出這種話？

「像我、羽凡和班代，誰都沒看見玻璃窗外有什麼人，但是你們看得見……這就是最好的證明了。」

那不是陰陽眼或是什麼神通，單純只是有人想讓他們看見……或是他們已經步入了對方的世界而已。

「我越聽越害怕……」班代終於忍不住的緊握了拳頭，「阿呆，你的說法讓我——」

「你放心好了，你不會有事的。」阿呆竟然對著班代笑了笑，「你有通知對方，所以一切都會平安，不過……」

他看向小花他們，擰著眉頭。

「那我們呢？」小花哀憐的看向阿呆。

「妳們必須很認真的道歉，跟對方說對不起，其他的，只有等我回來再說了！」

阿呆說完，拉著還想問一些奇怪問題的羽凡，就迅速的出了門。

在小花欲追出去的眼裡，她瞧見阿呆跟羽凡同時穿過了美娟的身體，美娟正陰慘慘的對她笑著，用那被撞扁的頭骨扭曲般的看著她。

「對不起……對不起！我不是故意的！」小花在門關上時大聲喊著，「都是她！都是小草突然開的門！是她不懂禮貌！」

小草聞言簡直不敢相信，小花現在竟然把錯都推到她身上？

「關我什麼事？妳那時要敲可以敲啊！是我開門的沒錯，但是妳可以敲一下再進來啊！」

「妳門都開了，我怎麼知道，我當然跟著進來啊！」

「少來了！妳平常就愛做頭！我剛剛門一開，妳還搶在我之前走進來！」小草氣得站起來，「我怎麼會跟妳這種人做朋友！」

「這句話我才想說呢！妳以為妳成績比較好、長得比較漂亮了不起喔？妳說話都瞧不起人！請妳教我一題數學還扁嘴！」小花也不顧一切了，「這次倒楣了吧！基測考爛了，報應！活該！」

「我哪有這樣！明明是妳！每天不念書只顧著打扮給男生看，不要以為我不知道妳在後面說我是書呆子！我考得再爛，也比妳好，妳連公立高中都吊不上！」

「不要吵了！」班代氣急敗壞的吼了起來，忙站到兩人之間。「都什麼時候了妳們還在吵！」

小花跟小草分據班代的兩側，因激動而喘著氣，怒視著彼此，沒想到平常的好姊妹跟死黨全是忍讓與虛偽堆砌而成的，趁著這種機會，一口氣講清楚也好！

小草甩了頭往 501 號房去，她氣沖沖的往床上栽，越想越不甘願！

基測的事是她最不願提的，小花拿這個做笑柄？那表示之前那些安慰全是假的！她含著淚瞪著手上的幸運手環，這還是小花熬夜做給她的，一人一個，說那是讓她基測能考上南一女的幸運物！

騙子！虛情假意的朋友！

她準備一把扯下，卻突然停下了動作……剛剛阿呆講了一堆，雖然她不怎麼信……但是，玻璃窗外那個人跟惟中的反常，讓她不得不相信對吧？

剛剛在氣頭上，忘記自己身處在可怕的地方，如果她的周圍充滿好兄弟的話……她緊緊護著幸運環，說不定這條手鍊……多少有點用！

「妳們在幹嘛？為什麼要說出那種話？」另一間，班代半責難似的說著小花。「明明感情這麼好，有必要這樣傷人嗎？」

「可是……阿呆那樣說，我害怕嘛！」小花難受的別過頭去，壓住手中的幸運環，其實心裡懊悔不已。

「我對阿呆的論點也是有點懷疑……唉。」平常生活在科技昌明的環境中，突然要他相信那樣的說法，總叫他感到徬徨。

班代心裡也無來由的害怕起來，但是他又可能是最正常的一位，必須好好的看著同學才行。

就在此時，身後的惟中突然間越講越大聲，然後逼近發狂起來。

「就是了！就是了！是我不好！」惟中用力搔著頭，左右大力的搖晃。「我該死！我該死！我該死！」

「惟中！你鎮定一點！」班代急忙到他身邊，拉住他的手。「別再抓了！」

餘音未落，只見惟中抓住自己的頭髮，啪的扯下一大把來！小草聞聲就衝了過來，一見到惟中發狂的樣子，又趕忙跑到小花身邊去。

兩個女生五分鐘前還在吵架，五分鐘後又怕得抱在一起了。

「對吧！你們也覺得我該死吧！我狂妄、自大、自以為是！我當過學生會長有什麼了不起啊？憑什麼使喚人？憑什麼當老大！」惟中站了起來，力道之大，連班代都難以阻擋。「班代，你說呢？你是不是這樣想？我總是在搶你的工作，明明你才是班代啊！」

「沒有！我沒這樣想過！」班代皺起眉頭，緊抱住惟中，用全身的力氣阻止他的扭動。

「我該死！我就是因為這樣該死！我明明怕得要死，卻還要逞面子！我把符撕了，我就該死！」

下一秒，惟中一甩，竟然把班代給甩了出去！

他直直撞上了衣櫃，摔落在床與衣櫃間的地板上頭！小花跟小草嚇得慘叫，趕緊衝過去探視班代，他已經昏迷不醒，整個人癱在地上。

「惟中！」小花竟沒來由一股火，回頭瞪向惟中。

惟中站在原地，淡淡的看著她們，然後緩緩的往外頭移動……小草此時已經不顧一切的跳下床去，慌張的檢視班代的頭有無撞傷。

幸好一切沒有大礙，她們兩個才合力把班代抬到床上，因為班代實在很重，兩個女生滿頭大汗才把他搬上床，揮一揮汗，回神卻發現惟中不見了！

她們互看一眼，握住彼此的手，決定鼓起勇氣，往 501 號房去。

房裡沒人，但是玻璃窗邊，惟中正站在陽台上，準備把玻璃窗關起來。

「惟中！你幹嘛！」

他瞧著她們，眼神意外的澄澈。「原來……妳們都是這樣想的……覺得我自以為是、我很囂張……」

她們沒人搖頭……因為大家的確是這樣想的。

「我是自作自受……哼哼哼……呵呵哈哈哈！」惟中一秒後又發癲起來，「我該死……啊啊，他等很久了！等很久了呢！」

就等像他這麼目中無人，狂妄又自大的傢伙！

明知禁忌而不屑一顧，明知禁咒卻視為無稽之談……就是在等像他這種明知前方有地獄，卻為了面子把自己逼向死亡的人啊！

他「砰」的一聲，把玻璃窗關了上。小花她們誰也不敢上前去把玻璃門打開，只能看著惟中站在門的另一邊。

他站在右方，眼睛直視前方，而左方竟緩緩走來另一個身影，就是一直卡在外頭那個低著頭的男生。

只是現下，他們是面對著面，做著一模一樣的動作。

惟中手中不知哪裡抓了條繩子，往上頭拋了過去，簡單的紮了個圈，一個套頸圈就這麼自天花板垂落而下；對面那個男孩，也是做著一樣的動作。

「不──不行！」小草終於領悟到了！當初那個男生，是在這裡的陽台上吊死的！

「惟中！惟中！」小花跟著急切的大喊，可是她們卻沒人上前把玻璃門推開。

她們眼睜睜的看著兩個男生把自己的頭套進繩圈裡，然後垂掛在半空中，惟中的身軀因為痛苦而死命掙扎，沒有幾秒，她們親眼瞧見了頸骨斷掉的一個顫動，惟中便懸在上頭，疲軟的隨著晚風搖晃。

至此，小草終於看清楚那個男生胸前飄蕩的繩子是什麼了——那不是上吊用的繩索，而是因吊死而吐出的舌頭！

突然，左邊那個男生從繩索中跳了下來，他走到惟中的屍首面前，開心的笑開了嘴，然後一隻手映在玻璃窗上，唰的一聲，冷不防就把門推開！

哇呀呀呀——

小花跟小草全動彈不得，她們屏住了呼吸，也來不及尖叫，看著一個全身發紫腐爛的男生，長長的舌頭軟溜的晃動著，低垂著頭，踏到了她們的眼前……

然後看起來很愉悅的，走到了 501 號房門口，扭開了門把。

『再見。』

他回頭這麼說著，然後走了出去。

砰。

—第四章 開啟的封印—

咦？阿呆話說到一半，突然仰頭往上方看。這動作突兀，讓羽凡嚇了一跳。

他們下來跟櫃檯人員聊天，阿呆竟直接走到那個長得怪怪的叔叔面前，劈頭一句。「五樓發生過什麼事？」

然後這位叔叔冷冷一笑，就叫其他人顧櫃檯，把他們拉到角落。

五樓發生的事還不少，羽凡越聽越毛，只是才講到第四個，阿呆竟然就突然往上看，打斷叔叔說話，超沒禮貌。

好重的氣！負面氣息怎麼會那麼重……阿呆往上瞧著，他應該要求也穿個鼻環，把味道也阻隔掉才對！

「好重的氣。」眼前瘦乾乾的男子突然也接口了，「一層樓都只放幾個人了，還這麼不平靜……」

阿呆愣了一下，沒料到這位長者竟然也能感受到這種負面的氣息……其實一般人都可以感受到，只在於敏銳度的高低罷了。

像他，就是屬於偏高……比較高……好吧，非常高的那一種。

這種道理很簡單，就像擁擠的公車中，有的人會一直往角落走，他不希望別人靠得太近，因為這種人比較敏感，會有雙方氣場互擾的不適感。

當然也有那種擠到貼在身邊才會感覺「擠」的人，他身邊隨便找都有，像現在旁邊這位王羽凡就百分之百保證是。

「一層樓只放幾個人？」羽凡詫異的問了，「不是說客滿，所以才把我們跟老師分開嗎？」

「哎哎，這間旅館生意差成這樣，怎麼會客滿？」男子一抽一抽的笑了起來，「一層樓不能放太多人啊……萬一出了事，一次就好幾條命，這就叫分散風險！」

「幹！那我們要快點上去了！」分個頭啦，阿呆立刻跳了起來。「叔叔，先謝了！」

「沒事沒事，有空再來聊啊！」男子又瞇眼笑著，笑起來怪像木乃伊跟你 Say Goodbye 似的。

羽凡完全搞不清楚，路上直問著阿呆發生什麼事了？阿呆簡單的跟她解釋樓上有不好的氛圍，可能有事要發生、或是已經發生了也說不定！

「氣？什麼叫氣？」羽凡狐疑的咬著唇，今晚的阿呆說了好多奇怪的話。「負面的氣是指不好的感覺還是？」

「就跟妳學柔道一樣，不是都要練氣嗎？妳今天如果看到小花板著一張臉，就會說不要去惹她，那就是小花散發出憤怒的氣，而妳感受到了！」

「哦～」這樣說，羽凡明白了些。「你說的氣是這個喔……我以為是好兄弟的事！」

「負面的氣來自於極端負面情緒，是人才會散發出來的……」阿呆緊皺著眉頭，該不會跟這個有關係吧？

負面的能量會招來黑暗的東西，越陰暗的亡者越喜歡。

奔上三樓時，阿呆緊急煞住步伐，彷彿撞到什麼似的，難以控制的往後倒去！

羽凡眼明手快，四兩撥千斤的扣住阿呆的肩膀，然後往上踏了步，靈活的與阿呆換了位置，變成她站在上方，而右手跟腳順利的撈住了差點摔下樓的他。

阿呆一陣天旋地轉，也及時攀住扶把，好不容易穩住身子，抬頭看著拉住他的羽凡。

「你是怎樣？連樓梯都不會走！」她笑道。

「我連樓梯都不會走？」阿呆突然生起氣來，往上走去。「要不是有東西擋住，我怎麼可能會跌倒啦！」

有夠機車的！哪有人這麼有心機？連要回房都不行？阿呆差一階就站在平台，突然扠著腰往前指。

「給我讓開！」他怒氣沖沖的吼著，「擋什麼？拖時間也沒用啦！」

「啊……阿呆？」羽凡傻傻的看著對著空氣叫囂的阿呆，不會阿呆也看到什麼好兄弟吧？

阿呆雙手抱胸，一臉氣憤的模樣，然後擰著眉頭在短短的階梯上走來走去，又對著空氣唸了一堆，最後是不耐煩的嘖了好幾聲。

他們到底想幹嘛？就算小花他們不禮貌忘了敲門，也不需要把事情搞成這麼大條吧？這間旅館太舊了，後頭又是墳區，簡直是集鬼陰之大成！

阿呆又急又氣，只見他搔頭摸耳的，然後靠著扶欄往空氣瞪。

『我好不容易找到好身體的……嘻嘻，你不要礙事！』

「身體？」阿呆忽地說出兩個字。

『可以跑、可以跳，又好年輕的身體喔……呵呵，好開心好開心，等了那麼久，終於可以自由了！』

「那是妳的事，給我讓開！」阿呆手一揮，試圖上前，又被擋回來。

「阿呆……你在幹嘛？不要嚇我喔！」羽凡連忙又扶住他，一臉擔心加恐懼。

阿呆看了看她，這樣下去不是辦法，光用聽的就感覺到對方不是普通的地縛靈，而且為什麼他還聽到了死亡的哭號聲？

「羽凡！來！」阿呆連忙把羽凡往前推，「麻煩妳幫我做一件事。」

「什、什麼？」她狐疑的問著，覺得阿呆越來越怪。

「妳幫我比個招式，就你們柔道的隨便一招，連環的喔，出拳啦、踢腿都可以！」阿呆邊說還得意的往空氣瞄，「要有哼哼哈兮的那種！」

「你當我唱〈忍者〉啊？」羽凡挑高了眉，覺得這要求莫名其妙。

「拜託，一招半式就可以，只是那個中氣要夠，力道要足，假裝……」阿呆指了指平台，「這邊站了一個機車的人，或是偷內衣的賊，給他死就對了！」

「……」羽凡認真的看向阿呆，「你在耍我嗎？」

「羽凡……樓上的同學快出事了。」

一聽到同學可能會出事，顧不得奇怪，羽凡就真的站在窄小的樓梯上比劃比劃，地方太小不能踢腿，所以她只好對著空中出拳，招式不完整，不過那氣勢十足。

光是羽凡身上的氣勢，就足以把擋路的彈到八百里遠外去！

所以在羽凡比劃到一半時，阿呆一個箭步上前，再度拉過她，直直奔向五樓；邊跑時，羽凡注意到阿呆正在戴回耳環——他是什麼時候拿下來的？

一上五樓，阿呆就知道不對了。

他急忙的衝進房裡，恰好撞見與門口呈一直線的惟中屍首，正掛在陽台上頭，一動也不動。

「你是在幹什——呀——」因為是貨真價實的屍體，隨後而至的羽凡也嚇得尖叫起來。

阿呆趕忙攔住想趨前急救的羽凡，那道玻璃門太嚇人了，就連他戴著眼鏡都能隱約看到淺綠色的瘴氣，天知道有多可怕！他趕緊扶正眼鏡，不想再看到一些有的沒的。

「不要靠近玻璃門，直接跟我來！」阿呆凝重的往502跑，小花跟小卓都蹲在床邊，床上躺著依舊不省人事的班代。

一見到羽凡，兩個女生再度帶著淚水嗚咽的說了一大串聽不懂的話，最後非得把兩人拉開，挑一個出來，把事情給說一遍。

「惟中自己上吊？這根本不可能！」那種人會自殺，可以列入十大不可思議了！

「是真的！我們看著他扔繩子、然後吊上去……」小花抽抽噎噎的。

被控制嗎？果然，他成了替身……阿呆遺憾的往隔壁房瞧，之前不小心看到他有劫數，沒想到是大劫。

他一直討厭這種能力，看到自己身邊的人有劫，卻不一定能拯救的感覺太痛苦！所以他才讓自己看不到，讓自己不再感受到痛苦與自責

「那妳們在幹嘛？沒有阻止他嗎？」阿呆轉向小花她們，語調有些激昂！

阻止？小花立刻慚愧的低下頭，剛剛那種情況，她怎麼敢靠近啦！何、何況，外面還有一個不是人耶！

「怎麼、怎麼可能……你不知道，惟中吊上去後，那個好、好兄弟還走進房間裡來……」

小草緊張的嚥著口水，「他在我們面前走出去，還說再見！」

「嚇死人了！妳們說的是真的還是假的！」羽凡緊緊勾住阿呆的手，光聽見就快嚇到魂飛魄散了！

惟中上吊已經夠可怕了，還有什麼屍體在房間裡走？天啊！這裡是什麼地方啊！

阿呆有些氣憤的看著她們，決定先上前探視班代的情況，他呼吸正常，氣場還很強，不像是瀕死之人，讓他鬆了一口氣。

他剛剛聽了幾個故事，大致知道是怎麼回事了。

「羽凡，麻煩妳去擰條濕毛巾來，幫班代擦擦。」阿呆坐上床緣，不時環顧四周。

「我去好了！」小草趕緊起身，想要為沒阻止惟中的事彌補。

「妳們兩個都不要動。」阿呆連忙制止，這兩個人身處在人界跟陰陽界中，沒事就會牽動一堆東西。

羽凡倒是有點害怕，不過看起來她好像可能是比較會沒事的那個……她深吸了一口氣，反正時候到了，就再唱首周董的〈忍者〉好了。

冰涼的毛巾放在班代額上，羽凡還拿了薄荷油往班代的人中抹，希望他能趕快醒來。

她脫掉短外套，然後好奇的看著小花跟小草，她們不覺得房間很熱嗎？怎麼還穿長外套啊？

羽凡想了想，看向空調，發現空調設在三十度，有沒有搞錯啊？跟外面溫度差不多吧？

「不要動空調，妳再動她們會冷死。」她還沒起身，阿呆就出聲了。

「冷死？」羽凡瞇起眼，麻煩說句搭調一點的話好嗎？

「我、我們很冷……」小草點了點頭，她們快把所有的衣服都穿上了。

羽凡怔了怔，再度接受到詭異的訊息，現在有兩種情況，一種是小花她們的情況跟她的不同，另一種就是她們生病發燒了！

「嗯……」班代突然幽幽轉醒了，「阿呆？惟中！惟中呢？」

「來不及了……」阿呆壓下緊張要起身的班代，「慢慢來，你撞到頭了，記得嗎？」

「什麼叫來不及了？難道他……惟中怎麼了！」班代緊張的抓住阿呆的肩頭，一雙眼拚命調整焦距！

「他撕掉人家的安靈符，對方找到替身了，怎麼可能會放過他？」阿呆緩緩閉上眼，「我沒想到對方動作會那麼快，早知道我就不要在樓下待那麼久！」

如果早一點上來，說不定有機會阻止這一切！

「安靈符？」

「之前有人在這裡上吊自殺，他的靈魂被鎖在這裡，得找替死鬼，旅社一定是發覺超渡沒用，所以才請人安符在這裡鎮壓他。」阿呆握緊雙拳，感覺得出他精神有些緊繃。「惟中竟然撕掉了符，對方一活躍，自然就找他做替死鬼了！」

而且那張符的力量很強，就可以得知鎮壓的不是普通的小鬼，而是那種意念強大的鬼魂……唉，一般人是不會去破壞那種東西的，再厲害的法師，都會輸給人心。

惟中這短暫的一生中，成敗都在他那耀眼的自信上啊！

「……」班代在羽凡攙扶下坐起來，難過的握住阿呆的手。「你一開始就知道？」

「嗯……我認出那張符的意義，只是被撕掉就非常麻煩，因為惟中不但冒犯了這裡的人，又撕毀鎮鬼的安靈符，他整個人有一半都身在鬼界了。」阿呆這時緩緩看向小花她們，「其實只要身在同一世界的人介入，說不定能有幫助。」

「什、什麼！」小花被阿呆看得尷尬，別過了頭。

「這就是班代為什麼壓制不住惟中的原因，但是妳們如果有人從中介入一下，拉住他、或是鎖上落地窗，情況都會不一樣的！」阿呆對小花她們有些怒意，「就算是命，有時候也是可以爭爭看的！」

雖然他沒想到對方如此迫不及待的想要自由，但是如果小花她們試著跟班代一樣拉住惟中，至少等他上來……

阿呆看了看錶，十一點十分，真的是一過十一點，對方就抓走了替身，他說不定根本來不及。

「你少在那邊說得冠冕堂皇，如果你這麼厲害，你、你幹嘛一開始不幫忙！」小花被說得氣了，怎麼好像惟中會死跟她們有關似的。

「幫什麼忙？我臨走前還特地交代說要敲門！而且我也沒想到惟中會撕掉符紙！」人永遠都這樣，遇到事情只會怪別人。「再說了，我跟妳們一樣只是國中生，我又能做多少？但至少我知道什麼叫盡力、知道同學要自殺要阻止！」

班代難受的抹了抹淚，知道惟中已經死亡的消息叫他難以接受，他自責著，如果當初能夠、能夠再抱緊一點就好了。

羽凡安慰著班代，一雙眼卻不安的望向阿呆，阿呆真的不一樣了，他變得比平常更加堅決、也變得容易激動了！

「那個……我想知道究竟是怎麼一回事，可以嗎？」羽凡怯生生的開口，她問的是阿呆。

阿呆望向她，並沒有如同看小花她們一般的苛刻，他收起怒意起身到旁邊去倒水，渴死他了，先讓他休息一陣子。

「阿呆，你能幫我們嗎？拜託……」小草無助的哀求起來。

阿呆盤踞在床上，終於緩緩的開口。

一般來說，旅館的歷史越久，所累積的事件就會越多，更別說這裡曾經出過事，後頭又是墳場，幾乎是個非常好的聚會地點。

不論各種孤魂野鬼都會聚集，平常都窩在房裡，當然自殺而亡的是根本被束縛在死處走不開身。

因此當在外旅遊要住房時，要基於禮貌的通知對方，畢竟我們是暫住幾晚，而對方才是長期的住客；多少年以來都流傳著這樣的禁忌，許多不信或是大意的人，當晚都會鬼壓床或無法成眠。

是的，通常只是一點小惡作劇而已。

「現在看起來並不像是惡作劇吧！」羽凡驚呼著，都死一個人了！

「因為我們之中，有人在召喚惡意的靈、鬼，或是不好的煞，隨你們怎麼說都行。」阿呆不時咬著指甲，「而且以這個人為中心，越擴越大，把過去的靈魂全叫了出來。」

「什麼意思？有人在作法嗎？」班代緊張的問。

「不需要作法，另一個世界沒有多複雜！就拿妳跟小花來說好了，為什麼處境會不同呢？」阿呆啪的彈了一下手指，「因為她們沒敲門，直接闖進陰陽界；而妳敲了門，另一個世界的人就退了出去，把陰界的門關上，就跟平常一樣處在人界。」

不公平！小花不禁在心中二度咒罵，都是小草，一切都是她害的！只要敲個門，就不會落得現在的下場了！

「所以……小花她們雖然在這裡，可是也同時處在那個好兄弟界？」羽凡怕怕的指向她們，「那我們……」

「她們看得到我們，也看得到那些好兄弟們！啊我們三個是一國的，很正常！」阿呆拍了拍羽凡，安慰著她。「阿呆，那這裡的好兄弟要的究竟是什麼？這種狀況平常嗎？」班代始終為同學憂心忡忡。

「不平常，一般只會惡作劇而已，不太可能把人界跟陰陽界連起來；除了負面的召喚加乘外，還有某些我們不知道的東西在作怪。」阿呆拿出口袋的記事本，「樓下大叔說，這裡上吊過一個男人、殉情過兩對情侶，還有一個被刺殺的少女……以及一個病入膏肓，過夜時死亡的女生。」

其實好像還有不少的樣子，剛剛因為他感受到樓上怪怪的，才及早趕了上來，沒瞧見大叔一臉惋惜，好像還有一堆沒講完咧。

「以上都有可能是作怪的主謀，因為總是有人會對人世有殘念。」他再度扶正眼鏡，眼鏡就是有缺點，四邊超多死角，老是有空隙可以看到有的沒的。

偏偏隱形眼鏡又不方便，了不起戴雙週拋，那要兩個星期作一次法，太累了啦！

「阿呆，你為什麼……變得很不一樣。」班代終於提出了他最想問的問題。

「我？沒啊，這才是我。」阿呆笑了起來，「噯呀，平常的生活沒必要搞得那麼累嘛！」

「可是你那是……裝傻？你都這樣默默的被欺負耶！」羽凡簡直不可思議，「而且還傻笑、任人玩弄……」

「人生吶，低調點好！同學們愛玩愛鬧就讓他們去，我也是配合度高啊，總比他們去欺負那種無法承受的同學好吧？」阿呆這時又露出了傻笑，「怨恨而死的靈魂更可怕喔！」

什麼啊！羽凡跟班代都詫異非常，阿呆覺得這樣被欺負沒有關係？是因為避免班上別的同學遭受一樣的事？

不過也因為阿呆的傻，沒陷入多淒慘的狀況，難道……難道是因為他知道這樣不會被狠狠的欺負，所以才裝傻的？

這樣說來，不是什麼事根本都在阿呆的掌握之中？

「你可以幫我們對吧？」小草飛快的衝到阿呆面前，「阿呆！拜託你！以前如果有得罪到你，我跟你說對不起、我……」

「還敢說！妳們兩個，就是這次事件的主導者！」

因為負面的力場並沒有消失，甚至更強了！原本他以為是惟中，但是他死了之後，那股氣場毫無消退之態。

阿呆才在猶豫，卻突然聽見了浴室裡的水聲！班代一臉狐疑的回首看去，卻親眼見到衣櫃突然奮力的開開關關。

「哇呀！」羽凡展現出無比的跳躍力，一下就跳到了床上，再度鑽到阿呆身邊。

『我的，身體……』有個陌生女孩的聲音，輕揚愉悅的響了起來。

小草下意識的猛一回頭，他們的陽台上，再度出現那抱著娃娃的女孩身影！

「是她！又是她——」她們連滾帶爬的來到阿呆腳邊，指著外頭。「剛剛出現過的女生……還有那個衣櫃裡的娃娃！」

「衣櫃裡什麼娃娃？我剛剛就沒看見過……」班代那時還覺得奇怪，惟中是抓了什麼東西在罵。「可是現在……我真的也看到陽台上有個女生！」

阿呆詫異的看著陽台、再看著左右兩邊的羽凡跟班代，這不公平！明明就不關羽凡他們的事，這兩個很懂禮貌的人，怎麼可以把他們捲進來！

他努了努鼻子，讓眼鏡滑下鼻梁，偷偷的從眼鏡上緣瞄了一下……夠了！他猛然閉上雙眼，外頭站的哪是「一個」女孩子啊？是一師吧？

「嗚嗚嗚……對不起對不起……我們不是故意的啊！」小花抱著阿呆的腳哭，「幫幫我們！拜託你啦……」

阿呆看著腳邊的同學，連羽凡也扯扯他的手。

「阿呆，幫幫她們，大家都是同學……能在一起三年都是緣分，就算變成這樣，還是……」班代立刻幫小花說話。

唉！知道啦！就是同學三年，他才會一直留在這裡！要不然他早就可以拉著羽凡，回到其他同學住的旅館，不就沒事了嗎？

阿呆就算對小花跟小草有怨言，但是人命關天，不能開玩笑的！他嘆口氣，然後從背包中拿出一個眼鏡盒，極為慎重的交到羽凡手上。

「妳得幫我保管好。」他瞥了小花她們一眼，「我這次真的是為同學赴湯蹈火了！」

最重要的，偏偏他沒什麼把握。

「阿呆？」羽凡眨了眨眼，緊緊握著盒子。

「我先跟妳們講好，我不是萬能的，我只是看得到，又可以跟它們溝通而已，太難的我不會。」他不安的往外瞧了瞧，「這次超難的。」

這句話根本沒給同學們打強心針，大家只是更加緊張而已，可是她們什麼方法都試過了，手機打不出去、內線電話找不到老師，還被一個奇怪的女孩接聽，門口又有美娟守著……死馬當活馬醫。就是這個意思吧？她們現在也能寄望阿呆了！

阿呆先是把兩隻耳朵的耳環給取了下來，光取下一只，就聽見吵死人的鬼叫聲，再拿下另外一只，這兩間房間根本在開 Party 吧？

最討厭的，是要拿下眼鏡！

阿呆閉上眼睛，把眼鏡取了下來，要羽凡一起擱進盒子裡，再關上，並負好保管之責。

羽凡接過眼鏡時，好奇的偷偷看一下，她視力二點零，超想知道近視眼的度數看出去是怎樣——嗯？羽凡一怔，怎麼看出去都一樣？

難道阿呆的鏡面沒有度數？

阿呆正維持閉眼的動作，面對著羽凡，耳邊是嘔啞嘈雜的吵鬧聲，一整座山的好兄弟在討論剛獲得自由的上吊靈魂。

他倏地睜眼，羽凡第一次瞧見他眼鏡下的雙眼，清澈而銳利，熠熠有光！

唉呀呀……阿呆光掃視羽凡全身上下就搖頭，她擁有一種厲害的特質，就是「遊靈大磁鐵」，第一次見到她時，她身上纏了快一打的鬼魂，可是她永遠都能活蹦亂跳，真的非常厲害。

或許是她學柔道的關係，當然也跟她這種異常的體質有關。

再往右邊看去，坐在床上的班代果然身邊乾乾淨淨，沒有任何一隻遊靈近身。

而回過身去……那就是另一番天地與世界了。

兩邊房間全部佈滿了遊魂，他很明顯的可以分辨出附近來喝茶的，還是被緊縛在這個地方的；剛剛大叔所說的靈魂全部都在這裡，有人一直坐在床邊吃安眠藥，有一個女孩躺在地上，肚子全噴著血，上頭全是刀口。

當然，他也看到最不想看到的同學。

惟中一臉茫然的站在陽台上，舌根斷掉的他掛著舌，可能是剛死的靈，還不知道自己已經身亡，旁邊有一大票附近墳區的死靈們正在討論他。

只是幾分鐘光景，惟中竟然變成他摘下眼鏡才能看得到的鬼魂。

他認真的巡視一遍，還特地走到門外去看看，果然也看到了美娟。

「美娟，妳站旁邊一點！」他揮揮手，要美娟往牆邊站。「我不想出門就撞到妳，嚇死人了！」

『阿呆……阿宏他……他扔下我了……』她又哭了，血再度流了滿面。

阿呆無法明白美娟話裡的意思，不過至少可以確定阿宏尚未死亡，可是美娟卻已經慘遭毒手。

「妳不要哭，我等等再聽妳說。」鬼哭起來難聽得要命，他會起雞皮疙瘩。「不要隨便跑好嗎？聽我的話再行動！」

美娟點了點頭，對於終於有同學聽得到她而感到有點欣慰。

他重新走回房裡，四位同學已經非常團結的抱在一起，但是那負面的能量已經太大了！在他眼裡，他只看到整個房間都是濃黑色的漩渦，不停的呼喊著怨氣強大的死靈。

「因為我的關係，你們等一下會看得很清楚，所以我只要求……不要尖叫。」

因為女生尖叫非常吵，而且會讓他亂了心神跟腳步，然後會不知道該先救誰！

「我沒說跑，大家就在這裡不要亂動。」他的眼神停在羽凡身上，「喂，我的東西，妳要幫我保管好喔！」

羽凡用力的點頭，她放在隨身小包包裡，拽了個死緊。

「接下來……」阿呆緩緩回身，正視著站在外頭的女孩。「可以談談嗎？」

他的前額滲著汗，他沒遇過這麼可怕的死靈，平常都只是路邊被車撞死的、或是一些心有不甘的小怨靈，從沒有應付過這麼大一隻。

賭賭看了，阿呆強健自己的信心。

抱著洋娃娃的女孩動了，她突然往前走，貼上了玻璃門，然後忽地穿過，瞬間就來到了阿呆面前。

「哇——」四個人不分男女同時尖叫，又同時用力摀住嘴。

女生留著一頭及肩短髮，全部蓋住了整張臉，她身體枯瘦，像只有一層蠟黃的皮膚包裹著骨頭一般，右手曲起的肘內抱著那只破娃娃，幾乎貼在阿呆面前。

他屏住呼吸，因為她實在臭死了！

『你是誰？為什麼我讀不到你的想法？』女孩開口說話，汙濁的黑色氣體從嘴巴再透過頭髮冒出。

「我是來溝通的，不是讓妳讀心的。」阿呆後退一步，開玩笑，他身上掛的東西可不是裝飾用的。

『有什麼好溝通的？』女孩是飄在半空中的，柔媚的撥著頭髮。『我要唱歌、我要跳舞、我也要畢業旅行……我還要交男朋友～』

「門口那位是我同學，她稍早之前來過。」阿呆指了指門外，「妳無緣無故為什麼要把她撕成一片一片的？」

『我不喜歡她的品味。』女孩竟然哼的一聲，『她交的男生很爛，嘻嘻……那個男生一看到我就嚇跑了，把她推進房裡來喔！我在裡面一片一片的撕她，她男朋友在門外把門拉緊，不讓她出去呢！』

震天的淒絕哭聲隨著女孩的話語傳來，美娟曾幾何時已經來到房裡，就站在床邊，哭得泣不成聲！

這就是……美娟說被拋下的原因嗎？阿呆皺眉，除了運氣不好外，他沒想到阿宏會扔下美娟啊！

『我討厭她，我不想要她的身體。』女孩轉向小花她們，長笑起來。『我的身體……嘻嘻……』

「要身體有什麼用，妳都已經死了！」阿呆一步上前，擋住了女孩的視線。「借屍還魂也沒有那麼容易，不要做一些異想天開的事！」

『我要身體！我要我的身體！』女孩高聳起雙肩，每一寸關節扭曲式擺動。『我有我的辦法，我一定要拿到身體！』

「既然這麼想活，當初為什麼要死？」阿呆竟跟她嗆起來，「自殺是不對的吧！」

『我——才——不——是——自——殺——的！』

女孩忽地尖聲嘶吼，頭髮全部飛揚起來，那被頭髮覆蓋住的臉龐，是一張不過十幾歲的年輕模樣，卻乾枯得宛若一具木乃伊！

她的尖叫聲震天價響，兩間房裡的東西全部震動起來，牆上的畫掉下，衣櫃的門吱吱呀呀，羽凡一行人全部把耳朵摀起，而女鬼的尖叫卻沒有歇止的意思。

阿呆知道自己說錯了，他不懂這個女鬼明明是地縛靈，應該十有八九是自殺的啊……為什麼會——

啪！女鬼的手突然扣住了阿呆的手腕，她的指甲尖而利，上頭佈滿了血絲與肉條……可能是美娟的。

『我想活！我一直想活下去！』她衝著阿呆大吼，下一秒，就把他往另一張空著的床上甩了過去。

阿呆無力反抗，只感覺自己才摔上了床，就再也不能動彈了！

「惠惠。」

——第五章 贈予——

女鬼的意識迅速竄流，阿呆看到了她生前的姿態，她躺在這張床上，唇色發白、病入膏肓……即使如此，父母還是帶著她環島，以期完成她的心願。

她從出生開始就如此虛弱，沒有在太陽下奔跑過，甚至也沒有學校生活……她開始環島旅行，每到一個地方，就剪下一綹頭髮，藏在旅館的隱密之處。

因為她病得太久了，肌膚再也不光滑細嫩，臉龐也不再豐腴青春，她是風中殘燭逼近枯槁的生命。

唯有頭髮，一直維持著美麗的生命力。每一綹髮都代表著她曾到過的地方，只是她沒料到，這綹頭髮，是她最後一次剪頭髮。

當天晚上，她睡夢中與世長辭了，就在502號房。

可是她不想死！她還年輕！她都還沒有交男朋友，為什麼就要因病痛死去？

她原本以為藏著頭髮這樣代表自己曾活過，結果她無法跳脫自己的執念，死亡之後卻被自己束縛住，待在這個死亡的房裡。

「阿呆！」

阿呆睜眼，他自床上坐起，左手邊那張床上是擔心他的同學們，而叫惠惠的女鬼依然矗立在他跟前。

「對不起，我不知道妳就是那個因病死亡的少女。」剛剛大叔明明有提過了，他疏忽了。

「因病……」羽凡驚訝的圓了眼，那個病入膏肓的……

「那綹頭髮是她剪的，她希望能環島，在每一個落腳處留下頭髮，證明她曾在許多地方活過……」阿呆指了指他半臥著的床，「她卻死在這裡。」

大家紛紛倒抽一口氣，又是個死在這裡的人！

「你……怎麼知道？」羽凡嚥了一口口水，因為剛剛大叔沒講得那麼詳細。

大叔只提到有個瀕死的少女，正在完成環遊台灣的夢……可一個字都沒提到頭髮啊！

「她告訴我的。」阿呆講得有夠自然，因為要解釋太麻煩了，不是每個人都有那種讓死靈滲透的體質。

「所以，她想要一個健康的身體。」羽凡終於懂了，惶惶不安的瞄了惠惠一眼。

「一直都想要。」阿呆垂下眼睫，只是她渴望了那麼多年，力量終究不夠。

偏偏這一次，有某位同學的負面氣場做開端加持，加上她想要重活一次的怨氣、通路的開啟，這棟悠久的旅社讓應該愉快結束的畢旅，起了極大的變化。

他的確為惠惠掬一把同情之淚，那種在青春年華只能躺在床上的日子太痛苦，病痛的折磨更是難以言喻，她想要一個健康身體的欲望，他非常能夠理解。

但是她已經離開人世了啊！怎麼能妄想侵佔別人的身體呢？

『所以，把身體給我吧……』惠惠的目光灼灼，勝利的狂笑著，來回巡視著現場僅存的三個女生。

最後，她的視線熱切的落在羽凡身上。

看起來不但健康美麗、而且活力四射，這個身體應該很好用，又可以用很久吧？

阿呆瞬間就連結了視線，惠惠的眼神跟羽凡根本就連成一直線了！

「妳等一下！她可沒冒犯到任何人！」阿呆趕忙跳下床，再度擋住女鬼的去向。「她沒有進入陰陽鬼界，妳怎麼可以任意拿取！」

『呵呵……哈哈哈啊……』女鬼咯咯笑了起來，『你睜大眼睛瞧瞧，現在誰不是在我的地盤裡？』

哎呀！事情哪能這麼毫無章法！任何地方都有法則，就算這傢伙有力量可以附身，那也要按照規矩來啊！

阿呆慌張的回首瞧著，問題是那負面的氣場已經連結到每一個人身上，簡直就像是一把萬能鑰匙，大開其門了啦！

到底是誰！哪個人懷著那麼大的負能量啦！

「妳們兩個，心裡到底在想什麼啦？」阿呆氣急敗壞的指向小花跟小草，「一定有人在想很不好的事，所以才會把事情搞到這麼大！」

「什麼不好的事……」小草都傻了，「這種情況了，誰會想到好事啦！」

請問如果有一隻厲鬼站在妳面前，說想要挑妳的身體附身，還會有人心裡很快樂的嗎？

「我不是說心情，是指有人有壞念頭！」哎，跟這些人說不清的！阿呆急急忙忙想上前護住羽凡，怕只怕惠惠的目標已經鎖定了！

「阿呆——」羽凡突然掩嘴驚叫，跟著想往前衝。

阿呆措手不及，直覺後面出了問題，但是在來不及回頭的當下，親眼見到一隻手從他的胸膛穿了出來！

惠惠伸長了她枯瘦血腥的手，自阿呆的背後穿了向前，直直穿出他的心窩，還在那兒欣賞著她細長的手指。

『真可惜，你好帥，我好想當你的女朋友說……』惠惠的嘴湊近了阿呆的耳邊，青紫色的唇裂得比碗口大。『可是你會妨礙我……身體比較重要，嘻嘻……』

阿呆一口氣抽不上來，他只能看著惠惠的手在他心窩裡攪，一股難以言喻的疼痛自心窩竄上腦門，痛得他扭曲臉孔，伸長了頸子，拚命的掙扎。

好痛！痛死了！阿呆在心裡吶喊著，就沒有一個人能過來幫他嗎？後頭成山喝茶的老鬼們，稍微見義勇為一下行不行？

惠惠倏地將手抽了回來，阿呆跟著身子一軟，「咚」的倒上了地！

「阿呆！」班代再也忍無可忍，雖然阿呆交代過不許動，但現在怎麼是聽話的情況？他不顧一切的衝上前，拔下阿嬤給他的佛珠，直直衝到阿呆身邊，並且手持佛珠對著惠惠恫嚇。

可惜沒有用，死靈已成怨靈，這區區佛珠根本一點功效都沒有。

惠惠的笑容裂到了耳下，耳朵還跟著裂開，那已經乾癟的眼珠子轉呀轉的，忽然揚起手，直直就要往班代的腦門插進去。

說時遲那時快，一個飛踢自班代頭頂掠過，直踢向惠惠，將她彈出了玻璃門外！

「哈！」羽凡站在班代正後方，一隻長腿還伸得挺直。「好樣的！這招真的有效！」

「羽凡？」班代其實已經做好必死的準備，但就算死，也要護住同學……

「阿呆之前教我的，跟我說一遇到狀況就使出全身中氣，踢一段柔道！」下次真唱一整首〈忍者〉，說不定可以淨化所有靈魂咧！「阿呆怎樣了！阿呆！」

羽凡簡直心急如焚，阿呆趴在地上，臉色慘白的一動也不動，班代緊張的把指頭放在阿呆的頸間，急欲測量脈搏。

但一點點波動都沒有，羽凡焦急的把阿呆翻過身來，貼上他的胸膛，也找不到心跳的鼓動聲。

「他……走了。」班代茫然的吐出這絕望的訊息，眼淚無法抑制的滑落。

「騙人！騙人！」羽凡失控的搖著阿呆的屍首，「給我醒來！你明明說要幫我們的！醒來！」

阿呆動也不動，再也不能動了。

嗚嗚嗚嗚……羽凡難受的趴在阿呆的胸前嚎啕大哭，拚命的搥著他，無法接受這剎那之間，她竟會失去阿呆！

後頭的小花跟小草反而是因驚嚇過度而平靜下來……阿呆死了？那個看起來唯一可以救命的人，就這麼被一攪心窩，就走了？

那她們怎麼辦？現在已經不是一條命的事，是四條命啊！

「阿呆說……是我們之間有人在作怪！」小花嚷了起來，「是誰！是誰！快點把話說清楚！不要害人！」

「要死一個人死就好，為什麼要牽拖大家下水！」小草也慌亂的叫囂著，「羽凡，是不是妳！妳在想什麼！」

羽凡哪聽得進這些，她只為了阿呆在哭泣跟哀悼，而班代則用力抹掉淚水，為什麼越到生死存亡之際，越會有猜忌呢？

「妳們不要吵了！現在是想要辦法離開這裡……解決掉這些事！」

「怎麼解決？我們沒有一個人處在正常的世界！打開門外面是一堆鬼！」小花跳下床，把羽凡從阿呆身上拉起來。「羽凡！妳說，妳在想什麼！把這幾天一直在想的事情講出來！」

「放開我……妳在幹嘛！」羽凡氣得揮了小花一巴掌，「就算有鬼，也是妳們兩個其中之一，阿呆剛剛說得很明白！」

小花被打得傻了，她沒想到羽凡會突然動手，只是這一掌打得她氣憤難當，歇斯底里的就朝羽凡撲上去！

「妳打我？妳竟然敢打我！妳以為是萬人迷了不起啊！一定就是妳、剛剛那個女鬼看的是妳，別以為我們不知道！」

「小花！」班代連忙扯開兩個扭打在一起的女生，真搞不懂為什麼事到如今還有時間打架！

小花被掰開的反作用力摔上了地，小草趕緊過來扶起，情況又變僵了，失去阿呆的他們，毫無頭緒。

然而，厲鬼並不會等他們想出辦法，瞬間，惠惠的身影又出現在陽台了。

「外面！」班代大喝一聲，看著惠惠的身子二度穿過了玻璃門。

這一次，她是直直朝著羽凡撲過來。

羽凡半蹲踞在地上，根本來不及比劃什麼招式，班代立刻以身護住她，她也只得緊閉上雙眼，窩進班代的雙臂之間——

只是下一刻，羽凡身上竟然迸射出光芒，不但擋住了惠惠的攻勢，甚至把她往牆邊彈了幾圈，骨頭連斷了好幾根。

班代偷瞄了一下，發現自己還活著，再看向護著的羽凡，她也安然無事？

小花跟小草自是不可思議，兩雙眼睛瞪得圓大，盯著發著白光的羽凡瞧。

羽凡驚魂未定的喘著氣，發現自己身上透著光……嚴格說起來，是她身上的某一點發著光，環繞住她。

她錯愕的低首，發現光源來自於她的隨身小包包。

惠惠怕那個光、怕極了！她緊貼在牆邊，盤算著距離、打量著情況……那女生身上有很可怕的東西，一不小心，別說獲得重生了，只怕她會挫骨揚灰！

「是阿呆的東西……」羽凡拿出阿呆讓她保管的眼鏡盒一副眼鏡、一對耳環……羽凡望著盒子，又是一陣啜泣。

為什麼會這樣？她抓緊了小包包，那裡面有一封告白信，她原本希望趁著畢旅時，跟阿呆告白的！

雖然他笨、他傻……但是她卻很喜歡一直為班上帶來歡樂、為班上化解無數次干戈的他……即使現在知道他的傻只是為了不想引起糾紛，也只是更讓她佩服而已！

應該是青少年時期最愉快的畢旅，為什麼、為什麼會變成訣別！

「羽凡……」小花的聲音突然自耳邊傳來，「剛剛對不起……」

羽凡抬頭，淚眼矇矓的搖了搖頭，算了，現在吵什麼都是枉然……

「再對不起一次。」小花又這麼說著，誠懇的看著她……和她手上的眼鏡盒。

須臾，小花奪走了羽凡手上的眼鏡盒，跟小草一起直直往浴室衝了進去！

只要外面那個女鬼成功奪走了羽凡的身體，一切就結束了！大家就沒事了，對吧！

要犧牲，就要犧牲對的人！反正惠惠要的是羽凡，又不是她們！

※　※　※

羽凡跟班代連叫都叫不出來，只能眼看著同窗好友、甚至曾是摯交的人，搶走阿呆遺留給她的護身符，躲進浴室裡……等待女鬼料理她？

「為什麼……為什麼！」羽凡無法置信的扣住班代的手，「這是朋友嗎？這又是……」

「羽凡……」班代無法回答她，或許這正是人類求生的本能吧！

貼著牆的惠惠笑了，她注意到那強大的力量遠離這個空間，在容許的距離之內，可以成功奪取她要的健康身體……

她等得太久了，一點也不想再等下去了！

騰空，她狂亂的尖叫聲從四面八方竄來，羽凡跟班代不由得踉蹌向後，兩個人甚至盤算是否要奪門而出——

美娟站在旁邊哭著，她知道來不及的……用跑的是絕對來不及的……

惠惠五爪一張，準確的扣住了羽凡的後腦勺，她歇斯底里的尖叫，感覺整張頭皮幾乎都要被撕拔下來了！

『動作輕點，如果妳想要這個身體，應該希望漂亮一點吧？』

有個聲音突然在惠惠耳畔響起，『沒有腦殼一點都沒有美感，對吧？』

咦？班代不免一怔，禁不住的回首，那個聲音……

「阿呆？」後頭有個一樣浮在半空中的身影，是剛剛應該死掉的同學。

女鬼瞠目結舌，她不可置信的看著眼前的阿呆，很快的意會到他也是靈體，但是沒有人能在死後如此迅速的恢復神智！

『放開她！』阿呆伸手握住惠惠的手，然後打了印，往惠惠額上壓了過去。

『哇呀呀——』燒灼感自惠惠額前蔓延開來，她鬆開了抓住羽凡的手，不停的抱著前額慘叫。『你給我安了什麼！安了什麼！』

『沒什麼，只是附近土地公廟前拜的水！』阿呆手一張，掌心裡是濕潤的。『土地公老伯無法壓住妳，還拜託我幫點忙咧！』

他飄浮到一個良好的地點，可以準確的擋住惠惠的攻擊。

班代扶著羽凡，她整個腦子後頭都又痛又麻，但這些不快的感覺還是敵不過阿呆還存在的喜悅！

回身昂首，只能看到半透明的阿呆，飄在半空中。

『你只是個剛死的靈體，以為敵得過我嗎？』惠惠面孔猙獰的瞪著阿呆，額前已成一片焦黑。

『敵不過。』阿呆兩手一攤，實話實說。『不過容我更正一下，我不是剛死的靈體，我還是個生靈。』

他指了指自己趴在地上的軀體，麻煩去看一下，他剛剛恢復呼吸了呢！

『哦？』惠惠惡意的看向阿呆的軀體，『那我幫你死透一點好了！』

餘音未落，惠惠就直接往阿呆的身軀而去，這一次她打算要把他扯個四分五裂，看他有沒有辦法再活過來！

羽凡尖叫著想衝上去保護，班代卻因擔憂而攔下了她。

說時遲那時快，一抹紅色的影子從窗外飛至，不但直接擋住惠惠，還以掌扣住她的臉，直接往牆裡推！

這麼一推，惠惠竟毫無招架之力，被紅色影子推進牆裡。

『乾媽！』阿呆喜出望外，熱絡的高喊起來。

乾、乾媽？班代的背脊涼了起來，阿呆的「乾媽」，也沒有腳耶……

紅色的影子終於漸成人形，那是位相當美麗的女生，在羽凡眼裡她比她大了幾歲，有張清麗娟秀的臉龐。

『你又靈魂出竅？跟你說幾百次了，還不熟練的話這樣很危險！』乾媽湊近阿呆，往他頭上敲。『要不是我及時趕到，你就死了！』

『哎哎……我就知道乾媽一定會救我嘛！』阿呆一臉無辜的閃躲，『不要再打了……哎喲喂呀！』

阿呆閃到沒路，咻的化為一抹煙，往倒在地上的軀體裡去。

沒幾秒鐘，地上的阿呆嗯了兩聲，手指動了起來……羽凡跟班代見狀，忙不迭的衝上去，把阿呆給扶了起來。

溫熱的身體、規律的呼吸、強勁的脈搏，阿呆真的活過來了！

『你以為躲進去我就打不到你嗎？』乾媽停在半空中，眼尾一瞥，床上的枕頭飛過來，直中阿呆的頭。

「啊……哎！很痛耶！」阿呆好不容易開了口，「我的心窩被那女鬼捅得痛死了，難受極了！」

『哼！早叫你不要參加畢旅，你非參加不可！活該！』乾媽來到阿呆的面前，纖指抵著他的胸口。『我設的封印只能撐一下子，你要趕快想退路。』

「怎麼想？乾媽，我們現在出都出不去了。」

『得把那個女孩解決才可以，我不能動她，你可以。』乾媽環顧四周，嚴正的看了好一會兒，而抵在阿呆胸前的手，正吸出一團黑色的氣。

『死靈的穢氣，你差點就要病個一年半載的了！』乾媽不悅的瞪著他，『有東西在支持她，就算能砍她劈她，她也能再生，你要把東西找出來。』

「什麼東西？」阿呆頭痛了，為什麼會這麼難？

『你自己找，我看不到！』乾媽沒好氣的雙手扠腰，『雖然我也曾是厲鬼，但我已經從良很久了，沒辦法越界。』

「不講我怎麼找啦！妳明明知道我不會啊！」阿呆急了，手無寸鐵要怎麼保住大家。

『你媽那種人都能找到，你會找不到？』紅衣乾媽突然一頓，『我得走了，不然會被發現我溜出來！』

「快回去快回去！」阿呆緊張起來，「拜託不要跟別人講我搞這麼大的事！」

阿呆朝著空氣大喊，也不知道乾媽有沒有聽見，只見那抹紅影咻的往窗外穿透，消失無蹤。

呃……阿呆痛苦的揉著胸口，到現在五臟六腑都覺得不對位，被攪成一團似的難受……這比上次車禍的感覺還痛苦，至少車禍有傷口好嗎？

「阿呆？阿呆！」羽凡終於可以開口了，她緊緊的環住阿呆。「你沒死！你真的沒死！」

「哎哎……」阿呆被抱得死緊，快不能呼吸了。「妳再抱下去我就死定了！」

羽凡聞言，連忙鬆開了手，緋紅著臉低下頭去。

「阿呆，你怎麼會……我們明明看到那個女鬼的手穿過你的身體！」班代對於阿呆的平安是很開心，但是不解的事更多了。

「她是鬼，我是人，只要有清楚的界定，他們沒那麼容易傷人。」阿呆有說等於沒說，「反正以後再教你們，我們現在難得在人界，得快點離開。」

「現在？人界？」羽凡又迷糊了，吃力的站起身。

「我乾媽下的封印，暫時斷絕跟那邊的通路……暫時。」他強調著，偷偷打量羽凡有沒有受傷，卻發現他的東西不見了！

他的眼睛停在她的隨身包包上，用責備似的眼神看向她。

而羽凡愧疚的沒說話，眼神卻往浴室瞄。

「她們搶走我的東西？」阿呆不可思議的問著班代，「那是我用來當羽凡的護身符的耶！」

「呃……女鬼攻擊羽凡，是這個保護了她……」班代也難以啟齒，「她們覺得有用，就搶走了……」

「大家可以一起用啊！」這力量沒那麼小吧？他都戴那麼多年了，證明百毒不侵啊！

「有沒有這麼自私！」

阿呆氣急敗壞的走向浴室，開始用力的搥著門。「小花小草！帶著我的東西給我滾出來！」

裡面的小花小草嚇了一跳，一聽見是阿呆的聲音，更怕了！

一個惠惠還不夠，現在連阿呆都成了鬼？他敲門敲得這麼有力，力道之大，該不會來找她們算帳吧！

「怎麼辦？是阿呆……阿呆生氣了，因為我們拿了這個！」小花慌了，握緊眼鏡盒抖著。

「不會……沒關係，我們有眼鏡盒啊！」小草這麼安慰著。

「外面怎麼了？如果阿呆變成了鬼來找我們算帳，那、是不是表示羽凡已經……」小花越想越害怕，眼淚撲簌簌的掉。

她不想這樣啊！可是她不想死於非命，在畢旅中被鬼殺死、或是被鬼附身，她全部不要！

「不會的！羽凡不會被那個女鬼佔據身體的。」小草突然堅定的說著，緊握著小花的手。

「咦？可是、可是……」小花有點困惑，她們當初就是為了想讓女鬼佔有羽凡的身體，才搶走眼鏡盒躲進來的啊！

「開門！再不開我撞進去了喔！」外頭的阿呆撞起門來了！

「不要這樣啦！」是羽凡的聲音，「你那麼兇，她們會嚇死的！而且她們不知道你活過來了啊！」

「我管她們！太過分了！這種人怎麼叫朋友？」阿呆簡直怒不可遏，「妳負責把東西拿回來，我跟班代來找這房間裡足以維持惠惠力量的東西！」

「啥？」班代保證聽不懂，他今晚覺得，阿呆的話比物理難懂很多。

那頭的羽凡在叫小花她們出來，還解釋阿呆活過來了、現在是可以逃的時候了；另一頭的兩個男生，正拚命的找著。「不知道該怎樣找的東西。」

「有東西在支持她、就算被滅也會重生……難道她死後還把骨灰埋在這裡嗎？」阿呆慘叫著，「嗚，萬一混著水泥塗在牆上，那我死都破不了啦！」

「不、不會吧……」班代嚇得直打哆嗦，「一定要她身體的一部分嗎？頭髮也可以啊！」

阿呆怔了一下，緩緩的看向班代，然後驚嘆般的搖了搖頭……再搖了好幾下！

「班代！你真是太可靠的人了！這麼簡單的事我竟然想半天！」阿呆冷不防的衝上前給班代一個大擁抱，「哎……哎呀……」

結果胸腔裡的痛沒痊癒，自己把自己撞得唉唉叫，再趕緊衝到茶几前，準備把那綹頭髮燒掉！阿呆瞪著茶几表面、再往地上找——啊……頭髮咧？

「小草，是羽凡！她沒事！」小花起身往外走去，「妳說對了！羽凡真的沒事！」

「那是當然的啊！」小草也緩緩站了起來，表情帶著點淺笑。「因為那個女鬼要的身體不是羽凡的……就算她很想要，也不能違反約定。」

「約定？」小花有點錯愕。

只見小草舉起手，亮出小花編給她的幸運繩。

「妳不是編這個讓我許願嗎？說第一次基測就會考上南一女？」小草瞪向小花，「騙子！虛偽！妳剛拿基測的事來諷刺我，還假意的編這種東西給我！」

「不、不是的！」小花倉皇失措的搖著頭，「剛剛吵架我是一時口快，我沒那個意思，我是說——」

「我跟厲鬼許願了。」小草晃了晃手，「我許願——我要把她想要的身體送給她。」

咦？

「就是妳嘍，小花。」小草瞇起眼，柔柔的笑了起來。

敲門

「哇呀啊——」

伴隨著尖叫聲，浴室門突然一拉，羽凡根本來不及看清楚，就被人撞倒在地！而那個人簡直是用飛的，開了房門就衝了出去！

「小花！小花！」小草跟著衝出來，看見被撞倒在地的羽凡。「羽凡！小花她嚇得跑出去了！」

「怎麼了？」班代跑了過來，看見落在地上的眼鏡盒，可能是剛剛小花撞到羽凡時掉下來的。

「保管好！」阿呆拾起來扔給了羽凡，「班代！把她追回來！妳們好好待著！」

他們躍過了倒在地上的羽凡，直直往外追去。

而站在浴室門口的小草，她背在身後的左手，正緊緊握著那綹頭髮。

※　　※　　※

小花沒命的、不停的往前跑。

這條走廊像是無止境般，越跑越長，永遠都跑不到盡頭似的。

她才一出門，就聽見後頭有人在追逐她的聲音……喀噠……喀噠……喀噠……喀噠……

像那個娃娃靴底聲啊！

小花臉色蒼白，雙唇發顫，驚恐的用眼尾瞥著右方的房門號碼。一間又一間的飛掠。

0504、0505……0506，房間一間間挨著，卻都在她一抵達該房間門口時瞬間開啟。

「不……救命！誰來救我！」小花哭著，拔腿狂奔。

突然一個失神，她被走廊上早已泛黑發霉的紅地毯絆了跤，整個人重重的跌上了地。

她正跌在 0510 的房門口，而房門也在她倒下的那一刻，倏地開啟了！

喀噠……喀噠……喀噠……喀噠……

「為什麼會這樣……拜託你們……我不是故意的！我不是故意的啊！」小花哭號著，慌亂的爬起身，趕在那腳步聲逮到她前逃離！

不能被抓到！她清楚的知道，絕對不能被抓到啊！

眼看著走廊的盡頭出現了，那是個彎道，她不顧一切的只想逃離這裡，一定要離開這一條走廊！

小花幾近崩潰的緩下了腳步，她站在 0513 的門前，但門並沒有開。

她看著彎道前的一片黑暗，一旁牆上的房號指示標記，還有後頭越來越近的腳步聲。

喀噠……喀噠……喀噠……喀噠……

小花注意到右手邊的房門並沒有開啟，那表示這間房間並沒有被什麼東西給佔據吧？她的腎上腺素頓時飆漲，瘋也似的撞門，單薄的門敵不過她用生命撞擊的力量。

門被小花撞開了，那喀噠的腳步聲就在身後，她飛也似的衝進房裡，把門給緊緊關上。

門被她撞壞了，那鎖不起來怎麼辦？她用盡力氣壓住門板，聽著那停在她房門口的腳步聲。

喀噠……喀噠……喀噠……喀……

沒有聲音……外頭變得一片死寂，完全沒有聲音。

接著，突然傳來有人奔跑的足音——「小花？小花！」

是班代跟阿呆！

是真的同學嗎？會不會是鬼魂假裝的？小花深怕那是陷阱的伎倆，連小草都背叛她了，那個賤女生，她竟敢這樣對她！

這三年來，是誰在罩她啊！

「怎麼跑那麼快？一下就看不見了？」班代的聲音就在門前。

「會不會下樓了？這旁邊就是安全門了！」阿呆狐疑的說著，「奇怪……可是我沒聽到腳步聲啊！」

安全門？女孩瞪大了眼睛，這間房間的隔壁怎麼可能是安全門？那明明是另一條接續的彎道走廊啊！

「她應該是跑出去了，等一下就回來了！你不是說現在還安全嗎？」班代躊躇著。

「嗯……」阿呆注意到眼前的這面牆，緊緊揪著眉頭。「她……可能回不來了。」

這片牆為什麼有股詭異至極的氣息，讓他頭皮發麻。

「嗯？是不回來吧？你詞怎麼用的！」

「喔，抱歉抱歉！沒事，我們回去吧！」阿呆突然敲了敲她的門，但發出的卻不是木板門的聲響。「為什麼、為什麼說不聽呢……」

班代他們的聲音漸行漸遠，小花屏著氣，她想著小草的嘴臉、安全門的消失、還有阿呆剛剛為什麼說——她回不去了？

什麼又叫做說不聽……

『嘻嘻……妳怎麼總是說不聽呢？』

詭異的女孩尖笑聲，從女孩身後傳了來。

喀噠……喀噠……喀噠。

小花僵直了背脊，連奪門而出的力氣都失去了。

『想進來就進來啊？真沒禮貌……』

她緩緩的回首，房內一片不透光的絕對黑暗，她只能看到一雙發光的眼，高度在她的小腿處，還有那前所未有的壓力，正朝著她飛襲而來。

敲門

她發現那發光的眼只有一隻，再想到衣櫃那僅存一隻眼的娃娃——

一瞬間，剛剛牆上的房間標示影像自她的腦海浮起。

這條走廊，只到 0512 號房。

她站的位置，應該是……一片白牆——咚！

在女孩成為水泥牆的一部分時，她隱約的聽見最後一句話。

『要敲門吶，嘻嘻嘻……哈哈哈……』

第六章　結願

就在須臾間，阿呆震了一下身子，扣住班代的肩頭停下了腳步。

他彷彿聽見了什麼重物的碰撞聲，狐疑的回首往走廊看去，發現乾媽剛剛設下的結界已經被瓦解了。

而剛剛那堵牆，傳來可怕的悲鳴。

「美娟……」班代望著前方，緊張的說著。「阿呆，我又看得到美娟了。」

「唉，恭喜我們曾獲得短暫的平靜吧！」阿呆無奈的扯著嘴角，搭著班代的肩膀走回502號房。

羽凡跟小草正焦急在門口往外張望，她們被白色的光包圍著，也因此美娟會被逼出房內，站在電梯口附近。

「小花呢？」小草一臉擔心非常的問。

「不知道，我跟阿呆追出去時她就已經——」

「應該……已經被抓住了。」阿呆淡淡的截斷了班代的描述。

「咦？」羽凡瞪大了眼睛，心臟都快停止！「小花她、她不是才跑出去？」

敲門

阿呆拉過羽凡，帶她往走廊的末端看去。

安全門隔壁是一大片的白牆，即使這棟旅社屋齡已久，白牆泛黃斑駁，但鮮豔的紅點依然能醒目的顯現在白牆之上。

彷彿一塊布似的，鮮紅色的顏料自白牆裡頭一點、一點的滲出來，盛開出一朵朵的血花。

「小……小花？」小草愕然的趨前，她也清楚瞧見了那不停盛開並擴大的血跡。

「她跑進了陷阱裡，只要惡靈一抽手，巨大的水泥塊自然就會重新填補那個空間。」阿呆至今還沒見到小花的魂魄，如果見到可能不大好看，她的側面可能會被壓得只剩一公分薄。

「我不懂！可是……」小草有點慌張，因為明明說好要把身體給惠惠的！

「我猜惡靈在那裡假造出空間，小花一慌張就破門而入了！」阿呆終於開始盯著小草瞧，「我都說了八百次了！沒有敲門的儀式，她就會被引進陰陽界的空間裡！」

也就是這一著，把乾媽的結界提前破了！為什麼他勸了那麼多次，就是沒聽進去呢？

人為的通路打破，他卻不得不佩服，惠惠非常懂得利用人心。

而小草，是被利用的人？還是利用鬼的人？

「小草，頭髮在妳那邊嗎？」阿呆伸出了手。

小草驚訝抬頭，水汪汪的眼裡盈著淚水，驚恐不已的拚命搖起頭來！

「不是！你在說什麼，我才沒有……」

「阿呆！你不要這樣啦！」羽凡竟然上前抱住了小草，「幹嘛這時候還嚇她啊！」

小花才剛慘遭不測，就接著懷疑起小草來，她突然覺得正常時的阿呆感覺好奇怪喔！

「妳不要呆了！小花已經不在了，可是負面的氣還是在，而且還越來越大！不是她會是誰！」阿呆氣得把羽凡拉開，「除非是妳，羽凡！」

「我才沒有！」羽凡氣憤的辯駁！

「用腳趾頭想也不會是妳，更不可能是班代，那只剩誰？」阿呆一把將羽凡扔給班代，

「你看好她！莽莽撞撞……」

轉過身，小草還一臉無辜的可憐姿態，往門內退卻，那楚楚可憐的樣貌，真的會讓很多人同情。

只可惜，同情的人絕對不能是他！必須要有一個人清醒！

他從出生起就看得見這些東西，不管是路過的遊魂、或是親人的守護，甚至是盤踞並努力壯大的惡靈，甚至連鬼差都瞧得一清二楚，也聽得仔細明白。

他深刻的瞭解這些魍魎鬼魅，扣除掉少數真的罪大惡極的之外，其他都是為一股執念而變化；執念有善有惡，但是幾乎每一個化為惡靈的都曾有一段悲傷的過去。

但是人類就不一樣了，因為一點點小事就能比惡靈更加可怕，不管是貪婪或是城府，甚至比惡靈們難以捉摸。

敲門

隨便舉個例，吊在外頭的帷中就是血淋淋的例子，仗著自己是風雲人物而囂張跋扈，把自己拱上王者之位，傲視同學；所以喜愛主宰別人的生活、控制別人的思想，要大家都依附他。

這種人是拿別人的委屈難受當愉快，每個學校都有、每個班級都有，出不了人命，但是卻會帶給同學痛苦而不自知。

他不討厭這種人，只是為他們感到可悲，所以他可以當作被整被玩的人，反正無傷大雅，因為他不會感到委屈難過，比別人被欺負來得好。

太多了……不管是偏心又自以為是的師長，或是傷人毫不以為意的同學，他們現下所作所為都會有所回應，只是不知道而已。

因此他用眼鏡封住雙眼、用耳環封住聲音，就是不想去知道他們的命、也不想去探討他們的劫。

因為，要同情是同情不完的！他也不想一再的面對可能失去朋友的感覺！

「把頭髮給我，妳拿著那個不會有好處的。」阿呆步步逼近，「小草，妳別想得太單純，跟惡靈打交道會出事的。」

「不！不是！」小草說得聲淚俱下，「是小花的錯，是她、是她拿我基測失敗來諷刺我……她是個偽君子！還敢自稱是我的好朋友！」

「她已經死了！不要再去追究她的錯了！」阿呆留意著小草全身上下，渴望知道頭髮放在哪裡。

「才不！她不應該會死的！」小草抓著頭髮的手抵住了胸前，「我答應惠惠要把身體給她的！把小花的身體給她！」

什麼！阿呆傻住了！小草怎麼做得出這種事？跟惡靈打交道，還拿別人的身體送人，這樣還敢說小花是偽君子？

「妳為什麼要這麼做？小花被惡靈附身會比較好嗎？」他頭好痛……不懂陰陽鬼界的人亂搞，真的很可怕。

「我、我才不管！」她緊咬著唇，是的，她才不管小花被惡靈附身後會變成怎樣！

她在意的是，更遠之後的事情。

「小草，妳不要這樣……妳這樣大家都出不去的！」羽凡趕忙上前，「把頭髮交給阿呆，然後我們就可以離開了！」

喂喂！最好是！阿呆白了羽凡一眼，怎麼支票都妳在開啊？拿到那綹頭髮後該怎麼做，他心裡也沒譜啊！

「我們有那個眼鏡盒啊，阿呆不是說大家可以一起用？」小草看著羽凡身上的小袋子，「我們可以趕快離開，然後到班上住的那間旅館去——」

「不可能。」阿呆硬生生打破三個人的幻想，「我們走出去只是害死一堆人而已。」

咦？連班代都衝上前，不敢相信的看著他。他也是想說大家圍在一起，就能平安的離開啊！

「是我們……妳們把兩個世界連在一起的，妳走得越遠，連結的世界就更大，妳懂嗎？」阿呆筆直的指向了小草，「有妳在的世界，就是人界跟陰陽界相通的世界。」

所以，更簡單的說，如果他當初撒手不管的話，他、羽凡跟班代，早就能全身而退了。只是，他不可能把同學的手放開。

小草彷彿被雷電擊到一般，這個瞬間才瞭解事情的嚴重性。如果阿呆所言屬實，那……那她這輩子都要困在這裡嗎？永遠都在這裡跟這些鬼啊、惡靈們相處？

事情不該是這樣的！這跟她盤算的一點都不一樣！小草飛快地衝到阿呆面前，把頭髮塞給了他！

『有沒有頭髮我無所謂，我想要的是那個女生的身體。』冷不防的，惠惠霎時出現在床上。

小草嚇得轉過身去，雙拳緊握著，忍不住氣憤與顫抖著人吼起來。「妳！不是說好，只要把身體給妳，妳就會放大家走嗎？那為什麼小花都送給妳了，妳還……」

惠惠一臉無辜茫然，撫著她腕間的娃娃，輕嘆了口氣。『我來不及阻止它啊，它以為你們都是壞人，只是想保護我而已。』

娃娃……阿呆倒抽了一口氣，這下好了，還多了個娃娃。

「那妳……妳……我們說好的！我不可能給妳身體，是妳自己放棄的！」小草嚇得後退，直到退到阿呆的身後。

『沒關係啊，我比較喜歡她。』惠惠猙獰而喜悅的笑著，看著羽凡笑。

什麼！羽凡顫了一下身子，女鬼該不會在看她吧？別開玩笑了！

「人死不能復生，拜託妳不要再奢望了！就算妳今天成功的附在她身上，那還能活多久？」阿呆再度嘗試溝通，「生靈跟死靈都處在一個容器裡，只會導致她快速的腐敗而已！」

哇呀呀呀！羽凡寒毛都豎起來了，阿呆現在是在嚇她還是嚇那隻鬼啊！活生生的腐爛？她才不要！

『沒關係啊，等我離開這裡，我要換身體還不容易？』惠惠飛舞在空中，手腳嘎吱作響。

「那大家就來耗吧！反正妳根本近不了身！」阿呆拉過羽凡、班代，大家從容自若的往床上坐，他知道眼鏡跟耳環上頭的咒法有多強，這位惠惠小姐是無法靠近的。

惠惠惡狠狠的瞪著阿呆，瞪著羽凡身上的眼鏡盒，她很怕那股力量，她的確近不了身！

但是她如果不走，這些人也走不了……

她是鬼，他們是人，鬼有無限制的時間，但是人……會餓死。

可她才不要餓死的屍體咧！那不是她要的身體、活蹦亂跳的健康身體！

『實現妳的承諾！』惠惠突然衝著小草尖笑起來，『把身體給我—把妨礙物撤走！』

說時遲那時快，阿呆才要回身抓過小草，她卻已經蹲下身子，從另一個方向鑽到床前，用力扯過了羽凡身上的皮包！

即使連班代都往前扯住包包帶子，小草卻暗藏了刀子，一刀把皮包帶子割斷。

小草雖踉蹌向後倒去，跌了個四腳朝天，但眼鏡盒業已拽在她懷中！

惠惠咻的離開原來的位置、避開了小草，然後從羽凡他們背後的浴室牆上竄出，直直往羽凡衝了過去！

「我現在打柔道有沒有用啊啊啊啊——」羽凡尖聲問著，腦子裡卻連招式都想不起來。

「妳夠了！」阿呆一腳跨開，右手直把班代跟羽凡都往後推到床下，騰出空間自茶几上拿過剛剛喝的水杯，就往惠惠面前潑了下去！

瞬間，惠惠撞上了一堵無形的牆。

『什麼！』惠惠的頸子撞斷，頭骨吊在後頭晃呀晃的。『你是什麼人？為什麼連這個都會？』

「總是要有點防身術嘛～」阿呆打哈哈的笑著，打小眾鬼就會近身，當然要練一點防身術咩～

阿呆原本打的如意算盤是，用水當結界擋一擋，小草剛好又在身後，這樣惠惠就只能在外圍繞圈子。

然後他們得趁機把眼鏡盒搶回來！

「班代！去把盒子拿回來！」他大喝著。

小草一驚，扣緊盒子，竟然拔腿往 501 號房跑！班代眼見著即將追上小草，互通門忽然一關，擋住了他的去向，也把他們三個人全困在同一個空間裡！

事情落到這步田地，阿呆真的完全失望了，小草真的是他看過最有同學愛的人！

「小草……為什麼為什麼！」連羽凡都禁不住的哭了，為什麼一向柔弱的小草，會做出這種事情。

「我實在不喜歡人類……」阿呆蹲在地上，垂頭喪氣，矛盾的心情衝擊著。

「我現在希望你還能喜歡我。」班代沉重的走到他身邊，按著他的肩頭。「我們只是國中生，都沒做過什麼壞事，不應該死於非命對吧？」

阿呆苦笑著，這種事很難講的！

現在這個房裡沒有了任何守護物，惠惠開始愉悅的飄蕩著，即使被水築起一道牆，但是還有另一處缺口可以讓她自由進出呢！

「羽凡，記住我的話。」阿呆握緊了羽凡的手，「妳是人，她是鬼，她不可能傷得到妳的。」

羽凡既恐懼又慌亂的看著他，感覺得到彼此正在傳遞顫抖，她用力點了點頭，堅定的看著阿呆。

「這一切都是幻覺，嚇不到我的，對吧？」

阿呆微微一笑，正確解答。

惠惠高興的唱起歌來了，鬼不管是哭或笑……唱歌也一樣，拔尖而難聽，比用指甲刮在黑板上可怕數百倍！

旋個身，她迫不及待的朝著羽凡飛撲過來了！

「呢·啥嘛平道真主共起……」阿呆一個箭步上前，迎向惠惠開始唸唸有詞！

『嗚……呀……』惠惠明顯的緩下了腳步，被阿呆一步擋下，班代錯愕的左右張望，緊扣著的手指頭，忽地碰到了他掛在手腕間的佛珠。

他連思考都沒有，急著把佛珠脫下來，看著被惠惠的惡靈體包圍住的阿呆，掙扎著該不該前進。

惠惠的身體像一張黑色的網翼，阿呆都已經陷在那裡面了，他不知道阿呆現在的情況是好是壞，但是、但是讓他一個男生逞英雄是不對的吧！

緊握住佛珠，班代牙一咬，決意衝上前！

阿嬤！人有死得輕如鴻毛、也有重如泰山，我這麼胖，死得重如泰山比較剛剛好吧？

「班代！」羽凡尖叫著，身體向前探的拉住了他。「你看！」

班代被羽凡拉扯住了，愕然抬首，親眼看到了奇妙的景象。

阿呆真的很厲害，他不但沒事，還讓惠惠半邊的身體開始融化，雖然畫面有點噁爛，惠惠活像一具爛掉的屍體再被王水腐蝕一般，可是現在看到這種場景，卻大快人心！

說不定……阿呆真有兩下子！

班代跟羽凡才高興的笑起來，來不及擊掌，惠惠的身體竟然又一點一滴的復原了！

兩個正準備擊掌的人呆在原地，嘴巴張得大大的，眼睜睜看著惠惠恢復成原貌，還更加怒不可遏的攻擊阿呆。

連鬼都能重生？搞什麼鬼？班代赫然想起剛剛阿呆的「乾媽」曾經提過這件事，關於惠惠的頭髮……

一瞬間，有股炙熱的溫度自他的右大腿燒起，班代慘叫連連，在原地又叫又跳，趕緊把口袋的東西翻出來。

「後面的不要吵！」阿呆氣得大吼了，他們不要亂叫惹他分心！

班代把口袋的東西全部火速掏出來，拚命的撫著灼傷的大腿，他又沒帶打火機，怎麼會淪成這個樣子？他低首瞧著地上的衛生紙、口香糖……還有一張黃色的——安靈符。

班代有種任督二脈被打通的感覺，緩緩的正首，得到了準確的指示。

「阿呆！頭髮！把頭髮給我！」班代抓起符紙，再無畏懼的往前衝去。

阿呆真的超火大，這個惡靈快耗掉他所有靈力了，後頭還在吵什麼！騰出一隻手把身上的頭髮往後扔，差一點點又因為這個空檔讓惠惠的指尖戳進他眼睛裡。

「妳溫柔點，妳自己說希望我當妳男朋友的……」阿呆吃力的抵擋著，水，他需要一點水做輔助……不然火也好啊！

他再使把勁，再次以咒語融掉惠惠的肩頭！

唰！一堆水從他的後腦勺潑了過來，阿呆瞪大了眼，敢情這是有求必應，還是有人在背後暗算他啊？不管三七二十一，他把身上的水往惠惠那兒潑灑過去，他必須喊暫停！

又是牆！惠惠氣得敲著，為什麼會有人提供水給他！

阿呆累得直接往地上倒，看見羽凡拿著一條濕毛巾在地上擠水畫圈圈，而班代手中拿著空空如也的礦泉水瓶，呆滯的望著他；阿呆用最後一分力氣讓圈圈上的水築起另一道牆，而圈圈的外頭，是抓狂慘叫的惠惠。

她的身體並沒有恢復，被融掉的肩頭持續銷融，她不可思議的嘶吼著。

在班代的腳下，有被安靈符鎮壓住的一綹頭髮。

「幹、幹得好！」阿呆喘不過氣來，卻不得不讚嘆班代的反應太妙了！

雖然惟中把安靈符撕了，但是中間的本體幾乎都保留下來，原本他要班代留著是以備不時之需，想鎮壓的是意圖抓惟中的死靈，沒想到沒救到惟中，卻救到了大家。

「你們真的太棒了！」阿呆癱在地上，其實他經歷過惠惠的穿刺，靈魂出竅已經耗掉了太多體力，根本無法再撐下去了。

「是他告訴我們的。」羽凡跑了過來，擔心的扶起阿呆。

她跟班代不約而同的往玻璃門外看，在502號房的陽台上，立了一個身影。

直直的、側著身，頭垂得老低的身影。

是惟中，那個意氣風發，認為凡事沒有他怎麼行的學生會長。

「哈哈，是啊是啊，我們沒有你怎麼行呢？」阿呆呵呵的笑了起來，眼淚悄悄的自眼角滑了下來。「惟中啊……」

房間裡此刻塞滿了靈體，惠惠召喚了附近的遊靈死魂，撲上阿呆設的暫時性結界，一點一滴的破壞。

「班代，我快動不了了！得靠你了。」阿呆虛弱的開了口，「去把小草抓過來……」

她是門，把門關上，就沒有事了。

「我去！」羽凡倏地站起身來，「我不怕！」

羽凡！阿呆來不及拉住她，她就衝出了結界，直直往 501 號房去——妳是該怕的吧？現在全世界最該怕的就是妳！

惠惠一見到羽凡離開結界，喜出望外的追了上去，就在羽凡即將拉開門的那一瞬間，她竟然回身一喝，又使出了一招飛踢！

幹！真的有用！惠惠被強勁一震，震退了好幾步！

羽凡趁機拉開門，衝進 501 號門，立刻看到小草的身影……只是，她看到了不可置信的一幕。

501 號房的床單，正燃著火苗，迅速的竄燒起來……小草手中拿著帷中偷渡的啤酒，正灑在另一張床上。

「妳在幹嘛！」羽凡大聲的質問著。

小草只是倉皇的回頭瞥了她一眼，很快的又燃了打火機往床角點！

「妳——」羽凡才趨前一步，突然就感受到一股惡臭自腦中裡擴散開來！

惠惠塞進了羽凡的身體裡。

她瞠著雙眼，簡直是欣喜若狂的把手穿進羽凡的手骨裡，把腳也往她的雙腿延伸，她要把整個人都塞進去，獲得這個可愛、可以動，可以跑可以跳的健康身體！

「幻覺！我是人、妳是鬼……」羽凡喃喃唸著，可是好痛！好痛！

她覺得全身的骨頭都快被扯斷了，每一寸肌肉都像被硬塞入什麼東西，每一條神經都散發著刺痛，而她的頭、她頭好像快爆掉了！

好臭、好噁心！不！這是幻覺，嚇不倒我的！我不會死、絕對不會……羽凡痛苦的跌上了地，死命撐著趴在地面上，小草一臉惶恐的看著她，四周已經開始燃燒，她正準備衝回502號房。

羽凡的視線逐漸模糊，但是她看到……她的隨身包包，被放在地毯上，她的眼前……伸長了手，羽凡握住了她的包包。

「不──」小草及時發現，搶奪著。「放手！妳放開！」

羽凡使盡全身的力量緊抓著不放，而身上的惠惠只差一點點，就要把頭全塞進羽凡身體裡了。

嘶──強力的拉扯下，隨身包被撕了開，裡頭的東西掉了出來，連眼鏡盒裡的東西也全散了一地。

「這是我的身體……妳給我滾出去──」羽凡用力握住滾到她跟前的耳環，緊緊的握入了掌心之中。「滾出去──」

再用力一握，耳針的尖端，刺進了她的掌心裡。

『呀——』惠惠發出慘叫，她的右半身被彈了出去！『不！不！』

羽凡意外的發現自己能清楚的知道哪一部分的身體自由了，她奮力的再把耳針拿起，狠狠的往自己的左手刺進去！

又是難聽極了的慘叫，惠惠的左上半身也被彈出去了！

接下來是左腳、右腳……最後羽凡甚至拉開T恤，把耳環往白己身上猛刺，直到感覺到壓力全然離開她身上為止！

「滾開！」班代的聲音響起，他拿佛珠往惠惠身上打，壓低了身子把羽凡拖回房裡去。

羽凡全身無力，她虛弱的看著阿呆，突然由衷的佩服起來。她只是被附身一下子，就覺得好像比賽過了幾輪般的虛脫，阿呆可以算是死過一輪，竟然剛剛還陪他們撐那麼久……

「咳咳咳……」羽凡咳了起來，內臟全在發寒，她想起阿呆的乾媽曾從阿呆胸口拿出灰黑的東西，不知道她是不是也是這樣。

「看來我得邀請妳去我家了。」阿呆皺著眉瞧她，還有她沾滿血的雙手。「我的耳環在妳那裡嗎？」

「連眼鏡都在！」班代順口回答他，把眼鏡塞給了阿呆。

一股熱浪蔓延過來，已經要延燒到502號房來了。

「小草！」班代拉扯著小草，推進了水的結界圈裡。「妳說清楚！我再也無法忍受妳了！」

小草跌坐在地，心虛的看了大家一眼，然後眼神飄忽著。

「為什麼放火？」阿呆半坐起身，他們似乎得快離開了。

「這樣才能燒掉惟中的屍體、大家的屍體……」小草緩緩站了起身，開始往後退。「燒掉你們的屍體……」

「妳在說什麼？我聽不懂！我還活得好好的！」羽凡怒火中燒的吼著，她好不容易才從鬼門關回來耶！

「你們應該會全部死掉的！然後我一個人會活下來！我就會變得很可憐、死裡逃生的倖存者……」小草突然一改表情，欣喜的笑了起來。「然後我要等、我要在醫院等我爸媽來，他們一定會很開心、很高興我是活著的那一個！」

「妳有病嗎？我們活著他們也不會難過吧？」

「不一樣！我要是唯一才可以！」小草執拗的睜圓雙眼，「因為只有我死裡逃生，才會顯得珍貴！到時候成績跟我的生命，爸媽就知道哪個比較重要了！」

他們就不會一天到晚只拿成績說嘴！就不會只認成績而不認她！以後也不會因為考不好就數落她、不會因為考得差就否認她是他們的女兒！

因為性命還是比較重要不是嗎？

「妳……一路上都在想這件事嗎？」阿呆撐著床站起來了。

「我想了好多，我一直許願。走山路時我希望遊覽車可以翻下山去，大家都死亡，只有我一個人活下來。」小草幽幽的笑著，笑得令人心底發毛。「或是出了大車禍，全車起火，只有我逃出來……」

她閉上眼，就可以想像爸爸媽媽一定會焦急的奔到醫院，緊緊的抱住她，跟她說什麼？絕對不會再說：「妳幹嘛來畢旅？不是叫妳去圖書館嗎？」

他們會說：「活著就好……平安就好……」

這就是負面的想法、詛咒、祈願的小草一直希望大家出事，那種死亡的召喚，才得以讓惠惠趁機而入。

而且隨著惟中的死亡，她反而更加確定一切，甚至跟惠惠許了承諾！

小草勾起一抹幸福的笑意，火越燒越旺了，她該離開這裡了。

「妳該不會原本盤算，等死靈附了身，再把小花或羽凡燒死是嗎？」阿呆上前一步，眼尾瞥著班代。

「是呀，我沒想到敲門真的是一項禁忌呢！想不到只是這麼簡單的動作，就那麼容易進入死靈的世界……可是因為這樣，我才能許願。」小草滿足的微笑著，輕撫著幸運手環。「一旦死靈附在小花身上，她就是人，我可以把她敲昏，再放火燒掉房間，然後報紙會寫：畢旅旅社發生大火，僅一人死裡逃生……咳咳！」

火勢越來越大了，死靈討厭火，所以惠惠正惱怒的在外圍徘徊。

「這裡有個現成的身體，妳要不要？」阿呆突然朝向外頭的惠惠大喊起來。

——咦？小草詫異的回首，只見到惠惠近在咫尺的臉龐！

「出去！開門快出去！」阿呆隨即大喊，班代早就與他交換了眼色，先一步出去拉開了門！

他把門頂著，然後進來攙扶無法行走的羽凡，往外迅速拖去。

「不——不要！」小草哀號著，她沒有羽凡的堅強，只能讓惠惠一寸一寸的塞了進去。

扭曲、猙獰，合為一體的過程相當痛苦，小草的骨骼會扭曲、內臟會移位，肌肉張力會撐到極限……然後就是意識與神智的拔河了。

「阿呆！走！」把羽凡扔出去後，班代過來勾住阿呆的腋下。

「等等！還沒！」阿呆甩開了班代，「你先走，我得一勞永逸！」

「搞什麼？你快點……咳咳！」

阿呆緊握著手中的耳環，蹲到了正扭曲掙扎的小草面前，扯住她的耳朵，就把耳針硬生生的穿刺過她的耳垂，為她釘上了封印。

現在就算惠惠想出來，也出不來了。

「阿呆！阿呆！好熱！救我出去！拜託先救我出去！」小草淚眼婆娑的伸長了手，也向著班代。「班代，你不會丟下我不管的對不對……」

「小草！」班代蹙了眉，同情心再起。

「你不要動，她現在身體裡已經有死靈了！」阿呆擋住了班代的去向，突然間，卻被小草扣住腳踝，整個人拉倒在地！

阿呆摔了個四腳朝天，小草飛快的撲了上來，她壓在阿呆身上，猙獰憤恨的狂笑著！

「走！快點走！」阿呆高喊著，「快點帶羽凡走！她還在外面耶！」

火舌已經把房間燒成了火海，但至今還沒有聽到任何消防車的聲響，班代再怎麼猶疑還是被阿呆的叫罵聲轟了出去。

「阿呆！阿呆！」班代嘶吼著，放聲哭號。「嗚嗚……哇哇……」

他退出了門外，看著502號的門關起，火光在門下竄燒著，他無法克制的大哭，帶著淚水扛起半昏迷狀態的羽凡，一步步的離開這可怕的畢旅房間。

「我會被罵死……我一點也不想當媽的守護靈……」阿呆迷濛的看著上方人不像人、鬼不像鬼的小草。「但是我也不想放妳走。」

「嘻嘻……你在這裡被烤成串燒吧？我已經合體了，我現在逃出去還來得及！」小草簡直是喜不自勝，「帶點傷，我會是更完美的悲劇人物！」

「想得美！」阿呆使盡最後一點力氣，把手上的眼鏡戴上小草的鼻梁。

然後，把眼鏡壓進去。

壓進小草的鼻梁骨內，把最強的封印鑲進她與惠惠的靈魂裡頭。

「呀——不要！你做了什麼！你這樣會害得你同學也挫骨揚灰的！」小草尖叫著，血從鼻梁滴落，她歇斯底里的狂吼著。

破爛的娃娃喀噠喀噠的走了過來，它露出猙獰的神情，張開一口利齒，攀住阿呆的手臂，準備狠狠撕咬；阿呆只是一笑，徒手伸進手邊的火中，一簇火燄在無媒介的情況下燃燒於他指上。

就在娃娃要咬下的瞬間，他的手優美一晃，那團火燄倏地跳到了娃娃身上，並且開始燃燒。

『呀呀——嗚哇哇哇哇——』娃娃被瞬間的高溫火苗燒著，連合體的小草都不敢觸碰娃娃，因為那是業火啊！

為什麼這男孩能引來地獄的業火！

「輪迴……報應……」阿呆用僅存的幾口氣，吐出了話語。「天理……昭彰……」

小草跨過阿呆，忍著痛急欲往房外衝，她想把鑲進鼻骨的眼鏡拿出來，卻不敢碰那副眼鏡……

敲門

突然，有人由後抱住了她，扣緊了她的身子。

「放開！」阿呆只聽見小草的驚叫聲，眼界業已曚矓。

『阿呆！你實在很沒用！』有個聲音從上方傳來，『沒有我你到底是要怎麼成事啊？』

阿呆緩緩睜開眼睛，一條舌頭在他面前晃呀跳的。

「你說話大舌頭了，惟中……」

『沒辦法，塞不回去！』接著，聲音的主人開始拖移他的身子，往門邊去。『到這種時候還要人照顧，你喔……』

「我會幫你超渡的……」阿呆喃喃說著，說也奇怪，他穿過了火，卻一點都不會燙，火也沒上他的身。

他被拖過了小草身邊，看見小草驚慌的掙扎，她一動也不能動，因為她身後有個人正緊緊的抱著她。

『小草，我們不是好朋友嗎？』抱著她的女孩，只有一公分厚，她把扁掉的右手抬到她眼前。『妳看，我們有幸運手環為證啊。』

門拉了開，因為空氣灌入，起了一陣回火，火往裡頭燒去，阿呆若沒看錯，全灌在小草身上。

『幫我們超渡。』惟中把他甩了出去。

在門關上的那一瞬間，阿呆只聽到小草的慘叫聲，還看見她跟小花手上的幸運繩，同時斷掉。

幸運繩斷掉的時候，就是願望實現的時候喔！

『如果這裡真的有惡靈，我希望小花這個人消失！把她送給這裡的惡靈都無所謂！』

『我……想跟小草道歉，我希望我們永遠都是好朋友喔！』

—尾聲—

雪白的病房裡，躺著奄奄一息的病人……應該是。

「不要再吵了！」病人不耐煩的吼了起來，「我的耳環什麼時候做好啊！」

他又哭又累的拿被子蒙住頭，在裡面氣到哽咽。

這一吼讓其他三個病人都錯愕非常，因為剛剛這病房裡真的很安靜啊！其他人講話很小聲，應該沒吵到對面那個小孩子啊……

「你小聲點啦！他們又聽不到！」隔壁病床的簾子唰地拉開，「你這樣會嚇到人家的！」

羽凡悠哉悠哉的坐在床上打 PSP，白了他一眼。

「為什麼……妳已經可以坐起來了？」阿呆無力的看著隔壁的女生，她明明整個人差點被附身，哪有三天內就恢復成一尾活龍的！

而且在體內的死靈之氣拿掉前，她就已經可以說話了！太不公平了吧！他都躺到第四天了，還是虛得要命！

「你應該來練柔道的！我前幾天一恢復意識後，偷偷練個幾招，覺得身體就好多了！」

羽凡嘿嘿的得意，「心中有正氣，然後……哎，什麼流行的！」

「妳國文好爛！」阿呆噗哧笑了出來。

他也認真的考慮過這件事，一天到晚學怎麼閃那些鬼不是辦法，這女生用哼哼哈兮就可以將死靈鬼氣給逼走，相較之下，他豈不是太沒用了？

「我什麼時候可以出院……」阿呆把頭給埋進枕頭裡，「我快被吵死了……」

「我聽不到。」羽凡聳了聳肩，她真的無法理解阿呆的痛苦。

阿呆哀號著，他的病床旁圍了一大卡車的鬼啊！他們病死、撞死又不是他的錯，不要再唸了！本人也不做超渡法會，有事請到台南萬應宮報到行嗎？

每一季都有報名團，不會去託夢嗎？

外頭媒體不少，只是老師們都擋了下來，班代說，旅社被那把火幾乎燒光了，旅社人員不瞭解新裝的滅火警報器為什麼失效，而且發現時五樓已陷入火海。

明明只要有個起火點，外頭就會看到啊？怎麼可能樓下的人潮注意到時，早燒成一片了？

班代攙著羽凡到樓下時，就跟旅社櫃檯報備了，然後他不顧一切的再衝回五樓，因為羽凡既然已經安全了，他就可以再回去救阿呆了。

幸好他回去了，因為他衝上樓時，阿呆就筆直的躺在地毯上。

「你好厲害，那種情況還能爬出來。」班代是唯一可以進出他們病房的同學，畢竟是救命恩人。

「是惟中拖我出來的。」阿呆淺淺一笑，這傢伙，到死還是英雄作風。

「……是喔！那、那小草呢？」班代緊張的瞥著羽凡，這是他們的疑問。「聽說消防隊只找到惟中的屍體……」

「小草啊……」阿呆沉下眼睫，翻了個身。「我不知道。」

她本身就是個負面巨大能量，再加上被死靈上了身，已經不屬於人類了！他狠下心來封住了她與死靈，再把強大的護身符鑲進她們的體內，既然小草的心已經跟惡靈同化，那自然是一起挫骨揚灰了。

雖然很對不起她，但他必須這麼做！她是源頭，不關掉水龍頭，水就不會停止；他無法改變小草的想法，他沒想到她會如此偏執，他必須以大局為重！

為了羽凡、為了班代、為了更多無辜的人，絕不能讓惠惠把陰陽界的範圍擴大，傷及無辜！如果有別的選擇，他希望能跟小草一起畢業。

「惟中的屍體已經證明上吊自殺過，老師們問我，我都說不知道……」班代一臉難過，「我根本不相信他會自殺，要我怎麼說？」

「我們沒人在場，就什麼都不必說了。」或許不知道的理由很扯，但他們是真的一上樓就發現惟中已經自殺了。

班代陳述他被惟中甩暈的事實，羽凡跟阿呆也用睡覺做掩護，對於惟中的上吊跟火災，他們是一問三不知；而惟中上吊時跟他們談話的櫃檯大叔，竟也很配合他們的說法。

「小花她……大家還在找。」班代說著又要哭了起來，因為他們知道小花已經在被火燒乾、被打掉的某面牆裡了。

「還在找，就有希望。」至少對她的家人是……

「學校說要舉行公祭，那時你出院了，要去嗎？」羽凡站到了阿呆床邊，握住他的手，經過這一次的死裡逃生，她不再猶豫了。

「去，當然會去。」阿呆抬頭看看她，再看看班代。「有件事得麻煩你們……等我拿到眼鏡跟耳環、離開這裡之後，我還是阿呆。」

是那個又呆又傻，與世無爭的阿呆。

班代跟羽凡都驚愕的交換眼色，沒料到阿呆會堅持做那個「自己」。

「那私底下時……可以不要那樣嗎？」羽凡小小聲的要求著。

「我現在有那樣嗎？」阿呆抬起頭，露出一個傻笑。「呵呵～」

「夠了！」羽凡破涕為笑，握著他的手更緊了。

應該是愉快的畢旅，因為一點點的差錯而變質了。

一個心懷惡念的同學，一直希望成為悲劇性的主角，希望同學們都出意外死亡，唯她獨活，原因只為了希望她父母會把生命看得比成績重。

然後是大家耳熟能詳的禁忌，外居旅館時，進門前要記得輕敲房門，通知原來的住客叨擾一晚，並且讓他們能夠關閉自身世界的門。

接著是心高氣傲的惟中，即使不信鬼神，也沒必要偏激，更別說還撕掉安靈符來證明世上沒有鬼這件事了。

還有一個可憐的少女，從出生就沒在烈日下玩耍過，要一個能動能跳的身體，想要環遊世界，想要過他們平常的生活，卻在花樣年華之際病死床榻。

雖然這一切，只要有敲門，就不會發生。

但是沒有人想到，如此細微的說法流傳，最讓人輕忽大意的傳說，卻會造成如此嚴重的後果。

學校的公祭，場面哀淒，那天晚上的大火，意外的燒毀一棟歷史悠久的旅社、有兩具屍首，兩名傷者。

惟中是上吊自殺死的，屍首焦黑，經過解剖才得知死因；小草沒有屍體，只剩下殘餘的衣服碎片；小花到現在還找不到，不過她的父母已在前頭痛哭失聲。

至於美娟，她的頭骨後來在斷垣殘壁中找到，其他的骨灰陸續挖掘中，因為只剩骨頭，很難判定死因；只是沒人明白，是怎樣高溫的大火，可以一邊燒出惟中的全屍，另一方又可以把美娟燒得只剩骨頭？

八個人的行李全都燒毀殆盡，現場遺留最完整的東西，是一副沒有鏡面的眼鏡，跟一對純銀耳環；因為火溫太高，所有的 DNA 都已破壞，無法追查。

「我一直都覺得，國三很痛苦，要準備基測，無聊得要命。」羽凡低垂著頭，泣不成聲。「沒想到世界上有人連站在陽光下奔跑都不可能。」

「是啊，人要珍惜現下所有的，不要等到失去才後悔。」阿呆搖了搖頭，這句話順便可以應驗在小草的父母身上。

小草的想法他不是不懂，卻太過自私，太多父母望子成龍，卻忽略了孩子的感受；搞到孩子覺得成績凌駕一切，還抱持希望同學死亡的想法來塑造自身生命的可貴，真是夠了！

小草的父母在前頭傷心欲絕的哭號著，趴在衣冠棺木哭喊著要她回來，哭得聲淚俱下、哭得肝腸寸斷。

「回來啊……小草！爸爸不再要求妳成績了，沒考好也沒關係啊……不管怎樣，妳活過來啊！」

「嗚嗚……她離開那天早上，我竟然跟她說如果模擬考考得好，她才是我女兒、她才是……我臨出門還跟她說她不是我女兒！」

後悔莫及的父母，現在才知道成績比孩子重要。

這就是小草所要的，她應該也如願以償了吧？

阿呆換了一副新的眼鏡、戴上新的耳環，走到靈堂前，動作熟練的拈著香。

「我欠你一命。」他喃喃的說著，「會還你的。」

密閉的空間裡突然來了一陣風，阿呆把眼鏡滑下了鼻梁，不透過眼鏡的看向惟中的遺照，他偷偷眨了一下眼。

後頭的同學們哭成一片，沒人想到只是分個房間，就這樣天人永隔。

「然後呢？」羽凡站在外頭，一雙眼給哭腫了。

「我想幫惟中做點事……」阿呆嘆了口氣，「寫些經文、做點超渡法會。」

「算我一份。」羽凡跟班代異口同聲。

「你們兩個橫豎得來我家一趟，都得淨化一下。」阿呆兩手一抬，左右分別將羽凡跟班代勾過來。「只是不准說你們去過我家喔！」

「你好多秘密喔！」羽凡嘟囔著。

哎，阿呆挑起一抹笑，他們這三個死裡逃生的傢伙，託同學的福，大難不死，必有後福。

回首看向靈堂，對於惟中，他還是會深深的懷念，雖然他是那麼的自傲，但是那份幫助同學的心，到死都沒改變過。

阿呆帶著羽凡他們在外頭等車，他有請家人前來載他，遠遠的，阿呆看到了一台車子駛近，橫衝直撞，蛇行歪扭的駕駛……

「世界上最可怕的厲鬼來了！」阿呆立刻倒抽一口氣，扭頭就走！「千萬不要回頭！」

「什麼？」羽凡還是好奇的回頭了，那台亂開的車子果然慢了下來，開始鳴起喇叭——叭——叭——

「哈囉！」車窗搖了下來，一個漂亮的少婦，一臉欣喜若狂的朝著阿呆揮手。

靈、靈車！羽凡跟班代都瞠目結舌的釘在原地無法動彈！

「妳開靈車來接我？」阿呆直視前方，卻咬牙切齒用眼尾瞪著車裡的人。「開走！我們坐計程車！」

「怎麼這樣啦！我特地開車來接你耶！」少婦邊開邊跟著他！

「媽！妳不要把車子開近我身邊！會撞到我們的！」

「我開車技術哪有這麼差！」

「哪沒有？我才剛從鬼門關回來一趟，妳不要再害我！」

「喔呵呵呵～我聽說了！我家寶貝跟一個厲鬼周旋了耶！這是你的第一次吧？晚上吃紅豆飯溜！」少婦一臉欣喜，「我以前畢旅也住那間旅館耶，都沒遇到這麼刺激的事！」

「妳遇得到才有問題吧！哎喲喂呀……為什麼爸不來接我啦！」阿呆一臉無語問蒼天的哀愁樣，「妳、妳開到前面一點啦！不要讓我同學看見！」

敲門

媽媽聞言，加速往前面開去。靈車也沒什麼啊，兒子來參加公祭，坐靈車天經地義嘛！

「不要問、不要提、不要說！」阿呆在羽凡開口前開始約法三章，「雖然她比厲鬼可怕，但至少是個人……」

呃……班代跟羽凡面面相覷，他們記得阿呆說過：人類是最可怕的吧？

「快點上車吧～我的寶貝！」少婦下了車，邊鳴喇叭邊高聲喊著。

「媽！」閉嘴啦！

之後

豔陽四射，盛夏的花東熱得燙人，一家六口把車停好後，快步的往冷氣大廳裡去。

「開心點啦！別悶悶不樂的！」母親溫聲的抱著兒子，「好不容易考完了，出來慶祝慶祝！笑一個嘍！」

「嗯！」男生勉強點了點頭，卻笑不太出來。

第二次基測剛結束，父母便急著帶他出來散心，他們選了花東三日遊，還特意挑了知名的高級飯店，為了讓兒子可以舒舒服服的度個假。

除了基測的壓力外，還有一場畢業旅行的悲劇。

幾個月前的畢旅，竟然發生了意外，老舊的旅社疑似電線走火引發大火，有幾個同學出了事，死因至今都不明確，有在被火燒死前就上吊自殺的、有只剩骨骸的，還有下落不明的。

而兒子唯一的女友，似乎就是那燒得只剩下骨頭的屍首。

他一句都沒再提過女友跟畢旅，那似乎變成他的夢魘，因為他應該也是住在那間旅社裡的一員，只是因為流連於夜市攤販而逃過一劫。

做父母的都知道孩子尚未走出那段惡夢，所以一等他考完二次基測，立刻就帶他出來度假了。

「有泳池耶！真漂亮！」妹妹拉著大姊姊往外跑。

「是呀，我們先過去看看吧！行李有人拿上去了！」爸爸拉過兒子，這旅館真豪華！

「……」男生淡淡一笑，「我有點累，我先上去好了。」

父母難受的看著孩子，只能搖了搖頭，期待時間能沖淡一切。

男孩獨自上了樓，陽光普照，卻無法使他的心情開朗……再一次踏進旅館，卻跟上一次的心情、情景截然不同。

這裡是富麗堂皇的高級飯店，每一條走廊都乾淨整潔，金色的夏陽照耀在每一個角落，沒有任何陰暗的感覺。

那時他好喜歡她，甜甜蜜蜜的把握每一段時間，又怕被老師抓到，比其他同學先來到旅館……男孩站在門前，大滴的淚落了下來，為什麼會變成這樣……他那天為什麼會這麼懦弱，當初怎麼會把她一個人扔了下來！

喀啦，淚水模糊了他的視線，他哭得泣不成聲，壓下了門把，推開了門。

房間向陽，室內刺眼非常，男孩關上門，把隨身背包扔上床，走到窗邊把窗簾拉上。

回身，門口站了一個女孩子。

及肩的頭髮，淺淺的笑容，細眉搭上單眼皮的俏皮，臉頰上的雀斑是她最大的特徵。

「美……美娟？」男孩瞠目，不可置信。

『你……想我嗎？』女孩微笑著，緩緩走近。

「美娟……不可能！妳不可能會……」他連公祭都去過了啊！

『你把我扔下來了。』

「不是……我、我那時是……」

『你——把——我——扔——下——來——了！』

※　※　※

砰砰砰砰砰！砰砰砰砰！

「哥哥！哥哥！開門開門！」

「怎麼啦？」叩叩，女人敲了好幾下。「阿宏？阿宏？來，走開，媽媽開門。」

咿——

「哥哥？」

「阿宏？阿宏！」

番外・替身

她想要一個健康的身體。

惠惠總是坐在床邊，等待著下一個入住的客人。

她沒有出國旅遊、沒有騎過腳踏車，也沒有打過球，更沒有交過男朋友，花樣年華就病死在這間旅館的床上。

她的環島之旅尚未結束，絕對死不瞑目。

她在等待，等待某個入住的女孩忘記敲門，開啟進入陰界的門，她就可以將這個房間以執念封鎖，盡情奪取她奢望的身體！

將靈魂注入她人的軀體內，用別人的身體繼續未完的人生！

誰能說她錯？誰叫客人入住旅館房間時，不懂得先敲門呢？不敲門她就不會把陰界的門給關上，只好讓新鮮的身體與她共處在同一個空間裡了。

她抱著與她一起腐朽的娃娃，站在窗邊微笑著。

『好像有人來了……好多學生喔！』她親吻了娃娃的臉頰，『說不定這次我可以自由呢！』

樓下傳來喧鬧嘈雜的聲音，惠惠就在門口等待，祈禱著入住的學生不懂得禁忌、或是不相信老一輩的耳提面命！

開門吧……開門吧！

「我在這間耶！」

終於，門口出現女高中生的聲音，緊接著鑰匙插入，連聲敲門聲都沒有，女學生啪的就推開了門！

嘻……嘻嘻！惠惠喜不自勝，終於讓她等到了、等到了年紀相仿又觸犯禁忌的人了！

她毫不避諱的現身，張牙舞爪的高聳雙肩，在女學生正首之際，不顧一切的撲向她——她要進入女學生的身體，要重新開啟人生！

說時遲那時快，她竟穿過了女學生的身體，完全沒有侵入的摔出門外。

咦？惠惠錯愕非常，她一路滾出房門，還聽見女學生關門的聲音，緊接著滾過走廊，滾入白牆，再次回到自己往生的房裡。

她狐疑的蹲踞著，看著女學生隻身一人把行李扔在地板，興奮好奇的探視房間。

「哇，這間跟隔壁的門有連通嗎？」女學生愉悅的說著，輕快的繞到女廁去，正對著鏡子整理儀容。

惠惠飛快的穿牆而入，用最猙獰的模樣出現在鏡子裡，非要嚇得女學生魂飛魄散，失神之際再侵入她！

不過女學生絲毫沒有反應。

惠惠在女學生左邊嘶吼、在她右邊尖叫，利甲對著女學生揮了幾百次，就是傷不到她？才在困惑之際，女學生一旋身，手肘的部位竟打中她的下巴，把她從浴室直接穿牆打到了床上！

什麼？惠惠從床上一躍而已，喬接著被打斷的下巴。

這是怎麼回事？女學生犯了禁忌、明明人在陰界之中，為什麼她非旦傷不了女學生……那女孩卻傷得了她？

尚且想不清楚，女學生悠哉悠哉的走到床邊，一骨碌的往彈簧床上踩，惠惠根本來不及反應，就被她從肚子直接踩上。

不！哇——救命！救命——惠惠離不開床面，她的身體就躺在上頭，任那位女學生歡欣鼓舞的在床上跳呀跳的、踩得她四肢分散、痛不欲生！

然後女學生還邊跳邊做體操，直接把她的頭給踢到陽台，前來阻止的娃娃更快的被踩碎。

終於，女學生彷彿發現什麼似的跳下床，暫時終結對死靈的折磨。

「有陽台耶！」她自言自語的打開玻璃窗，陽台上有個吊死的幽靈，正打算拿她當替身。

只是女學生肩頭擦過吊著的屍首，使得整具屍體打起轉來，繩子朝順時鐘不停的轉著，把已經吊死的死靈再勒斃一次。

舌頭都快離開喉口時，女學生驚呼一聲時間快到了，旋身往房裡跑，再撞了吊死鬼一次。繩子往逆時鐘方向旋轉，速度飛快，這次害得這具吊死的死靈頭身分離。

「她們怎麼還沒上來咧？老師說六點半要下去集合耶！」女學生把重要的包包揹好，時間眼看著六點半了。

嗚……惠惠吃力的把被踩碎的四肢跟身體組好，抱著也碎掉的娃娃，狼狽的爬到陽台；陽台上的吊死鬼好不容易撿回頭顱，哭喪著臉望著她。

『這個……好像不是很好的替身……』吊死鬼哀怨的說著，『我、我放棄，讓給妳好了。』

『我、我也等下一個好了。』惠惠流出血淚，懷中的娃娃如喪考妣。

他們聯手關閉陰界的大門，就算那個女學生犯了忌，他們還是寧可火速關門。

門外傳來了叩門聲，「喂！開門啊！」

「來了！」女學生打開門，「妳們好慢喔，都要集合了！」

「拜託，還不是她，說覺得這裡不乾淨，不敢上來！」

「不乾淨？打掃得很乾淨啊！」

覺得這旅館陰氣沉重的小女生走了進來，很好奇的環顧四周。

「很奇怪耶，突然不會不舒服了。」她開朗的笑著，「我剛剛大概神經過敏。」

「好啦，快點！等一下被老師罵！」晚到的兩個行李一丟，就往門外跑。「陳小美，快點走啦！」

「喂，我拿鑰匙啦！」叫陳小美的女高中生按下喇叭鎖，甩上門衝了出去。「等等我啦！」

※　　※　　※

惠惠在等待。

她鼻青臉腫的等待下一個可以完成她願望，而且不會把她傷得如此淒慘的身體。

禁忌

借胎

—楔子—

今年的夏天一樣炎熱，甚至一年比一年還可怕，只消站在路邊就能揮汗如雨，皮膚幾要燒灼起來。

紅白相間的機車在鄉間小路中徘徊，荒僻的地方偶爾只有幾棟矮房子，再過去又是一大片的荒野，少婦穿著薄外套，瞇起眼在一望無際的芒草堆裡尋找著。

「地址到底對不對啊？怎麼找了那麼久都還沒找到？」

「快到了吧！我剛有看到路邊有路標！」騎車的女人回答。「不是叫萬應宮嗎？」

少婦輕撫著微凸的肚皮，她是聽照顧小孩的小保母說這兒有間廟很靈驗，所以才想要去廟裡祈福，希望肚子裡的寶寶可以健健康康。

「看到了！」妹妹高興的喊著，指向前方不遠處。

遠處那寬闊的荒地上，總算看見了一間廟宇。

「太好了！」少婦喜出望外，花了一個多小時在烈日下，總算是找到了。

機車靠近時，她們才發現那間廟並不大，是間小廟，在荒野上很是突兀；少婦的妹妹把機車停到陰涼處，姊妹倆再一起打理好，進入廟裡。

空氣中傳來焚香的味道，一跨過門檻就感受到那莊嚴沉重的氣氛，但也添了幾絲涼意，讓姊妹倆舒服很多。

裡頭有五、六個信眾，這讓少婦微微一笑，如此偏僻，還有信眾前來。

妹妹到一旁去點了香，再回來交給她，兩個人對著正殿的觀世音菩薩拜拜，祈求孩子平安。

少婦喃喃的唸著，雖然這是第三胎，可是她還是希望孩子能夠平安無疾缺的出生，健健康康的長大。

之前小保母好像遇到了一些不乾淨的事，就是到這間廟裡，才把一身穢氣與陰煞全數清除，身上多了些護身符，這些玄妙之事她不懂，但是她卻相信，碰觸到那護身符的感覺。

溫暖但強大，讓她覺得相當安心。

所以她決定來這裡拜拜，祈求神明給她的孩子及全家庇蔭。

一旁的妹妹也非常虔誠的為她祈福，然後拜了幾拜，才睜開眼。

她接過妹妹的香，一起往香爐裡放，姊妹倆再一次雙手合十的膜拜，誠心誠意。

「姊，添點香油錢吧？」妹妹經過香油箱時，拉了拉少婦。

少婦停下了腳步，從皮包裡拿了一千元，為了孩子，她一向大方。

「來求平安的嗎？」一個聲音在後頭傳了過來。

少婦回首，淺淺一笑，是個和藹可親的廟婆。

「那求個平安符吧，掛在身上，永保安康。」她慈眉善目的說著，引領兩姊妹上前去。

姊妹倆同時擲了筊，一次就得到了聖筊，廟婆旋即一人給了她們一個平安符。

「姊，羽凡不是說這裡很靈嗎？我們拿點香灰好不好？」妹妹提了個建議。

「當然好，香灰一定更靈驗！」少婦點頭，趕緊跟廟婆要了兩張金紙。

姊妹倆把金紙擱在香爐裡插的香邊，輕彈兩下，灰燼便抖落在金紙上頭，再把金紙給包好，好整以暇的塞進平安符的塑膠套裡。

誠心誠意的拿著平安符，在香爐上順時鐘繞個三圈，程序就差不多算完成了。

少婦覺得心安許多，將平安符放到了身上，跟妹妹一起準備離開。

「太太。」

在要出廟門前，廟婆突然喚了聲。

姊妹倆狐疑的回首，廟婆果然是看著她們的。

「希望您跟孩子平平安安。」她微笑著，鞠了一個躬。

少婦很開心，眉開眼笑的跟她道謝，然後牽著妹妹的手一起跨出了廟。

「姑且不論這廟靈不靈驗，感覺很舒服！」少婦心情輕鬆，緊握著平安符！

「很靈的吧？羽凡不是這麼說了嗎？」妹妹也愉悅的笑著，回首再瞥了廟宇一眼。

兩個人在廟外喝了點水，便想趕緊騎車回家。

在揚長而去的煙塵中，廟口站著那位依舊鑲著微笑的廟婆，她的頭頂，嵌著廟的牌匾。

「卐[1]應宮。」

[1] 卐字符號左旋、右旋之義為本書劇情需要而定，與原意或有不同，請讀者不必深究。

─第一章　孕婦─

女孩紮著馬尾，戴著白色的遮陽帽，在盛夏的豔陽下騎著腳踏車，繞過一個街角，俐落的溜進了走廊裡。

那是一間寶雅商場，門口站了兩個男孩子，正窩在門口吹冷氣。

「久等啦！」女孩誇張的跳下腳踏車。

「喂……妳在表演特技嗎？嚇死人！」一個瘦小的男孩瞪大了眼。

「我腳踏車特技多得很咧，嘿嘿！」女孩高傲的抬首，一雙眼圓溜溜的注視著剛剛說話的男孩。

一旁還有個胖胖的男孩，揮汗如雨，整顆頭都濕透了。

「班代……你頭髮剃短了耶！」這樣看起來是清爽多了！

「還是一樣熱啊！我快熱死了！」

「那是你該減肥了！」瘦小的男孩一笑，「我需要多一點營養，記得分我一點。」

「我非常樂意！」班代咧嘴而笑，明明阿呆吃的沒他少，偏偏瘦不拉嘰的。

王羽凡牽著腳踏車，拿手當扇子搧，偷偷的看著阿呆。

敲門

阿呆今天沒戴眼鏡耶！

阿呆是她的國中同班同學，總是戴著一副俗到暴的黑框眼鏡，小瓜呆似的瀏海，笑起來傻裡傻氣的，被班上的人欺負來惡整去，總是都傻笑帶過的呆子，所以叫阿呆。

可是咧，事實上，他一點都不呆。

他是超級冷靜又「身懷絕技」的厲害角色呢！

裝呆只是一種保護色，他討厭跟太多人勾心鬥角的應對，也自願擔任被欺負的弱小角色，因為他——無所謂。

「你今天沒戴眼鏡耶！」她開心的笑了起來，「頭髮也理過了。」

現在的阿呆，總算露出了那深邃漂亮的眼睛，揮別了小瓜呆的瀏海，變成一個很有型的帥男孩！

她暗戀這個男生，很久了！

「廢話！妳不是硬要拉我去醫院！」阿呆皺著眉頭，「去那種鬼地方，我當然要戴隱形眼鏡啊！」

「呸呸呸！什麼鬼地方！那是醫院耶！」羽凡扠起腰來，「我們今天是要去探病耶！亂說話！」

「對我來說很痛苦！」他超級排斥去醫院的！

「好啦！都說好了，不要再吵了！」班代趕緊出來打圓場，「反正去醫院後，我們還要去看電影，別忘了！」

羽凡瞪了阿呆幾眼，就討厭他說些有的沒的，害得她會跟著毛起來。

「你們去牽車啦！」

兩個男生跟她約在前面的巷口，分別去牽自個兒的腳踏車。

慢慢的往前走，他們三個都是國中同學，而這個暑假，算是高中的第一個暑假！

成績尚未揭曉，但是志願卡都已經交了，她的分數能落在哪兒，差不多是八九不離十了。

她考上第二志願的公立高中，班代幾乎確定念台南縣的學校，至於阿呆，那傢伙自從他們知道他的真面目後，什麼事都搞神秘。

王羽凡站在廊下先躲陽光，瞇著眼好奇張望，卻彷彿瞧見一個熟悉的身影……怎麼遠遠的那兩個親密相摟的情人，好像是她雇主的老公跟……一個陌生女人？

哎喲喂呀，她一定是看錯了！人家夫妻那麼相愛，她不可以亂講話！

才想著，兩台腳踏車倏地從巷子中竄出，羽凡見狀，一躍跳上自個兒的寶貝，跟著往前狂飆跟去。

今天他們約好要去看電影，但是去之前，得去探個病。

「喂！妳真的還在當家教跟保母？」一邊騎，阿呆拉開嗓子。

「對啊！」今天就是要去醫院看雇主！

「誰會請妳當保母啊？」阿呆直呼不可思議，轉向班代。「你說對吧？那孩子會不會被妳失手打死啊？」

「我才不會打人咧！」她噘著嘴，說起話來很沒說服力。

誰叫她是柔道黑帶冠軍？

醫院離那兒不過兩三個路口，三台腳踏車一會兒就到了，找到了停車位，三台車擠在一起。

前頭就是醫院門口，三個高一新鮮人卻有點戰戰兢兢的，舉步維艱。

「都你啦！」羽凡沒好氣的給阿呆一個肘擊，「害我想一些有的沒的，怪不舒服的。」

「我說的是真的！」阿呆表情認真。

「咳！別再講了！」連班代也覺得有點發冷。

三個月前，他們的國中畢業旅行，在旅館發生了慘絕人寰的悲劇，有幾個同學無法和他們一起畢業，一直是他們的惡夢。

在那場畢旅裡，他們親眼見到了厲鬼，親自跟厲鬼拚搏，王羽凡甚至有被上身的「初體驗」。

以國中生而言，那是場歷歷在目的惡夢，難以忘懷。

尤其，在那個恐怖的夜晚中，他們發現了，原本與世無爭、任人欺負的阿呆，是個百分之百的陰陽眼……

「你確定你有戴隱形眼鏡喔？」羽凡嚥了口口水。

「有，完整防護。」保證一隻小鬼都見不到。

「耳環有戴好嗎？」班代憂心忡忡的幫他檢查。

「有，我還多穿了一個……」阿呆皺了皺眉，「喂！你們兩個很奇怪耶，那我在醫院外面等不就好了！」

「不要啦！我要你幫我看一下程阿姨有沒有怎樣嘛！」羽凡連忙拉住了他，這混蛋傢伙，在班上一副任人宰割的模樣，私底下脾氣卻一點都不好！

「看到其他的你別講就好了！」再穩如泰山的班代，也只有身材穩重。

阿呆深吸了一口氣，真是受不了這兩個人！

明知道他討厭醫院，偏要拉他來；明知道他看得見，又希望他什麼都別講？最誇張的是，要他別看見鬼魂，卻希望他幫一位陌生人「看看」有沒有怎麼樣！

起因一定是在王羽凡身上，她基測結束就開心的到處找工作，藉由親人的介紹，到一位程小姐家打工。

說打工也太誇張，只是當她小孩的保母兼家教而已。

附帶一提，那位小孩，小學二年級。

因為雇主懷孕了，希望好好的照顧腹中小孩，加上又要上班，小孩放暑假她不願意往補習班送，自個兒卻沒有心力去應付調皮搗蛋的女兒，所以才想請小大人照顧小小孩。

羽凡是她朋友的妹妹，聽說既活潑又靈活，這次考試成績也不差，所以便請她去幫忙照顧孩子。

可是最近雇主身體虛弱，連妹妹都親自到家裡照顧燉補了，還是不見起色，後來更常常腹痛，甚至嚴重到非得送醫不可，醫生也查不出確定的原因，只讓她在醫院休息。

對於「沒有原因」相當在意的羽凡，就請他陪著到醫院看一看。

「今天病房裡應該只有程阿姨跟小阿姨！」羽凡先做個簡單的介紹，「就是程阿姨跟她妹妹！」

「嗯。」對象那個不是他想在意的部分，附在人旁邊的東西他比較在意。

「程阿姨超溫柔的，小阿姨人是超好~很活潑開朗呢！不過啊……她兩個月前好像剛跟男友分手，聽說得了憂鬱症！」羽凡是不大相信，因為那麼開朗的人怎麼可能會憂鬱症啦！

「所以你們不要問她有沒有男朋友喔！」

「好啦！」他們怎麼可能會問這個問題！

「羽凡，妳為什麼會覺得有『什麼』呢？」班代好奇極了，因為她是死拖活拖阿呆來的。

「一定有！」她神色怪異，「因為整個感覺就是不對！」

「好啦，但是如果我不拿下眼鏡，我只能憑直覺。」眼看著病房快到了，阿呆趕緊交代。

「其他的我沒辦法。」

「只能憑直覺喔？」羽凡有點失望，因為她覺得程阿姨的臉色最近越來越差。

「妳以為我萬能的嗎？」阿呆沒好氣的白她一眼，什麼事都想得天真。

「可是……可是你本來就要負責啊！」

「干我什麼事？」莫名其妙！

「因為阿姨去過萬應宮拜拜後還這樣，你多少要負點責吧？」

咦？阿呆止了步，萬應宮？

他們已經來到了病房前，羽凡抬首看著病房上的名字，輕輕的推開門。

說時遲那時快，有兩個小影子從裡頭竄了出來！

那速度飛快，快到羽凡跟班代同時回首，卻瞬間不見蹤影。

「奇怪……」他們兩個異口同聲。

阿呆狐疑的蹙起眉頭，跟著回頭望去，不懂兩位同學是在看些什麼東西。

極有可能是在醫院飄蕩的孤魂野鬼，王羽凡是個遊靈大磁鐵，看得見是理所當然，他要是把封印過的隱形眼鏡拿下來的話，一定會看到被鬼魂纏滿全身的她。

不過她最厲害的本事就是，就算被再多的鬼魂纏著，也絲毫不會影響到她的精神、作息甚至氣息。

而且她只要踢個一招半式，就能把這些遊魂轟到千里之外。

真是非常特別的體質，又不會被影響，自己還可以驅鬼，難怪表姐對她超有興趣。

另一位班代，是個正常人，但也有可能跟他在一起久了，多少變得敏感些。

反正醫院裡孤魂野鬼多的是，司空見慣了。

「哈囉！」羽凡把剛剛的東西當幻覺，開心的推開了門。「程阿姨！」

偌大的五人病房中，最靠近門口的病床上，躺著一個清秀的少婦，她臉色有點蒼白削瘦，看到羽凡便瞇起眼笑了起來。

「羽凡！妳來啦！」說話的是坐在一旁的女子，跟少婦有著相似的臉龐。「我們家咪咪可想死妳了！」

「真的嗎？啊咪咪呢？」羽凡趕緊環顧四周。

「沒來，暫時托給我婆婆帶。」少婦淺笑著，注意到她身後的人。「呃……妳同學嗎？」

「喔！對對！來！」羽凡立即拉過阿呆跟班代，跟她們做個介紹。「這兩個都是我國中的同班麻吉喔！這位是班上的班代，叫慣了，都叫他班代，這位是阿呆！」

「阿姨好。」兩個男孩有禮貌的行了禮。

「這個就是咪咪的媽媽，叫程霈晴，跟著我叫阿姨就好了。」羽凡自然的為大家介紹著，再看向一旁的女子。「這個是小阿姨，是程阿姨的小妹，我都叫小阿姨！」

「哈囉！」跟少婦比起來，小阿姨看起來活潑得多。「原來這位就是阿呆啊？」

咦？羽凡緊張的繃起身子，趕緊擋在阿呆面前，跟小阿姨擠眉弄眼的，她常常沒事就阿呆長阿呆短的，但是不能讓阿呆知道她常常提他啦！

「對啦、對……他、他家就是那個萬應宮啦！」羽凡趕緊顧左右而言他，耳根子偷偷紅了。

都怪她沒用！

當初歷經畢業旅行的危機，差一點點天人永隔時，她曾立誓要把握有限的人生，趁機跟阿呆告白。

可是機會莫名其妙的一直流失，等到她真正想講時，又已經說不出口了。

「萬應宮？」小阿姨怔了一下，回首看向姊姊。

「萬應宮怎麼了嗎？」阿呆瞧出姊妹倆在交換眼色，立刻打破不該有的沉默。「我剛聽羽凡說，妳去求過平安？」

「嗯，但是……我去了之後，就一直出事。」程霈晴面有難色的咬了咬唇，「我不是在指責什麼，只是那一切都太巧了！」

敲門

先是浴室莫名其妙的有了水漬，讓她差點滑倒；再來是放在櫃子上的擺飾突然間掉了下來，險些砸中她；接下來是路上的摩托車突然衝上人行道，只差一公分就撞上她……

一連串意外接踵而至，而她因為緊張，子宮收縮，肚子疼痛的狀況越來越嚴重，前天晚上居然出血了！

阿呆表情凝重，說不定一切都是命啦、劫啦，幹嘛把矛頭指向萬應宮！

「我出去買點東西。」小阿姨見苗頭不對，先閃。

「對啦，就是太怪了，所有事情都發生在去萬應宮之後！」羽凡有點尷尬，還是她大力推薦阿姨去的耶！「可是萬應宮很靈，怎麼會發生這種事呢？」

「妳什麼時候去的？」阿呆開始靜下思緒，想感受一下她的磁場。

「上上個星期四。」她記得清楚，是因為特地請假去的。

「上上個星期四？」出聲的是班代，「那天我也在萬應宮耶！」

「是啊，你去找我嘛！」阿呆也想起來了，「阿姨，妳是幾點去的？」

那天他跟班代花了一整個下午，都在旁邊幫去世的同學抄寫經文！

羽凡偷偷吐了吐舌，她那天要練習所以沒去……事實上她抄經文的進度是他們的一半！嗚嗚，沒辦法啊，她是要參加高中縣賽的人嘛！

「我下午兩點多去的……」

兩點多？他並沒有印象有這位漂亮的阿姨來啊！

阿呆沉吟了一會兒，決定走近病床前，想要認真的先聞聞看，有沒有任何不尋常的氣味。

「那天妳在廟裡看到了什麼？還有印——」

電光石火間，阿呆忽然像是被誰推了一把一樣，整個人向後踉蹌，撞倒了一旁的椅子，一路往牆壁去。

班代趕緊上前，好不容易才攙住阿呆。

他暗暗嚇了一跳，拉住阿呆時，他手臂上還殘留著一股強大的力量。

「誰……」羽凡蒼白了臉色，「剛剛誰——」

阿呆更快的朝她使了眼色，因為床上的程霈晴正不明所以。

「怎麼了？絆到什麼了嗎？」她憂心忡忡的問著，坐直了身子，朝阿呆伸出手。

「沒有！」羽凡一個箭步上前，擋在阿呆跟程霈晴中間。「沒有沒有……他一向都這樣啦，所以才叫阿呆啊！哈哈哈！」

班代尷尬的看著羽凡，跟著呵呵笑著，連胸口一陣劇痛的阿呆也只得跟著哈哈哈乾笑。

「原來是這樣啊！」目前這間病房裡，就屬程霈晴最幸福。「對了，你剛剛要問我什麼？在廟裡看到什麼？」

「不！」阿呆強忍著胸前的痛，「妳去的是哪裡的萬應宮？」

「嗯？就台南郊區那間啊！」程霈晴睜圓了眼，不懂還有一樣的廟嗎？「難道有一樣的名字？」

「萬一的萬，回應的應？」羽凡自然的接了口，「求萬事必應的萬應宮……有別家嗎？」

她回了頭，很疑惑的看了阿呆一眼。

沒有！他沒好氣的搖了搖頭，廟還能有分店嗎？那他們家收加盟金就賺死了！

「咦？不是吧！」程霈晴突然迸出了一句，「是希特勒那個組織的符號卐，卐應宮！」

阿呆狠狠的倒抽了一口氣，他雙眼無神的瞪著程霈晴，不敢相信有這種事！

下一秒，他旋身衝出病房，班代跟著追了出去，而羽凡只得慌張的跟程霈晴解釋說那傢伙呆頭呆腦的，不知道又玩了什麼無厘頭的事！

小阿姨剛好走進來，滿臉都是問號。

「你同學生氣了嗎？因為我們覺得去拜拜完有問題？」

「不是不是！阿呆不是那種人！」哎喲！現在不是解釋的時候。「小阿姨，我等一下就回來！等我喔！」

羽凡根本心急如焚，哪有閒工夫跟她們解釋，飛也似的追了出去。

「不是廟的關係嗎？」小阿姨眨了眨眼，看著姊姊。「我就說是多心了！醫生說靜下來不要動就好了嘛！」

「羽凡的同學真怪！」程霈晴聳了聳肩，拿過杯子喝了口開水。

哎，忘記拿平安符給那個叫阿呆的同學看了，上面很清楚的繡了「㘬應宮」三個字呢，哪是什麼萬一的萬？

廟會有兩家嗎？

※　※　※

「阿呆！阿呆！」

班代一路狂奔，追到了男廁，阿呆已經衝進其中一間廁所狂吐了！

他進去時，阿呆已經走了出來，面白如紙的瞥了他一眼，然後走到洗手台去洗淨、漱口。可惡！被陰了！阿呆用水潑著臉，他沒有想到，會有東西跟著！

「你還好吧？臉色好白？」班代擔心的看著他。

「沒事，只是被攻擊而已！」阿呆說這種事情，都像喝杯水一樣輕鬆。「我沒有防範，被打傷是活該！」

「被打傷！」班代跳了起來，急著要檢查他的傷勢。「哪裡受傷了！還好這裡是醫院，我們趕快先去掛號！」

「在裡面，看不見！」阿呆輕笑起來，擊了班代的肩一把。「別鬧我！」

「……是你別鬧我吧？」他鬆了半口氣，跟著笑了起來。

兩個男生從容的走出廁所，在不遠處見到了奔來的羽凡。

她焦急的衝到阿呆面前，認真的檢視著他的全身上下，捧著那蒼白的臉，擔憂不已。

「怎麼會這樣！剛剛我看見有人推你！」她說出了驚人之語！

「推我？」阿呆立刻反握住她的手腕，「妳確定看見有人推我？」

「有！我看見一雙手，從半空中跑出來用力推了你一把！」羽凡都快哭了，淚水在眼眶裡打轉。「那個是什麼？為什麼……為什麼在……」

她一怔，呆然的往阿呆看去。

「羽凡？」他搖了搖她，幹嘛Lag？

「在程阿姨的床上？」羽凡害怕的緊握住阿呆，「阿姨身邊有東西？」

「八九不離十。」阿呆嘆口氣，所以說他討厭醫院。

「因為那個阿姨去的並不是阿呆家裡！」班代臉色凝重的上前，「太奇怪了，台南有另一間相同發音的萬應宮嗎？」

「並沒有！根本不該會發生的……」

「那怎麼辦……表示阿姨拜錯廟了？」羽凡瞪大了眼睛，雙手摀住嘴巴。「天哪！她是不是跟人求了什麼？！」

「就算求也是求孩子平安，闔家安康好嗎？」阿呆彈了一下她的前額，「會有人求孩子流產的嗎！拜託……」

一瞬間，阿呆彷彿想到什麼一樣，緊緊皺起眉頭，有點訝異。

不會吧……會有這種事情嗎？

不對，有另一間莫名其妙的ㄐ應宮就不是什麼合理的事了，那麼他假設的狀況，說不定也會發生！

「怎麼了？你想到什麼了嗎？」班代拍了拍他，阿呆的表情太讓人擔憂了。

「沒有啦，我只是覺得……我聽過人家說過一種事。」他不能亂猜，要回去問爸才對。

「什麼事你快說啦！」羽凡永遠沒耐性！

「該不會有人真的祈禱孩子流產吧？」班代心思一樣細膩，連結得迅速。

「神經病！」羽凡立即嗤之以鼻。

「不，班代還說對了！」阿呆接了口，「我真的聽過這種人。」

「真的假的？有媽媽希望自己的孩子流掉？」騙肖仔！就算有，也不會是盼子心切的程阿姨。

「不是母親，而是另一個想要當母親的人。」

傳說，想要決定男生女生，可以透過廟方，進行栽花換斗的法術。

而有人連生都生不出來，用栽花換斗也無效，便會使用陰邪但有效的法術，挑選一位孕婦，施法讓孕婦腹中的孩子變成自己的。

只需要一陣子，孕婦便會面臨流產，爾後，施法的女人將會獲得懷孕的喜訊。

因此孕婦才會有諸多禁忌，不該隨意進不明的廟宇、不要為他人插香、不能幫他人祈求……等等，尤其遇上陌生人，說不定對方都有所盤算。

「搶別人的小孩嗎？」班代皺眉，真不道德。

「那被搶走孩子的媽媽怎麼辦？就面對流產的痛苦嗎？」

「所以這個法術很陰邪就是了，我也只是聽說，沒有實際看過。」

「好賤！是不是程阿姨跑錯廟了，跑到不好的廟，然後孩子就被搶了？」

「那不叫搶。」雖然這個字很貼切。

「這種事還有個說法？」班代有點咋舌。

「借胎。」

第二章　守夜

相同的一片荒原，類似的廟宇矗立在其中，只是這座廟佔地廣大，前庭有不少信眾，許多人坐在陰涼處喝茶聊天。

在庭院中有兩個青少年，不時低頭看著錶。

「來了！」阿呆瞇起眼，看著在烈日下接近的車子。「是不是那台？」

「咦……對對！那是吳先生的車子！」羽凡趕忙往前奔去，「真討厭，阿姨幹嘛帶她老公來啦！」

「是怎樣？」老公陪老婆來拜拜，天經地義吧？

「吳先生覺得這些說法都是怪力亂神啦！」羽凡面有難色的吐了吐舌，「我上次還被單獨叫過去訓話，他不許我在小孩子面前講這些。」

「哦？」阿呆倒是不以為意的挑了眉，「但他還是來了。」

這就是人性。

再如何的不屑，說得再嗤之以鼻，真正遇上事情，卻又束手無策時，便都回頭尋求神佛的力量——即使平日再如何的不齒，一樣會跪求而至。

銀色的 Toyota 停了下來，萬應宮附近的佔地超大，隨便停都可以，保證沒人會拖吊，羽凡很快的跑到車子旁邊，雙眼對上從駕駛座出來的吳先生，便是一陣莫名其妙的心虛。

程霈晴的丈夫穿著一身淺藍的運動衣，明顯的白了羽凡一眼，她假裝不在意的別開眼神，為程霈晴拉開車門。

她探出頭來時，很是狐疑的看向偌大的萬應宮。

「妳非得拜拜不可嗎？」吳先生不悅的開口，「上次聽羽凡的話，拜成怎麼樣了？」

羽凡倒抽一口氣，僵硬的看向緩步走來的阿呆。

「不是……」程霈晴走出車外，很驚愕的望著廟宇。「上次我來的不是這一間啊！」

「果然！我就覺得奇怪！阿姨妳一定跑錯廟了！」羽凡有點開心，至少萬應宮不是會害人的廟！

「廟不是都一樣？哪裡有分什麼對的錯的？」吳先生皺著眉，還是溫柔的扶過妻子。「妳要做的是聽醫生的話，好好在家休息。」

要不是霈晴拗著不吃藥，非得要來什麼宮的，他千百個不願意載她來！

這些東西全是怪力亂神，毫無根據！胎兒的健康是要由家人跟醫生共同看護的，之前差點流產，是因為工作壓力太大，加上霈晴處處不小心，才會發生一連串的意外跟巧合。

醫生都說了，只要好好躺著，安心待產，應該就不會再發生什麼事。

所以他讓霈晴把工作辭了，讓她舒舒服服的躺在家裡休息，不喜歡讓媽去，他也讓她妹妹來照顧她，這還有什麼不滿的？

偏偏就要聽一個國中生滿嘴胡言亂語，拜拜？拜拜要是可以保佑生產順利的話，那還需要醫院幹什麼？

「你不喜歡就別跟，我沒硬要你來！」程霈晴不高興的回了話，她需要的是安定，不是冷嘲熱諷。

吳先生沒吭聲，他怎麼可能讓妻子一個人來？一個國中生講的話她都信成這樣，萬一進了廟裡，一堆亂七八糟的人下符水讓她喝下，那還得了？

真搞不懂，羽凡的阿姨他也熟，為什麼會有個這麼迷信的外甥女？還是孩子一個，就懂得玩神棍那一套。

「程阿姨。」阿呆悠閒的走來，尚未靠近，就感受到強烈的敵意。

不是那個跟在程霈晴身邊的東西，而是來自她的丈夫。

「阿呆同學！」程霈晴一臉憂心忡忡，「我上次去的廟宇，真的不是這裡。」

「那是當然，因為我家是萬事俱備的萬。」阿呆維持禮貌，「請跟我來吧！」

阿呆跟羽凡領著他們夫妻往廟裡走，吳先生自然覺得奇怪，偷偷的問了妻子阿呆是誰，得到答案後又扯扯嘴角，一臉不屑。

敲門

搞半天羽凡的同學是開廟的？該不會聯手來騙他錢吧？

一踏進萬應宮的主殿，程霈晴立刻覺得身體舒服許多，那氣氛遠比上次那座廟宇來得更加莊嚴，最重要的是有股清新的氣息，環繞著她全身上下。

「阿呆，你爸呢？」羽凡好奇的張望，剛剛還在的！

「出去了！」阿呆搔了搔頭，一通電話就出去了，老爸速度如果這麼快，那對方鐵定是老媽。

「出去了？」羽凡不由得驚呼一聲，「那阿姨怎麼辦？」

兩個人在一旁竊竊私語時，廟宇後方突然傳來一陣詭異的拖鞋聲，接著是一個佝僂的老太婆，拖著像木屐一樣的鞋子，喀啦喀啦的走了出來。

無法否認，在寧靜而聖嚴的廟裡，這種聲音是相當突兀的。

老太婆駝著背，都快九十度了，滿面皺紋見不清樣貌，咧開的嘴內幾乎已經沒有牙齒，只見她蹣跚著遲緩的步伐，朝著阿呆走了過來。

「拜託……」阿呆輕嘖了聲，趕緊迎上前去。「不是說過，沒事不要到前面來？」就算來也把那吵死人的木屐給換掉啊！現在整間廟都在向她行注目禮了啦！

「後頭沒人！」阿婆口齒不清的說著，「你來一下！」

「又要幹嘛？」阿呆壓低了聲量，「不要又叫我做什麼證人！」

「不叫你叫誰啊？」阿婆重聽，回話的聲音聲如洪鐘。「阿梅那傢伙說牌是她先胡到，我要攔胡說不行，你過來給大家說個公道話！」

啊啊啊啊！羽凡真想一頭撞死，這是最糟糕的情況！

萬應宮後頭有一堆阿婆，喜歡在後面架方桌打麻將，成天吵來吵去也就算了，沒必要到廟裡來吵吧？

最討厭的是，還讓吳先生聽到了啦！

果不其然，吳先生一聽，立刻露出厭惡的神色！果然不是間正當的廟，以廟宇掩護，在後頭開設賭場嗎？

「這是什麼亂七八糟的地方？」他立刻拉起程霈晴的手，「我們走！省得等一下他們來詐財！」

「等一下！」程霈晴的心事尚未解決，說什麼也不想走。

「還等？這是間什麼廟妳應該很清楚啊！」吳先生氣急了，聲音大到所有的信眾都聽得見。「羽凡，妳年紀小不懂事就算了，別把阿姨拖進渾水來！」

「我才──」羽凡想要辯解，卻被大人的氣勢壓住。

連重聽的阿婆都聽得一清二楚，眉一挑，動作忽地靈活的轉向吳先生，手裡不知何時拿了一副筊，匡啷的就往地上扔！

清脆的擲筊聲迴盪在廟裡，吳先生嚇了一大跳，也封住了所有人的嘴，整間廟裡忽地只剩下那筊在跳躍翻滾的聲音。

「放——肆——」阿婆揚高音量，指著吳先生大吼。「在神明殿堂裡敢批評？連神明都不高興了！」

羽凡上前一瞧，地上是聖筊。

她不清楚阿婆問了什麼、神明聖筊的答案是什麼、不過看見阿婆這樣指正吳先生，她心裡挺開心的。

廟裡其他信眾都用一種鄙夷的眼光看著吳先生，在他們的眼裡，他已經說出了非常嚴重且褻瀆神明的話。

「對……對不起！」程霈晴反應快，拉了拉丈夫。「你快點道歉！」

我……吳先生尚未意會過來，等他要開口時，發現張著嘴，卻說不出話來。

「快點啊！」程霈晴急了，扯著他的衣袖，而他卻只能張大嘴，拚命做著嘴型，卻一絲聲音也發不出來。

羽凡看得目瞪口呆，趕緊往阿呆那兒望去，卻瞧見阿呆淺淺的微笑。

「真的很抱歉，我丈夫比較不懂事！」程霈晴乾脆代夫道歉，跟阿婆連連點頭。

「嗯？」阿婆已經皺到看不見的眼睛微微撐開，枯瘦的手擋住了程霈晴彎腰道歉的動作。「這是什麼？」

阿呆終於上前一步，在阿婆耳邊輕語。「阿婆看到什麼？我不太會。」

「你不好好修，會個頭！浪費天分！」阿婆白了阿呆一眼，再仔細的端詳著程霈晴。「妳是做了什麼？被借胎了！」

果然！阿呆知道自己猜對了一點也不開心，因為借胎這種巫法，他是第一次碰到。

「借胎？這是什麼意思？」程霈晴慌亂的看向丈夫，他卻還在那裡張著嘴咳嗽，只好再轉往羽凡。

羽凡趕緊上前去，拉住程霈晴的手，簡單的跟她說明借胎的來龍去脈。

「你是說……有人要我的孩子？」她簡直快暈過去了。

「嗯，已經施了法，等妳流產，把孩子流掉後，她就可以從中攔截，順當接收。」阿婆指指她的肚皮，凝重的看著。

「不……怎麼會……」程霈晴登時腳一軟，就癱軟下去，阿呆連忙上前幫忙攙扶，順道把仍舊想開口說話的吳先生擠到旁邊去。

他跟羽凡聯手把程霈晴扶到一旁的椅子上，此時廟裡已經恢復了正常，燒香的燒香、唸經的唸經，角落還有一票人在抄經文，一片安靜祥和。

除了到飲水機那兒猛灌水，期待聲音會早點出現的吳先生例外。

「阿姨，妳喝口水！」羽凡倒了杯水，湊近程霈晴的嘴。只可惜她才喝一口，又吐了出來。

「哎呀！這下怎麼辦？」羽凡焦急地拉住阿呆，「快點想辦法！難道就讓阿姨的孩子流掉？」

「再拜一次就好了啊！」阿婆擺了擺手，拖著步伐去拿了一束香。「請神明保佑小孩平安長大，讓真正的神明管，祂們自然會去把施巫法的傢伙趕走。」

借胎的方式很簡單，但破解的方法更簡單。

只見阿婆拿了香，口中喃喃自語的點燃，先抱著整束香朝著神明唸唸有詞，然後對著程霈晴招手，讓她過來。

就這樣？羽凡詫異極了，她以為要準備一堆什麼東西呢！一知道有破解法，她趕忙把程霈晴扶起來，往阿婆那兒去。程霈晴自然也強打起精神，認真的從阿婆手裡接過香，跪在軟墊上，朝著主殿的菩薩虔誠請託。

羽凡跟阿呆一人一炷香，多點人祈願，力量總是比較大。

程霈晴虔誠的闔眼，她不懂為什麼有人要這樣缺德的以術法奪取她的孩子，要孩子可以自己設法啊……求求神明，讓她的孩子健康平安，千萬不要奪走她的孩子！

祈禱完畢，程霈晴在阿呆他們的攙扶下，吃力的站起，親自將香插進香爐裡，雙手再合掌，默默祈禱著。

羽凡也跟著拜託，擔憂的睜開眼偷看程霈晴時，卻發現站在她另一邊的阿呆，神色凝重。順著阿呆的眼神往前看，羽凡看著主神的香爐。

「啊！」她禁不住的驚叫出聲，讓程霈晴也跟著睜開雙眼。

香爐裡，插著程霈晴剛置入的三炷香，應該是深棕色的香，此時此刻卻呈現徹頭徹尾的炭黑，並且毫無星火。

那三炷香像是瞬間被大火燒過一樣，下一秒，竟在他們面前散成灰燼，卻又落不進香爐裡，往空中飄散而開！

羽凡嚇得臉色蒼白，她沒看過有香會瞬間焦黑又跟炸彈一樣爆成灰燼的！最誇張的是，為什麼灰沒掉進香爐裡？反而、反而朝他們飄過來！

她拉著程霈晴往後退，一塊布卻突然從眼前橫過。

那布瞬間擋下了飛舞的黑灰，又俐落的收起。

「亂七八糟……真是亂七八糟！」阿婆手裡拿著塊布，看來是塊濕布，而詭異的香灰已全數被收了進去。

「神明管不了了，對吧？」阿呆上前，緊皺著眉。「連香爐裡都待不下去。」

「人家是要定她的胎兒了，根本不管天理報應的……」阿婆搖了搖頭，握著那塊布往外頭走著。「她有東西在人家那裡，這是個咒術！破不了、破不了……」

程霈晴聽聞，這次真的是雙眼一翻，一口氣上不來就厥了過去。

羽凡連忙叫吳先生過來，麻煩他不要再喝水了，快點照顧妻子比較要緊！接著她跑出廟外頭，想知道到底怎麼一回事。

她奔出時，發現阿婆跟阿呆都站在火爐前，阿婆拿著那塊布唸唸有詞。

然後將布給扔進火爐裡頭，轟的一聲。

「不是單純的借胎了嗎？」阿呆此時再開口。

「不是了！唉……那孩子註定保不住！」阿婆緩緩點著頭，「對方有她的生辰八字、有她的身體、下的是咒術……咒術。」

「破解法呢？」

「咒術要怎麼破解你還問？」阿婆睨了阿呆一眼，「畢業旅行時不是才做過？」

要破對方的咒術，得先找到施咒者跟道具。

「阿婆，不要再談畢業旅行的事！」阿呆重重嘆了一口氣，「我找不到對方，總可以攔截吧？」

「這是命，強硬插手會出事的！」阿婆凝重的說著，那灰濁的眼只看著火爐。

「對方也是插手了他人的命運。」阿呆冷靜的回應。

阿婆看了他一眼，再瞥了一眼不遠處的羽凡，自言自語的不知在說些什麼，接著是微微一笑。

「呵呵……你變了！想要去幫助無辜的人了！是那丫頭的關係吧？」

「阿婆！跟我說破解法啦！」阿呆別開眼神，懶得回應阿婆的調侃，

「哼哼！」阿婆嘴角止不住笑，往廟裡步去。「對方有小鬼，小鬼會親自來取胎，阿婆就只能告訴你這樣了！」

阿呆雙眼瞬間亮了起來，只要能跟對方接觸，什麼媒介都可以！

「其他的，阿婆只瞧見一片的黑暗……」婆婆突地一頓，直盯盯的瞪著阿呆。「她什麼都給了人，被下的咒術連有天眼的我都看不見，你自己當心。」

咒術……黑暗，阿呆喉頭一緊，潛意識的握緊雙拳，誰叫他有種山雨欲來風滿樓的不安感。

直到阿婆走進廟裡，羽凡才趕緊跑到阿呆身邊，咬著唇，不知道該怎麼開口。

「程阿姨已經確定被借胎了，而且使用的還是咒術等級的巫法。」他平靜的說著，「我只是要告訴妳，事態比想像中的嚴重！」

「都是我害的！我只說萬應宮很靈，沒講清楚是哪個萬應宮。」她可憐兮兮的拉住阿呆的衣角，「那你可不可以……」

「我又不是萬能的！」阿呆扁了嘴，真是麻煩鬼。「不過我會盡力而為啦！」
羽凡說不出話來，只能拎著雙跟小狗一樣的眼神望向他。
「東西收一收，今晚先住在程阿姨家看看！」
「我就知道你人最好了！」
「喂！不要隨便發我卡！」

※　※　※

這天晚上，完全不需要費勁說服吳先生，羽凡他們就得以順利的住到他們家裡去。
原因很簡單，因為下午吳先生在萬應宮裡頓時成了啞巴，那無形的恐懼充塞在他心裡；一出廟門口就瞬間恢復說話的能力，讓他不得不對這所謂的「怪力亂神」姑且信之。
反正孩子們也只是說住一晚看看，他沒什麼好反對的。
三個國中生還很悠閒的去租了DVD，準備用來打發時間。
「你幹嘛來啊？」在買鹽酥雞時，阿呆禁不住看向自己的左方。
「啊？」班代很自然的看向他，「啊你們晚上不是要對付什麼嗎？」
「哪有？我們只是來探個路！」阿呆皺著眉，「哪有人明知山有虎，偏向虎山行的？」

萬一有什麼不就麻煩了？

「誰說沒有？」班代自然的指了指遠處，踏著輕快步伐走來的女生。「羽凡就是啊！」

阿呆無力的往羽凡那兒看去，她拎著飲料，非常愉快的朝著他們笑開。

是啊，王羽凡就是一個最標準的例子。

「你沒必要蹚這個渾水，而且……」阿呆歪了歪頭，直接說了。「你沒什麼力量，萬一發生什麼事，越多人是越麻煩而已。」

「我知道啊，可是你記得畢旅的時候嗎？」班代呵呵的笑了起來，「多個人，總是有幫手。」

阿呆聞言，輕輕笑了起來。

是啊，記憶深刻的畢業旅行，憑他這個三腳貓，要不是有班代跟羽凡幫忙，說不定也不可能全身而退。

阿呆對著班代舉起拳頭，班代瞇著眼，也搥了他的拳頭一下。

麻吉！

「你們在聊什麼？很開心的樣子！」羽凡奔至，亮著一雙眼。

「沒什麼。」兩個男生異口同聲，旋即相視一笑。

「厚～耍什麼秘密，我們可是歷經生死關頭的朋友耶！」羽凡心中不平，嚷嚷起來。

敲門

「走了走了，妳是買好沒？」阿呆接過一袋炸雞，旋身就走。「程阿姨他們的晚餐、還有那個什麼咪咪的……」

「有啦有啦！」羽凡不高興的噘嘴，班代跟阿呆不知道在說什麼，都不分享一下。

他們三個人決定就住在吳家一個晚上，一方面阿呆想看看有什麼東西，二方面也想趁著子夜時，感受一下對方的力量有多大，再回萬應宮商討對策。

這種事很難的，他一點辦法都沒有，他現在應該要做的事是去買高中的參考書，準備開學……

為什麼一遇到王羽凡，就會扯出這些有的沒的？

「妳實在喔……不但是遊靈磁鐵，還是麻煩磁鐵！」阿呆忍不住碎碎唸起來，「連當個沒用的保母都可以製造問題！」

「你在唸什麼啦！」羽凡沒聽清楚，「什麼磁鐵不磁鐵？」

「沒、事！」阿呆扶了扶眼鏡，懶得回答。

他只要偷偷把眼鏡滑下鼻梁，就可以看見日暮西沉的現在，有多少孤魂野鬼全往羽凡身上攀、他們一個疊一個，攀在她的身上、或是抱住她、圈住她。

在他那雙陰陽眼裡，羽凡幾乎已經被團團包圍，只剩下那張在吃炸雞塊的臉了。

……為什麼，她完全沒有感受到異樣？

「妳等一會兒練個柔道再進人家屋子裡！」他忍不住提醒。

「喔！」羽凡一聽，就知道她身上或附近有什麼了！

因為她氣勢很強，練柔道時的殺氣可以把有的沒的震離三里遠。

「那我呢？」班代的眼睛瞇成一小縫，跟著問。

「你就不必了！」班代身上有著安定而沉穩的光芒，完全不需要擔心。

吳家位在市郊區的三樓透天厝裡，一樓是車庫、二樓是房間，三樓即將要當育嬰室跟小朋友的房間。

他們到達吳家時，才發現裡面異常的熱鬧。

除了吳氏夫妻之外，當然還有照顧姊姊的小阿姨，不過也來了兩位不速之客，程霈晴的媽媽跟婆婆。

「不舒服？都第三胎了還躺著不動？連工作都辭了，全要我兒子養妳是嗎？」一進門，就聽見程霈晴的婆婆聲音尖而亮。

「妳說這話就不對了，霈晴不是說了，她是被人借了胎！」

「借胎？說得好聽啦！一定是她不想要這個孩子，她想找個機會墮掉啦！」婆婆的語氣聽起來，甚是盛氣凌人。

「媽！妳在胡說什麼！霈晴一直很想要再生一個！」

「生？她能生出個什麼！」

羽凡比了個噓，她知道吳家的婆媳關係不好，平常親阿姨都叫她有耳無嘴，別管別人家的事，聽過就算了。

一進門，有個小女孩飛也似的衝了過來，二話不說就緊緊的抱住了羽凡。

這個被大人情緒傷害的小女孩，大概就是咪咪了。

班代小心翼翼的關上門，羽凡抱著咪咪坐了下來，他們三個人一同在一樓的餐廳裡坐著，聽著二樓的爭吵聲。

而樓梯間還坐了一個小女孩，看來比咪咪小了一點，也是一臉害怕的托著腮。

班代挪出一張椅子，拍了拍，叫小女孩過來。

大概太怕生，那女孩搖了搖頭，看起來更恐懼的往樓上奔去。

「妳說話放客氣一點好不好？哪有母親不要小孩的？我們要重視的是借胎的問題！阿傑，你是有去幫哪個女人做過什麼事嗎？」程媽媽質問著吳先生。

「什麼？我沒有啊！」吳先生驚慌的否認，「做什麼事啦！」

「人家說借胎這種很難講的！搞不好有哪個女的請你幫她寫個東西、上炷香，或是撿起什麼交給她，這樣就表示你把孩子送給她了！」

「連撿東西都算？那我怎麼知道……」這語氣聽來，吳先生是慌了。

「少在那裡胡說八道啦！那種東西是迷信，不要亂聽亂說！」不愧是母子，吳先生的媽媽一樣的論調。「孩子就是在子宮裡著床，要怎麼借？頂多是生出來後被抱走，不然能怎麼借？」

「那個萬應宮不是說了嗎？這廟很靈的！」

「靈個鬼！也不看看之前拜成什麼樣了？不要以為我不知道妳花了我家多少錢！」婆婆的腳步聲傳來，正往樓下走。「結果還不是個屁！被神棍騙了！」

「媽！」吳先生跟著走出來，然後腳步聲一前一後，下了樓。

吳先生的母親看到樓下有人，驚覺剛剛的態度很差，原本有點尷尬，但是她一看到羽凡，就沒給好臉色，在她心裡，羽凡是這次怪力亂神的亂源。

「年紀小小不學好，就會扯謊！」婆婆直指羽凡，毫不客氣。「什麼廟啊、什麼求平安的，妳看看妳讓她拜成什麼樣了！」

羽凡沒說話，她緊咬著唇，而懷裡的咪咪則使勁抱著她，兩個人都微微發著抖。

「阿姨，話不能這樣說。」班代忽地站起，擋在了羽凡面前。「很多事寧可信其有，多一份尊重總是好。」

「哼，物以類聚。」婆婆嗤之以鼻，打量了班代全身上下。「連腦子都一樣的想法嗎？愚昧！」

「我們都親眼看過鬼，阿姨，妳看過嗎？」班代冷不防的冒出這一句，讓吳先生詫異的回首。

「我只知道說謊不是好行為。」婆婆根本懶得理班代，逕自走出外頭，還繼續數落著自己的兒子。

阿呆拍了拍羽凡的肩，她很堅強，不至於為這點小事介意。

「真希望你能讓她瞧見。」班代走回來時，有點無奈。

「她的磁場不容易瞧見，我不想浪費時間在那種人身上。」阿呆拍了拍羽凡，「妳還行吧？」

「可以啦！」她嘟著嘴，心裡自然不大舒服。「真煩！好心沒好報就是這樣！還要被大人當成說謊的小孩！」

「事實勝於雄辯。」阿呆笑著，拎起東西。「我們可以上去了吧？」

「真希望能像你那麼泰然！」班代嘆口氣，他還做不到。

樓上只剩下哭聲，小妹妹就站在程霈晴的床邊，難過的看著她窩在自個兒的母親懷裡哭泣，一旁坐著小阿姨，一時也不知該怎麼辦。

「她就是對我有成見，怎麼辦……」程霈晴哭得抽抽噎噎的，「我好怕這孩子保不住……到時她會把我羞辱到死！」

「別這樣想……乖孩子！」程媽媽安慰著女兒，溫柔至極。

床邊的小女孩踮著腳尖，抓著床單，仰首看著程霈晴，然後又放棄般的往外走去；被羽凡牽著的咪咪看到小女孩，很快的跑了過去，兩個人牽著手，一起到玩具間去玩。

「這種情緒連孩子都知道不妙。」家家有本難唸的經，不過程阿姨家的特別難。

「小孩子很敏銳的！」阿呆把食物擱在茶几上頭，「妳去弄給她們吃吧！」

羽凡找了幾個碗，把麵倒了進去，她不知道程霈晴的媽媽會來，所以沒有買她的晚餐。

兩碗麵、一碗粥擱在托盤上，羽凡準備端進去時，吳先生終於回來了，看來他是送走了母親。

「我來好了！謝謝！」自從萬應宮回來後，吳先生不再那麼鐵齒，對於羽凡說話也多了份禮貌。

他端起托盤，阿呆注視著他，因為他聞到了肉羹麵以外的味道。

一隻鮮血淋漓的小手，突然由後攀在吳先生的肩上，羽凡瞬間瞪大了眼睛。

連班代也瞧得一清二楚，僵直了全身。

『嘿嘿嘿……孩子給我們吧！孩子……』細細的笑聲自吳先生背後傳來，再緩緩探出一個頭。

有個小嬰兒，正攀在吳先生背上。

他的頭超小，像剛從產道出生的嬰兒一般，那顆頭被血跟羊水覆蓋得既濕又黏，通紅一片，頭頂呈現微尖。

腥臭味傳來，原來那是羊水與血混淆在一起的味道。

羽凡不知道該不該放手，儘管吳先生已經接到了托盤，卻發現她並沒有鬆手。

『快點離開……』小嬰兒伸出了另一隻手，低垂著逼近了碗裡的粥。『一滴、兩滴，吃飽了快點離開……』

血水順著他的指尖而下，眼看就要滴落在那碗程霈晴要喝的粥裡了！

「少在這裡撒野。」

呃？吳先生愕然的抬首，他肩頭的小嬰兒也跟著瞪大全是黑色的眼窩，看向站在他正前方的男孩。

男孩戴著一副滑到鼻梁的眼鏡，伸出了手，掌心向上的擱在粥品上頭，截去了滴落的血水。

「抓走。」他眼鏡下的雙眼，瞥向就站在身邊的羽凡。

「我？」她嫌惡的尖叫著，卻還是伸出了手，以迅雷不及掩耳的速度揪住那濕黏的小嬰兒——天哪！她抓得到？

然後呢？羽凡覺得超噁爛的！她緊閉起雙眼，嚇得把那小嬰兒往牆壁扔了過去。

半路上，小嬰兒就失去了蹤影。

「怎麼回事？」吳先生丈二金剛摸不著頭腦，狐疑的看著阿呆跟羽凡。

「沒事，開個玩笑！」班代呵呵的笑著，「快點端進去給阿姨吃，別讓孕婦太餓了！」

吳先生被班代推著往房裡去，而外頭的羽凡拚命甩著手，卻發現上面沒有東西，可是那令人作嘔的觸感還殘留在手中。

「那是什麼！」她忍不住尖叫著問。

「小鬼。」阿呆收回手，他的掌心裡依舊有著那滴血水。

「小鬼！你是說別人養小鬼那種嗎？」羽凡聽得雞皮疙瘩都起來了。

「快點去拿鹽給我——」阿呆說到一半，忽然痛得皺起了眉。「唔——」

那滴血水瞬間銷融，自阿呆的掌心往下腐蝕，他痛得咬住雙唇，強迫自己不能叫出聲音！

血水蝕穿了阿呆的手掌，他痛得全身冒汗，壓低了叫聲！

「啊——」羽凡才想尖叫，想到阿呆顧慮的一切，又立刻摀住了嘴！

那蝕穿掌心的血水滴落了地板，靈活似的一滾，竟直直往程霈晴的房間滾了過去。

「擋下！」阿呆哭了出來，痛死他了！

羽凡回身才要追，有個人更快。

一大湯匙的雪白自天而降，蓋住了那滴迅速滾動的血水。

鹽覆在血水之上，血水透出的不是紅色，而是一片怵目驚心的焦黑。

阿呆終究痛得跌坐在地，看著站在不遠處的班代。

「多一個人還是有用的。」他手中拿著鹽罐，湯匙還握在右手上。

「是啊……」阿呆看著自己的右手，蝕穿的地方又癒合起來，掌心呈現一個大黑點。

「你沒事吧！那個好像異形的血！」羽凡嚇得跑到他身邊，拉過他的手。「咦，剛剛明明腐蝕掉你的手，然後……」

又癒合了？可是那一點黑影是什麼？

「開始了！」阿呆有氣無力的喃喃唸著。

「什麼開始了？」羽凡拿衛生紙往掌心壓，卻壓不到任何東西。

「借胎……」他輕嘖了聲，用左手拿出口袋裡的手機。「程阿姨去另一間乩應宮拜拜距離現在多久了？」

班代與羽凡也跟著看月曆算日子，三個人越算心越慌……

從程霈晴去另一間乩應宮拜拜開始算，今天恰巧是第四十九天。

「這咒有時限的。」阿呆無力的擱下手機。

「時限？什麼時候？」

「明天日出前。」

第三章　夢魘

晚上十點多，阿呆他們把一部片看完後，便坐在沙發上聊天，小阿姨帶了杯水跟藥走過來，杯子是遞給阿呆的。

「還是吃個藥好了。」她把一個黃色的消炎膠囊放到阿呆手中。

阿呆的右手幾乎不能握了，雖然毫無傷口，但依舊疼痛難耐，甚至無法動彈，很難想像，要是真的讓程霈晴吃下那碗粥，不知道會發生什麼事。

這件事最後還是鬧得人盡皆知，程霈晴陷入恐慌中，央求母親也留下來陪她，小阿姨原本想幫阿呆包紮，卻根本找不到傷口。

這些事太玄，讓大家想信又不敢信。

「還很痛嗎？」小阿姨親切的問著。

「不會了啦！」阿呆傻傻的笑著，事實上很痛，但是他不希望多一個人擔心。「小阿姨，妳還是去陪程阿姨好了。」

「那個……」小阿姨有點掙扎著，「我想請問一件事……」

「有什麼事儘管問啊！」羽凡說得一向很自然。

「姊姊那個借胎的事情……」她幾度欲言又止，「有什麼辦法可以破嗎？」

「沒有。」阿呆聳了聳肩，回答得迅速。「我現在也在想辦法，我想先看一下這屋子裡有沒有被安了什麼。」

「屋子裡？」小阿姨聞言，臉都白了。

要是阿呆跟她說，借胎的限期在明日清晨，她說不定也會暈過去。

「有誰能常出入這裡？或是你們有認識什麼想生但是生不出來的女人？」阿呆往熟人的方向去想，「喔，還有那天在另一間卐應宮的過程，我想知道得詳細點！」

「那天啊……」小阿姨點了點頭，忙不迭的趕緊跟阿呆述說那天的事情

從她們找路找了多久，再到那廟宇的過程，還有求觀世音保佑孩子等等，都跟阿呆說了一遍。

「再走一次妳記得嗎？」阿呆很介意那間也叫卐應宮的廟。

「嗯……記得！」這點小阿姨倒是挺肯定的。

「那等事情結束後我想去看一下，到時再麻煩小阿姨了！」阿呆非常有禮貌的說著。

「那間廟……不是你家那個萬應宮對不對？」小阿姨面有難色，「都是我不好，是我找的路，才會讓姊姊跑到了不好的廟裡去……」

「小阿姨，不要胡思亂想啦！要我說啊，是那間廟有問題，幹嘛取一個跟別人家名字一

樣的廟名！」羽凡趕緊站起來抱住小阿姨，努力的安慰她。

「是啊，我也覺得奇怪，為什麼要取一樣的名字。」班代一直覺得這點很匪夷所思，而且程霈晴還剛好找到那間廟去，未免太巧了。

「那個以後再去想！」阿呆暫時只想管眼前的事，「小阿姨，我可以請問一件私事嗎？」

「你說！」

「我們今天進來時，聽見程阿姨她婆婆說……關於拜拜，花了多少錢，還有什麼事的，她甚至認為程阿姨不要肚子裡的孩子？」

小阿姨臉色一凜，立刻倉皇的別開眼神，大家都看得出來，阿呆問了一個很關鍵的問題。

他不是喜歡探人隱私，只是所有事情都從這個孩子而起，他想知道這個家發生什麼事。

「因為姊姊的第二胎的關係……」小阿姨難受的喉頭一緊，「當初妹妹生了病，一直醫不好，所以姊姊那時就開始燒香拜佛，經人家介紹認識了一個神棍，騙走了七十幾萬，可是什麼都沒有好轉，然後……」

話到這裡，小阿姨豆大的淚滴了下來，緊緊蹙著眉頭。

而玩具間的門口，跑出了那嬌小的女孩子，她彷彿聽得懂似的，看著哭泣中的程霈雲。

就是那個妹妹啊……羽凡回頭望著，果然看起來相當瘦弱，原來是生病的關係，而且她根本不愛說話，只喜歡靜靜的玩，或是窩在床上睡覺。

「後來那個女人就對姊姊有了成見，覺得她是刻意拒絕醫生去求助神佛，才會讓孩子受那麼人的苦……那時姊夫也跟他媽媽一個鼻孔出氣，一起責怪姊姊、冷嘲熱諷，讓姊姊直接轉變為憂鬱症。」憶起那段日子，她對吳家人都有氣。「好不容易姊姊走出來了，但是身體卻變差了，想再生一個孩子，一直懷不上……現在終於懷上了，但是又一直出事，所以姊夫的媽才會這樣說！」

「真可怕！」羽凡想到的是一個女人照顧孩子、又被傷害的可怕。

「嗯，好可憐……」班代想到的是沒有人支持與幫忙的母親。

「是啊，真可怕……」阿呆想到的是，萬一那個婆婆如果對媳婦有成見……在這種鄉下地方還是有很多術法被秘密保存下來……

那位婆婆一臉篤定程阿姨腹中小孩不保的模樣，讓他有點生疑。

「我們是姊的娘家人，再親也不能說什麼……不過這次姊夫很難得，他竟然聽你們的話！」小阿姨轉為笑顏，「我也希望小孩平安，一切拜託你們了。」

「放心放心！」羽凡樂得拍拍胸脯，「有我們在OK的啦！」

「喂！」又在幫他開支票。

「你快把止痛藥先吃了，我要出去買個宵夜，可以吧？」小阿姨想再去買點東西回來，擔心姊姊餓。

「可以……十一點前一定要回來。」阿呆擔心的是子夜，子時一到，什麼東西都可能會竄出。

小阿姨點了點頭，再三道謝，才拿著錢包往外去，羽凡目送著她遠去，她在這裡工作一個多月，到現在才知道這個家劍拔弩張的氣氛來自哪裡。

「那個婆婆很怪，討厭程阿姨、討厭小阿姨，連咪咪他們都討厭。」羽凡咕噥抱怨著。

「她可能要看到男的才會高興吧！」班代嘆口氣，「我家也一樣，我爸媽只寵我，一點都不管姊姊她們。」

「我家倒是很公平……」阿呆猶豫了一下，「很公平的大家都不會被寵到？」

「哈哈，少來，我看你媽跟你很好啊！」提到阿呆的媽，羽凡就想笑。

「那是因為她是白臉，乾媽是黑臉！」提到這點阿呆就不平，哪有人發現自己小孩可以跟守護靈溝通後，就直接把孩子扔給守護靈帶的！

不過……那樣也比在這個家生活好吧？

阿呆環顧四周，這個家從一踏進來就毫無牛氣可言，不只是死氣沉沉，還盤踞了兩大塊的「氣」。

一塊是一個憂心母親的執念，另一個是深信科學昌明的父親所產生的想法，兩種想法互不相同，改變整個家的磁場，風水再好也沒用，敵不過人心。

吳家是長方形的格局，樓梯位在中間的位置，所以上樓後往左後方走，是客廳；而上樓梯後往前方看去那一塊，分別是吳先生的書房、主臥室跟玩具間。

而主臥室現在幾乎都是程霈晴在休養，房門口跟樓梯呈垂直，離樓梯口相當的近，算是方便出入；主臥室是最大的房間，站在門口往裡望，正前方是與門口面對面的衣櫃，偏左前是直擺的床，最右邊沿著牆還擺了許多小櫃子。

跟床平行的窗子吹進了徐徐微風，白晝便能照亮房間。

房裡有程媽媽在照料，羽凡也只是偶爾到房門口去晃一下，開個門就能看見程霈晴的身影，她沒什麼好擔心的。

他們三個窩在客廳繼續看電視，都盤踞在沙發上頭，阿呆跟羽凡在ㄇ形沙發的中央，班代一個人佔據左手邊的雙人沙發。

陽台就在班代身後，漆黑的玻璃窗倒映著他們的身影。

羽凡看電視看到打呵欠，都快搞不清楚今天來幹嘛的……

啪！啪！

很細微的聲音，在播放的電視中引起阿呆的注意。

今天少戴了一副耳環，多少能聽得到一些。

之所以不全然不戴，是因為這間屋子一定還有前人留下來的鬼魂，他沒空一一招呼。

敲門

噠噠。

聽到很細微的聲音，坐在背對著落地窗沙發的班代，忽地直起了身子。

他好像也聽見什麼了，開始左顧右盼。

啪啪啪啪啪——這一次，連羽凡也狐疑的往班代那邊看，還問了句。「你在幹嘛？」

餘音未落，班代立刻跳了起來，往陽台那兒看。

怎麼看，都只有自己的倒影。

「幹嘛？」羽凡終於感覺到不對勁，也立刻站了起來。

「妳給我仔細聽！」阿呆要她安靜點，她應該是最容易聽得見的人！

羽凡屏住呼吸，大膽的往陽台邊去，但是外頭一片漆黑，真的只能映出他們的模樣而已……

一撇頭，羽凡冷不防的按開陽台的燈！

啪！一隻小手趴在玻璃窗上，再傳出一個聲響。

羽凡倒抽了一口氣，站在落地窗邊，瞪大雙眼看著這神奇異象。

在外頭那不大的陽台上，出現了五、六個詭異扭曲的孩子，有的像剛剛那嬰兒一般、有的則是大了一點，最大的不會超過四歲。

他們全身赤裸，身上髒兮兮的，全身都是瘦骨嶙峋，只剩一層皮包著骨頭而已。

四肢幾乎都因折斷而呈現扭曲狀，所以他們走起路來也是奇形怪狀……當然，這絕對不是重點！

「眼鏡拿下來……」羽凡顫著音說話。

「早拿下來了。」阿呆專注著看著外頭那些小孩子，他們全都趴在玻璃窗門上，探頭探腦的，像在觀察什麼。

想也知道在觀察什麼……因為這片陽台的直線正對面，就是程霈晴的房間！

幾個嬰孩晃著光溜溜的頭，開始交頭接耳，他們連頭骨都骨折過，薄薄的皮膚裹著凹凸不平的頭骨，甚至可以看見像青筋的東西浮起凸出在其上。

然後，他們像是派出一個代表似的，站到了兩扇玻璃門的密合處。

班代眼明手快，立刻把玻璃門鎖上。

不過事情絕對不是憨人想的那樣，這些小鬼怎麼可能堂而皇之的推門而入？

那個小鬼代表緩緩的，將自己枯槁的手放在門縫間，然後……塞了進來。

不見削肉淌血，像水一般的滑溜，那個小鬼就這麼一擠，咕溜的進了客廳，就站在羽凡的腳跟前！

「哇——」她控制不住的尖叫，一腳踢出，跟足球一樣把那小鬼往外頭踢了出去。

「幹！射門得分了妳！王羽凡！」阿呆簡直不敢相信，羽凡跟他媽快有得拚了！

「好噁心！好噁心！好噁心！好噁心！」已經把小鬼不知道踢到哪裡去的她，在原地驚叫噁心。

「羽凡，做得好！」連班代也不免讚嘆，他還在想要拿那隻小鬼怎麼辦，羽凡就已經率先行動了！

那個感覺，跟那天去醫院看程阿姨時，從房裡竄出來的東西好像喔！

裡頭的人聞聲而出，程霈晴的母親焦急的跑了出來，她不懂為什麼女兒要請這三個國中小孩來幫什麼忙，她現在只知道這三個吵死了！

「你們在吵什麼？」程媽媽皺著眉頭走了出來。

「啊……對不起！」喔喔，她剛叫得太大聲了。羽凡連忙道著歉。「我剛剛只是……」

看到了又出現在妳腳邊的東西而已！

不知道什麼時候，另一隻小鬼又鑽了進來，再度站在羽凡的腳邊了！

「阿呆！」她指著地上，引起阿呆的注意

說時遲那時快，地上那小鬼彷彿知道已經被發現，竟然飛也似的向前衝去！

羽凡立刻急起直追，但是那小鬼動作太快，她根本追不上。

而站在前頭的程媽媽更是錯愕，覺得這群孩子簡直是來亂的！

「請你們安靜一點！」她氣急敗壞的喊著，霈晴剛睡著呢！

那小鬼一見到程媽媽，像是見到了目標，朝著程媽媽直接飛奔，眼看著近在咫尺時，接著縱身一躍——

嘩！

班代最愛喝的可樂全數以完美的拋物線之姿灑在程媽媽身上，原本要撲上她的小鬼被燙得唉唉亂叫，撞上了牆似的，又彈回了地面。

沒辦法，人跑不快，只好先拿班代的寶特瓶可樂噴灑比較快。

羽凡一趕到就抓起了小鬼，這一次她沒有再亂丟，而是用力屏住呼吸，緊捏著他。

每丟一次他們說不定都會再回來，應該要抓一隻關一隻，先困住他們再說！

「你們在做什麼！」程媽媽不可思議的看著自己的全身上下，用手掌抹去臉上的可樂。

這下糟了！發生了完全無法解釋的情況。

大家都知道阿呆是在做水牆，問題是被灑到可樂的程媽媽可就不會理解了。

「你們立刻給我滾！滾出去！」程媽媽簡直是怒不可遏，直接下了逐客令。

「對不起嘛！剛剛是情非得已……有一隻小鬼要撲向你耶！」羽凡拎著掙扎中的小鬼想證實些什麼，可惜程媽媽看不見。

「什麼跟什麼？我受夠你們了！」

「你不能趕我們走，我們是來幫忙的！」班代焦急的上前解釋，「有很多小鬼正包圍著你們家，在覬覦阿姨肚子裡的小孩啊！」

一聽見孩子的事，程媽媽立刻顯得緊張起來。

「我們不會故意到這裡來胡鬧，真的有人借了胎。」阿呆總算開口，他手上甚至還把玩著空空如也的寶特瓶。

「媽？怎麼了？」吳先生聽見爭吵也步出，「霈晴不是在睡覺？」

程媽媽把剛剛的事說一遍，「這些孩子……到底是來做什麼的？」

吳先生聽完，臉色不安的看向阿呆，他微微點了點頭，希望吳先生能相信他。

「媽，當作霈晴請孩子來玩，不要跟小孩計較！」吳先生安撫著岳母，「您先去洗個澡好了，好嗎？」

程媽媽很想反駁，但是聽見事關女兒腹中的孫子，卻又寧可信其有，畢竟她是虔誠的佛教徒，希望能寄託神明。

吳先生回首看了他們幾眼，那眼神透露著請託。

「他們的目標是房間，我不知道為什麼小鬼不從房間的窗子進去，但是程阿姨的房間是最危險的。」阿呆已經做出了結論，「我必須在房間做結界，熬到早上應該就沒事了！」

「這麼簡單？」羽凡皺眉頭瞧著手上的小鬼，「這隻怎麼辦？」

「這些小鬼非自願的……」阿呆這次拿起剛剛小阿姨給他的那杯水，「把他放在這裡。」

『不可以！不行！』小鬼開始嘔啞嘈雜，『那孩子終究是我們的！孩子！』

羽凡把小鬼壓在地上，任阿呆在地上繞著他畫了個圈，暫時算是把小鬼關住了。

那小鬼原本跳來跳去的尖叫，但不一會兒卻突然安靜下來，異常的乖巧，待在阿呆設下的結界裡。

「真煩！」阿呆嘆著氣，他不善於應付這種狀況。

南部以透天厝為多，這種屋子出入口多得要命，要防小鬼進來是困難重重。

只是他強烈的疑惑，單純的借胎，為什麼連小鬼都出動了？這些小鬼一定有人在養，但到底是誰？

總覺得，這背後一點都不單純。

而太複雜的事他不會，上次畢旅靠的是天賦、法器跟一點點的運氣，他可還沒應付過小鬼呢！

張開右掌，才一滴血水就廢了他的右手，他能有多大能耐？

「我想去叫爸來幫忙。」阿呆下了決定，「至少先讓這間屋子安全好了。」

「打電話！」羽凡催促著，她也希望有大師出馬。

「可以的話，我想先把這隻小鬼抓回去……」

「嗄？該不會要回萬應宮吧？！」光騎車要一個多小時耶！

他們正在討論，房內突然出現了痛苦的呻吟聲，羽凡驚覺是程霈晴的聲音，立即衝進主臥室裡，發現睡沉的程霈晴似乎正在做惡夢，全身冒汗、極端痛苦的哀號著。

「不要——不要奪走我的孩子——」她嘶吼起來，「不可以！」

「糟糕！」阿呆看著房內的氛圍不對，至少在程霈晴上方，籠罩著一股深黃的氣。「把她叫醒！快點！」

阿呆跟班代一步上前，想要進去幫忙，結果卻發生了詭異的狀況。

班代疾步的進入房間，而阿呆呢？他就像撞到自己的結界一樣，撞上了一堵透明的牆，向後踉蹌！

什麼東西？阿呆驚慌的往前觸摸，果然有一堵透明的牆壁，讓他見得著裡面，卻不得其門而入！

有東西在阻擋他！

「阿呆？」班代也發現到了，回身找他。「你怎麼了？」

「我進不去！」

「怎麼會？」在房間裡的班代趕緊拉起阿呆的手，往房裡拖。

結果也只得到砰的一聲，阿呆再度狠狠的撞上那面牆，還因為反作用力跌得更慘。

程霈晴已經被羽凡叫醒了，她惺忪的眼裡盈滿恐懼，一醒來就抓住羽凡的手喊救命，羽凡趕緊跟她說那一切都是夢，才稍稍鎮定下來。

羽凡給了她一杯水，回身去找門口的阿呆，他人就跌坐在外頭，一臉哀怨。

「我進不去，連幫忙都不行！」他摔得屁股好痛，懶得站起來。

「那怎麼辦？」她急得跳腳，沒有阿呆，他們啥都不會啊！

「房間有東西纏著程阿姨……光是讓她陷入一連串的惡夢，就足以讓她流產了！」阿呆趕緊扯下身上的護身符，「這個拿進去給程阿姨戴！」

「用我的好了！」羽凡從身上拉出一條，「這條不是用我的八字配的！」

只是當她把那護身符戴上程霈晴的頸子時，那黃色的氣體並沒有消失，它們只是被打散了般，在那房裡飄散著。

「怎麼了？」不知何時，小阿姨回來了，她手中提著一大袋麥當勞，慌張的衝上樓。

「沒什麼，程阿姨做惡夢了……」阿呆不想解釋太多，太深她也聽不懂。

小阿姨聞言立刻把麥當勞放下，進去安撫著姊姊，而程霈晴臉色白得跟紙一樣，豆大的淚拚命往下掉。

「有人要拿走我的孩子，他拿著刀，要剖開我的肚子！」程霈晴泣不成聲的喊著，「我跑不動，我只能躺在那裡……讓對方壓著我、抓住我的手——」

「那都是夢！」羽凡大聲的駁斥著，「阿姨，妳要是當真，對方就得逞了！」

「是啊，姊姊……不要想太多，只是一場惡夢啊！」小阿姨也趕緊接口，「妳看，妳在房裡，大家都在這裡，沒有人會傷害妳的！」

「可是，我的夢境就是在我房裡啊！」程霈晴倉皇的搖著頭，「我就是躺在我床上！」她激動的掩面痛哭，好不容易把程媽媽安撫好的吳先生終於聽到不對勁走回來，見到大家圍在一起，神經立刻緊繃起來。

「沒事，程阿姨只是做夢！」班代趕緊告訴他，免得讓場面更加混亂。

此時此刻，正不停的安慰著程霈晴的羽凡，發現到程阿姨做的並不是場夢。

因為，她看到了指痕。

羽凡抬首看向班代，緊接著突然握住了程霈晴的手腕。

「怎麼了？」程霈晴不明所以，也朝著羽凡看去。

她的手上，握著程霈晴的手腕……而手腕上頭，有著清晰可見的五指握痕——程阿姨剛剛說，夢中有人壓著她，按著她的手腕要剖開她的肚子！

所有人都瞪大了眼睛看著那清晰可見的指痕，但是沒有人能吐出一字半句，連程霈晴也只是呆愣的，任由淚水滑落，在真實與巧合之間交戰。

阿呆神經緊繃的看著房內更加不安的氛圍，再往客廳走去，果不其然，這整棟屋子，只有程阿姨的臥室裡才有那種詭譎的異樣。

他瞥了一眼困在沙發角落的小鬼，他正齜牙咧嘴的瞪向他，他連理都懶得理，只專心想著到底是什麼東西可以堂而皇之的進駐主臥室……

口有點渴，他拿起水杯準備要喝水，眼尾注意到小鬼，再多倒了一點水把結界設得穩當一點。

想了半天，他決意把每一個猜測都說出來，一一去證實或是破解；阿呆下定決心後，踅回了房門口，裡頭依然在黃色的氣體包圍下，瀰漫著恐懼的氣氛。

「程阿姨，妳有撿到過什麼東西，或是放了什麼很玄的東西在裡面嗎？」阿呆盡可能平穩的開口，「香包？還是什麼小符，或是……香？佛珠？」

這種東西應該很多吧？畢竟程阿姨之前拜得很勤快吶！羽凡緊握著程霈晴的手，溫聲的安撫著她，引導她思考；但是歷經一場惡夢、醒來時又發現手腕真的有青紫印痕的她，精神早已支撐不住！

她只是哭著，慌亂著，根本什麼都想不起來！

「平安符！」吳先生突然爆吼出聲，「妳不是在那個乩應宮求了一個平安符嗎？」

「咦？」程霈晴一臉恍然大悟……看向丈夫。「對……我們求了平安符，還拿紙包了香灰！」

程霈晴慌亂的想下床去拿，小阿姨趕忙壓住她，危險的孕婦還是別動比較好！她依著姊姊的指示拿出衣櫃裡的皮包，翻出了那個平安符。

「就是這個！」小阿姨趕緊拿給羽凡，她才伸手接過，就尖叫起來。

那平安符發燙，讓她根本拿不住！

「扔給我！」阿呆大吼著，「反正我手都廢一隻了，扔過來！」

班代聞言，飛快的衝上前去，不顧一切的用左手抓起護身符，直直往阿呆那兒扔了過去。

平安符飛到門口，砰的跟阿呆一樣撞上牆，又摔在房內的地板上。

這平安符一定有鬼！它根本不想離開這裡！

班代再一次彎身抓起平安符，這一次他是緊緊握著，將左手伸出了門外，放開。

阿呆迅速的接過，以防莫名其妙哪來的風，又把平安符吹進房裡。

他直接把平安符塞進拿著的水杯裡，還真的冒出一股詭異的煙。

班代在裡面甩著手，往套房的浴室裡衝，他的左手焦黑一片，看起來很像被火燒傷一般。

紅色的平安符在水杯裡載浮載沉，上頭繡著鮮明的黃色字體：「卐應宮。」

轟的一聲，杯子裡忽地冒出一團火，那平安符竟在水裡燃燒，阿呆慎重的拿著水杯，直到一切都燃燒殆盡為止。

「阿呆！杯子不燙嗎？」班代焦急的問。

「我會用水，傷不到我……」他趕緊伸手擋住班代，「別、別出來！天知道你們出來了還進不進得去！」

原則上對方應該只擋他一個，但是總是以防萬一的好。

那杯水化成了黑色的炭水，即使裡頭燒得焦黑，但是杯子卻依然冰冷。

「那杯……那該不會是我剛要倒給你吃藥的水吧？」小阿姨嚇到全身都在發抖。

「哈，現在不能喝了。」阿呆小心翼翼拿著水杯，往廚房去倒。

雖然只有一秒，但是他剛剛看得很清楚，上頭的字的確是「卐應宮」。

「卍」才是佛教的符號，代表的是法輪常轉，而那個「卐應宮」寫的卻是反轉的「卍」字，一般人一時難以察覺，但是他們一眼就能分辨出來。

那不是間正常的廟宇，程阿姨到底走進了什麼樣的廟？

借胎的人也是去拜託那間廟嗎？取跟萬應宮同音的名字，光這點就真該死！

阿呆把杯子敲碎，碎片呈現詭異的黑色，他小心的用報紙包了起來，這東西不能隨便丟，他得帶回萬應宮處理。

走出廚房時，他習慣性的環顧四周，突然間止了步。

回首，看著沙發邊的角落。

地板有一圈水漬。

但是圈子裡的小鬼，不見了。

小鬼不見了！

阿呆瞪著那圈空蕩蕩的水漬，心裡有著極端複雜的情緒，一種是能力受到小鬼挑戰，二來是極大的困惑！

為什麼區區一個小鬼，竟然可以破他的水結界？

乾媽說過，他的水結能力是家族裡最優的啊！

有什麼力量在幫小鬼嗎？可是……他彎下身子，仔細察看，他的水結界完全沒有被破壞到，小鬼要怎麼出來？

瞬間移動？

「阿呆！」羽凡從房內呼喚他。

小鬼逃脫的事他決定暫時不說，大家已經很害怕了！

「怎麼了？」他踅回房內，卻發現那平安符即使已燒盡，但是那黃色的瘴氣根本沒消失！

「阿姨喊肚子痛！」羽凡大喊著，而身邊的吳先生正準備打119叫救護車。

「不要打！程阿姨最好不要離開家裡！」可以的話，她最好別離開房間。移動她的變數太大，阿呆不敢輕舉妄動。

「怎麼可以！她肚子不舒服，萬一流產了怎麼辦！」吳先生氣急敗壞的吼著，這種事情果然還是應該交給醫生。

「沒、沒關係！」程霈晴忽然抓住老公，「我沒關係……聽他的……」

「可是這樣不太對啊！」小阿姨也擔心的站在要去醫院那票。

三樓的程媽媽洗好澡走了下來，當然又是一陣大混亂，一堆人七嘴八舌的，醫院派跟留下來兩派，吵得不可開交！

「不要吵了！」王羽凡突然尖吼起來！

這一吼有用，大家都靜了下來。

「你們知不知道借胎是什麼啊？我不知道！」她漲紅了臉吼著，「我只知道對方千方百計要阿姨流產，她現在只有乖乖躺著才會沒事，天曉得一出去會發生什麼事！車禍？還是摔下樓？反正外面不確定因素這麼多，搞不好吹風都會流產！」

這話說得全家緊張兮兮，沒有人敢負起那恐怖的責任。

「霈晴啊……妳到底是惹到什麼啦……」程媽媽果然哭了起來。

「羽凡！來一下！」阿呆招了招手，要她出來。

敲門

「怎樣？」她怕回不去，站在門口望著他。

「我需要妳回去萬應宮一趟，幫我討救兵。」因為現在的狀況是他不能走，但是班代又不認得從這兒回去的路。

「我？不能打電話叫他們過來嗎？」

「這包東西要先帶回去，我想先讓家裡看看這是什麼！」阿呆手裡拿著沉甸甸的報紙，裡頭是含有平安符灰燼的碎玻璃。

羽凡瞥了報紙一眼，用力點了頭。「OK啊！那這裡就交給你跟班代嘍！」

「嗯，手機帶著，保持聯絡。」

羽凡是即知即行的人，急著就要往樓下走，阿呆趕緊拉住她，把那包報紙塞給她。

「這裡面的東西很重要，……妳一定要保持它們的完好。」

「沒問題！」她王羽凡答應的事，一定會做到。

回過首，那房裡瀰漫的昏暗瘴氣她瞧不見，但是卻能感受到不舒服的氛圍。

「裡面怪怪的，我很不舒服。」她等會兒到樓下要打個幾招。

「連妳都會不舒服了，妳就知道那瘴氣多重！」他無奈的嘆著氣，大概只有班代比較從容了。

「你拐彎罵我。」哼，別以為她聽不出來。

「誰叫妳老是招惹麻煩！」然後轉而找他的麻煩。

「我說啊，你別浪費天分啦！有那種天分喔——」羽凡突然止住了話，因為有一隻小手在扯她的衣角。

低首一看，是那個小妹妹。

她熱淚盈眶，仰著頭可憐兮兮的看著羽凡，然後拚命扯著她往玩具間去。羽凡狐疑的抬首，這個小妹妹很少跟她親近的，難得會找她。

「怎麼了？」阿呆也問了。

羽凡沒吭聲，她只是狐疑的皺著眉，加快腳步往玩具間去。

玩具間的地板鋪滿了塑膠墊，裡頭擺了許多的孩童玩具，而咪咪就坐在裡面，開心的玩著小羊玩具。

跟某人。

一個全身雪白乾淨的小男生，穿著白色的T恤，拿著娃娃一起跟她玩。

小女孩哭著往裡頭指，指向那個莫名其妙的小男生。

「滾開！」羽凡立刻往裡頭衝了進去，一把將咪咪抱起來！

那小男生就算偽裝得再正常，用腳趾頭想也知道不是人！

阿呆跟在後頭，在小男孩試圖穿過牆壁溜走前及時攔住了他。

這次沒用水，他早取下了頸子上的某個護身符，用紅線圈住他的腳。男孩跌了下來，痛得唉唉叫，紅繩在他腳踝上燒出一圈紅。

『放開我！』男孩掙扎的大叫著。

「沒招了嗎？接近小孩做什麼？」阿呆輕而易舉的把他往外拖。

『那個孩子你保不住的！幹嘛管那麼多！』小男孩橫眉豎目，露出不符年紀的猙獰。

『我們都出來了，一定要帶回去！』

「養那麼多隻小鬼，你的主人也真厲害！」阿呆看了看，找了陽台邊的角落，重新倒水，把他給封在裡面。

『孩子保不住的……嘻嘻！那是我們的！』小鬼得意的尖笑起來，『那個媽媽答應借胎了，是她答應的！』

「是啊，因為她沒想到有這麼陰毒的借胎，非借不可！」阿呆睨了他一眼，「為什麼找小孩下手？」

『哼！』小鬼沒應，還囂張的別過了頭。

「有沒有問題啊？」羽凡緊抱著咪咪，不敢鬆手。

「沒事了！妳快去吧！」阿呆伸手接過小孩，他初步揣測，說不定小鬼想上咪咪的身，藉以順利的進入房裡。

「嗯！加油！」羽凡用力的擊了阿呆的肩一下，很輕快的往樓下去。

還加油咧……真希望自己永遠能像她這麼樂天派！

咪咪不認識阿呆，而且在她眼裡，阿呆是把她的新朋友弄痛的人，便開始拚命扭著身子；阿呆也不會照顧小孩，只管把她扔回玩具間，然後撕了張月曆紙，在上面寫了些字，就直接貼在了玩具間門口。

這樣不管哪個方位，那些小鬼都休想進去。

他也很想這樣在主臥室門口貼一張，不過這一貼，盤踞在裡面的東西反而會趕不出來，唉！

阿呆一個人在外面忙碌，吳先生跟程媽媽不時的出來碎碎唸，問了一百句現在要幹嘛？接下來怎麼辦？問到他把他們全趕了進去！

現在孕婦需要家人的支持，不要再到外面來囉哩叭唆，妨礙他做事了！

「班代！」阿呆後來拿了杯水，在外頭呼喚。「請程阿姨喝下這個。」

「那是什麼？」程媽媽緊張的問。

「是萬應宮的香灰水，我放在平安符裡的，只有一點點，但效果不會太差。」因為程阿姨莫名其妙的不舒服，他想先沖掉她體內的不適。

「香灰？那種東西能喝嗎？」小阿姨如驚弓之鳥，走過來瞪著那杯水。「那種東西不是超級不乾淨的，我雖然有在拜拜，但是我不信那個！」

小阿姨說完，就嫌惡的想把那杯水拿去倒掉！

「請你們相信阿呆好嗎？」班代沉穩的聲音自喉中發出，「既然讓他來了，就表示你們多少希望他幫忙，為什麼不能相信他呢？」

「他……他只是個國中生，能做什麼？」小阿姨深吸了一口氣，還是直指事實。

「高一……」阿呆很介意這點，他的身高不等於他的年級。

「從來到現在弄得雞飛狗跳，霈晴也沒有比較好，這、這根本是胡鬧！」程媽媽心一急，也跟著出口質疑了！

「別這樣！」程霈晴吃力的半坐起身，「我願意喝！」

「姊！」小阿姨不可思議的回首看她。

「我要賭一賭……我絕對要保住這個孩子！」尤其這件事因她而起，她是母親，非得負責到底不可！「請拿來給我喝！」

「姊！香灰這種來路不明的東西……」

阿呆看得出來，程霈晴作為一個母親的堅韌，她雙眼透露出的堅強，拚死也要保護腹中的孩子。

班代拿著水遞給了她，所有家人都憂心不已，但是她卻絲毫沒有猶豫，一口氣就喝了下去。

幾乎就在一瞬間，她整個人突然亮了起來，那是一種光彩，而且她甚至覺得身體變得相當輕鬆！

「不痛了！」她詫異的摸著肚子，「我的肚子……不痛了！」

阿呆不由得皺起了眉頭，香灰水果然起了作用，他原本只是賭一賭而已……他伸出手，試著要再進入房間一次，卻發現依然進不去！

再拿了水往房內潑，被他施過咒法的水一樣也被彈了出來，那畫面任誰見著了，都只是更加不安罷了！

「為什麼你還是進不來？」連班代都起疑了，「那個符不是已經燒掉了嗎？」

餘音未落，那個抱著娃娃的小女孩突然衝進房間，這次是直接衝到班代面前，他好奇的低首看著小女孩，她正拉著他肥厚的手，往小阿姨身上指。

一直指一直指，然後扯著頸子上的領口……

班代是丈二金剛摸不著頭腦，只能往小阿姨的頸子間看，所有人跟著他的視線，一起往她頸子看過去。

有條紅線，隱約的藏在襯衫的領口下。

「妳身上掛的是什麼？」班代盯著她頸子上的紅線看。

「我？」小阿姨狐疑的低頭，擱在自己頸子上，一怔。「啊——」

「那天求的平安符！」程霈晴跟著喊了出來，她現在神智清醒多了！

那一天，妹妹陪她一起去時，她也順便一起求了平安符！

「也是那個廟求的嗎？」班代立刻伸長了手，要她拿出來。

「是啊……我一起祈求孩子平安的！」小阿姨手忙腳亂的把平安符抽了起來，上頭果然繡有「卐應宮」的字樣！

果然！一切都是跟平安符有關，因為只燒掉一個，這間房他才會一直進不去！

阿呆催促著班代將平安符拿給他，這一次班代學聰明了，他找了塊布，隨手裹著，至少別讓手再受傷。

砰砰砰！就在這當口，外頭的玻璃窗突然傳來了巨響！

阿呆立刻側首往陽台看去，該死的小鬼正在玻璃門外，拚命敲打著，並且有兩隻趁機鑽了進來，像是準備拯救裡頭受困的小鬼一樣！

好在他早就準備了幾瓶水，立刻以滑壘之姿滑向陽台，將水潑灑出去！

只是那群小鬼更快，分成兩邊跳上牆，再度往主臥室去——阿呆氣得大叫，為什麼那兩隻小鬼活像神鬼傳奇裡的死木乃伊！

不過他倒是從容，不慌不忙的在玻璃門前倒上水，早就應該先把這個通道的結界做好，省得他們鑽來鑽去的。

他從容不迫的朝腳邊被關住的小鬼笑，然後聽見悅耳的碰撞聲。

那兩隻跳躍的小鬼原本要直接殺進主臥室裡，只可惜道高一尺，他老早就在門口設下結界，不但有道水，甚至在靠近主臥室前就已經先灑過淨水。

回過身，看著兩隻小鬼渾身被水燒蝕，他悠哉悠哉的到前頭拎過他們，再一隻一圈的關起來。

『可惡！』小鬼張開牙齒，滿嘴利牙的想撕咬他的肉。『你不會成功的！別以為關住我們就沒事！』

「關一隻算一隻！」算一算，只剩下三隻要料理了。

他旋身要去解決剩下的平安符，今天晚上就現在心情最好，小鬼不但沒逃脫第二次，甚至還一次抓到三隻。

『奇怪，那個大姊姊呢？』

冷不防的，後頭的小鬼開口了。

他僵直了身子，回頭瞪他。

『一個人騎夜路不危險嗎？嘿嘿嘿……』

『嘻嘻嘻……』

『夜深了，一個女生，好危險喔……』

三隻小鬼同時尖笑起來，逼得阿呆渾身起了雞皮疙瘩——羽凡！

他狂亂的衝到沙發的地板上，翻找著手機。

羽凡千萬別出事，他怎麼沒有想到，對方大可以針對落單的她啊！此時此刻，在大馬路上的羽凡正努力的騎著車，只顧著飛快的往前騎，希望快一點抵達萬應宮。

而且她覺得自己眼睛怪怪的，總覺得擱在籃子裡的那包報紙，一直在蠕動。

屁股口袋傳來震動，她趕緊拿出手機，瞥了一眼來電，她緊急煞住了腳踏車。

「卐應宮。」

她怎麼可能會有那個什麼宮的電話？這個來電顯示是什麼！

緊閉上雙眼，任那手機音樂詭異的響著，而且從〈王子的新衣〉的來電鈴聲，瞬間變成一種可怕的唱佛音！

不要再響了！聽不見聽不見！這一切都是幻覺，嚇不倒——

一瞬間，王羽凡覺得自己飛了起來！

她親眼瞧見騰空的自己，跟飛出去的前輪。

下一秒，她只見到越來越近的柏油路面，然後——砰。

手機摔成了三段：電池、蓋子跟手機。

腳踏車拆成了無數段，前輪、主體跟把手。

報紙砰的摔出去，紙角正隨風翻著，裡頭的玻璃碎片蠢蠢欲動。

遠處的王羽凡趴在柏油路上，紅色的血自散亂的髮與額間，汨汨流散著……

※　※　※

待在房間的班代，突然聽見客廳傳來一聲大吼！

他心急如焚想衝出去，但又遲疑著不敢離開房間，只能站在門口焦急的張望，不時喊著阿呆的名字。

「該死！」阿呆終於滑到門口，「羽凡的手機不通！」

「不通？」班代來不及反應，只是不通而已，好像沒必要驚慌成那樣吧？

「她出事了！」阿呆慌亂的大叫著，「一定是出事了！那些小鬼去截她了！」

「什麼！」班代總算聽懂了，細縫的眼睛忽地睜大！「那怎麼辦？」

「怎麼辦怎麼辦……」阿呆根本全亂了，在房門外原地踏著步。

阿呆一亂，所有人跟著心慌，雖然他只是個國中……好，高中生，但從晚上開始，他總是能說得頭頭是道，他們也親眼看到許多異樣一一被他解決……

而現在最冷靜的人竟然陷入狂亂的狀態，讓他們坐立難安起來。

班代很快的感受到氣氛的變化，他回首看向窩在床邊的一家人，隱隱約約覺得他們四周似乎更暗了一點。

「求求你留下來……」程霈晴率先開了口，「只有你可以保護我的孩子了，請你不要扔下我！」

「霈晴……別這樣！」吳先生趕緊摟住妻子，「我在這裡，我可以的！」

「真的嗎？」小阿姨突然挑了眉，質疑起自己的姊夫。「姊夫，你真的會保護姊姊嗎？」

「什麼意思？」吳先生怒目相向，她怎麼可以懷疑他？

「是啊……你怎麼可能會想保護我？」程霈晴下一刻突然推開他，「你應該去保護你另一個家吧？」

另一個家？班代錯愕非常，但是他擔心的是這家人四周越來越暗的光線！

「阿呆！你看一下啦！」班代趕緊伸出手把他的眼鏡往下扳，「他們是不是變黑了！」

「那是黑色的瘴氣……對方很會運用這些東西啦！」阿呆現在心思全在羽凡身上，「我想去找羽凡，可是我又不放心你一個在這裡！」

「可是……」班代猶疑著，後頭已經越吵越烈。

「你有外遇？」程媽媽氣得跳了起來，「你背叛我女兒？」

「不……不是……」吳先生支吾其詞，看來是心虛。

「什麼不是！明明就已經跟那個女的在一起兩年多了，姊姊是硬忍下來的！」小阿姨上前把吳先生的手給扳開，「你不要偽善了！搞不好借胎的是那個女人！」

「妳在胡說八道什麼！」吳先生急了，又惱羞成怒。

「我在婦產科看過她，她說想生個兒子一直生不出來！」小阿姨尖笑起來，「最好笑的是，還是你媽陪她去看的！」

程霈晴緊抱著妹妹哭了起來，程媽媽開始對吳先生破口大罵，這一連串的爭吵，讓他們幾乎被黑色的瘴氣緊緊包圍住。

又冒出個外遇嗎？嫌麻煩不夠多啊！

那顏色已經清晰可見，班代深吸了一口氣，回頭握住阿呆的手。

「你不是說羽凡出發前有跟萬應宮聯絡嗎？那這樣那邊一定有人會注意到時間的！」

「萬應宮那邊……」阿呆瞬間清醒，他是腦殘嗎？怎麼忘記這麼重要的事！

他再跑到客廳那邊拿出無線電話，三隻小鬼嘻嘻哈哈的繼續笑著，甚至開始形容羽凡的死狀。

敲門

『好可憐喔，年紀好輕說！』

『頭破了一個洞，腦子咕嚕咕嚕流出來嘍！』

『一個人躺在路邊，砂石車什麼都看不見，喀啦喀啦～』小鬼還自己變成三段般的肚破腸流，『變成這樣啦！』

「再吵我等一下就把水灌進你們喉嚨裡！」阿呆氣急敗壞的大吼著，一通電話撥去萬應宮，希望老爸真的有注意到！

小鬼們忽地全噤聲，只是他們的眼神露出一抹奇異的光芒。

阿呆留意到細微的表情，他注意到他們猙獰的笑意，還有向上看的眼神。

他緩緩的，把頭也往上抬。

客廳的上方是日光燈。一片方形的日光燈罩，再普通不過的居家照明設備。

但是，如果上頭有一隻眼睛正瞪著你瞧，當然就比較不同了。

「哇！」王八蛋！阿呆被嚇到了，手裡的無線電話一滑，滑出了他的手，他整個人像被定住一樣，跟燈罩上那隻眼睛對望著。

有人透過這個燈在監視他們嗎？這種監視設備會不會太先進了點！

他滿腦子還在想要怎麼破，那眼睛忽地一閉。

然後整棟宅子裡的燈就全暗了。

連過去那種一閃一閃的前戲都沒有，啪嚓一暗就瞧不見餘光！

裡面的尖叫聲此起彼落，將爭吵取而代之，接下來是一陣物體碰撞聲，還有人們吵著要找蠟燭還是手電筒的聲音。

阿呆緊閉雙眼，他迅速的取下耳環，先用聽覺取代視覺，然後，徹底的取下了眼鏡。

為什麼每次都要逼他走到這個地步？

他再度睜眼時，隱約看見那三隻小鬼依然被水的結界圈住。

然後，一道微微的亮光，在應該是主臥室的門口發散出來。

他審慎的朝著那個光走去，摸出褲袋裡的打火機，黑暗是怪物蠢蠢欲動的時刻，必要時，他必須點燃火。

「班代？」他輕聲喚著。

「我們在這裡！」班代把手機打開，利用冷光勉強照明。

阿呆定神瞧著，卻發現少了人。

「吳先生呢？」

「剛剛跑出去了……」班代壓低了聲音，「就在吵外遇的事，剛剛已經下樓了。」

「真是太偉大的父親了！」他再瞥了一眼，「那小阿姨呢？」

「追下去了。」班代聳了聳肩，剛剛這裡面的家庭鬧劇超嚇人。

「我看他們就是故意要讓他們吵架的，能支開越多人越好！」他注意到光點來自床邊，程霈晴正緊緊抱著咪咪，妹妹則趴在床邊。

小孩子什麼時候來的？他低聲問班代，班代說他不清楚，好像是停電時，兩個孩子就從玩具間衝出來了。

這時候程媽媽總算找到了手電筒，勉強照亮一室，阿呆看了看手錶，已經十二點多了，看來對方的力量正旺。

他必須趕緊想出因應的方式，至少要保護住那張床……但是如果他根本進不去，要怎麼做……

趴在床邊的小女孩噙著淚水，突然間又跳下床，踩著可愛的步伐走向了阿呆，用力的抱住他。

咦？阿呆被震了一下，不可思議的看著小女孩。

她仰起頭，眼眶裡還打轉著淚水，拉住他的手，就往房裡扯。

阿呆幾乎不假思索，決定再試它一試，伸出手探向房門的邊際——他的手，順利的穿了過去。

「阿呆！你能進來了！」班代比誰都喜出望外！

「是啊……」他看著自己全然進入的身體，感受到那強大的阻礙不見了。

是不見了？還是刻意讓他進來？

這個他沒空想，還是先顧阿姨比較重要。

他請班代跟程媽媽張羅蠟燭，再拿水繞著床邊畫著圈，他會的東西不多，但是至少有點用處。

「程阿姨，妳拿著這個。」阿呆把耳環塞進程霈晴手裡，「萬一遇上什麼事……只管拿這個刺下去！」

「耳環？」程霈晴狐疑的瞧著那一小圈的耳環，萬分懷疑。

「這很有用的！」班代笑吟吟的補充，「我們上次遇到厲鬼時，羽凡可是靠這個東西把對方刺得唉唉叫呢！」

是啊……阿呆微微一笑，他還是利用這微不足道的東西，直接把對方送入地獄呢。

這一段班代不知道、羽凡也不知道，他們一輩子都不需要瞭解這種殘忍的過程跟心理的壓力。

他們把家裡所有的蠟燭都搜括來，連神案上的都不放過，按照阿呆的指示也繞著床擺了一圈。

「好了，咪咪，記住這裡很燙，千萬不能下來喔！」阿呆開始警告小孩子，「你們也是，發生再大的事，也絕對不可以穿過這些蠟燭！」

他這話是對著程媽媽說的。

然後，他點燃手中的打火機，口中低喃著某些聽不清的話語，將已經無法握拳的右手湊了上去，那火就在無媒介的情況下，在他指上跳動起來。

程霈晴驚訝的看著這一幕，活像在看變魔術。

接著阿呆彎下身，利用手指上的火一一的將蠟燭點燃，那是很詭異的現象，他的手指什麼也沒有，那火卻完全不會熄滅一般，一直在他指尖上跳躍著。

蠟燭不多，但是卻讓滿室通亮。

程阿姨說要再去找支手電筒，拿著根蠟燭往樓下去。

「程阿姨，記住我的話，任誰都不能通過這些蠟燭。」這是著險棋，萬一真的有人不小心闖過了，他也只能為對方燒香拜拜了。

「然後，我現在要打電話回萬應宮。」阿呆沒忘記重要的事情，班代一聽，立刻拿出手機，直接撥市話過去。

不過在他拿出來前，他的手機就響了。

「是羽凡嗎？」阿呆迫不及待的跑過去看。

班代的臉在火光的照耀下有點蒼白，他嚥了口口水，把手機拿給阿呆看，來電顯示——

卐應宮。

「手機不能用了。」阿呆無奈的一攤手，「他們都很會干擾手機！」

班代嚇得把手機往櫃子上扔，就要出去找電話打，而那鈴聲已經轉成唸佛號的聲音，聽得人一陣毛骨悚然。

阿呆索性拿過他的手機，緩步的走了出去。

「喂，哪位？」他接了！

『借胎術法是必成的……』那像是個經過變聲處理的男聲，『孩子我們就要去取了……』

阿呆啪的關上手機，順道把電池拔下來。

對方應該是施陰法的人，養小鬼、開天眼，還有這些瘴氣的低級法術……不過，卻無法否認的有十足的效果。

但是為什麼，剛剛打死不讓他進去，現在卻能讓他自由進出程阿姨的房間呢？是對方讓他進去？還是因為阻礙不在了？

「阿呆！電話不通！」班代摸黑走過來，他剛跑去找電話主機撥打，因為停電的話無線電話就不能用，所以他去找另一支分機，但是當他拿起電話時，卻完全沒有聲音。

「不可能，手機會被干擾是正常的，舊式電話怎麼可能……」他瞬間怔住了！

什麼不可能，這當然有可能啊！他一直把重點放在小鬼身上，但是這間屋子裡，他感受不到什麼惡質的靈體或是鬼魂啊！

那三隻小鬼被封在水裡，根本不可能作怪！

可是如果——

「還是我出去打？」班代確定口袋裡有零錢，準備下樓去。

「班代。」阿呆突然喚住他，「你剛剛摸到那個平安符時，很燙嗎？」

嗯？班代轉過了身，伸出他的左手，依然焦黑一片。「燙死了，我的手沒傷口，可是一動就會痛！」

「但是是誰拿給你的？」為什麼從頭到尾，受傷的只有班代？

「是羽凡，她也燙到才扔過來的，那之前……是小阿姨！」

阿呆皺起眉，事情當然可以解釋為：施法者只針對他，因為他多少有些能力，怎麼可能會特地針對一個普通人？更別說班代什麼特質都沒有，也不可能會跟那平安符相沖！

「小阿姨身上的符呢？」

「咦？不是拿……哎呀，本來要拿，可是好像後來沒有拿下來耶！」

「搞不好阻礙我的就是那個符！」阿呆做了初步的預測，「她們兩個都求了平安符，而那個東西是作怪的元凶！」

因為小阿姨戴著，所以只要她待在房裡，就可以阻擾他進去；因為她戴著，所以在觸碰另一個平安符時才能安然無事！

「小阿姨呢？要趕快把她身上的東西拿下來！」阿呆發現到問題所在了！

「打電話叫……噯，現在電話都不通！」班代腦子全亂了。

一陣微風，自阿呆的後方吹過。

他迅速的回首，把手電筒往後照！

剎那間，有張慘白的臉映在手電筒的燈下，幾乎貼近班代的臉！

「哇呀呀呀——」班代嚇到往後倒，要不是他眼明手快的扶住欄杆，只怕他早已滾下去了！

「嚇死人了！小阿姨！」阿呆也差點沒魂飛魄散，「妳不能出點聲嗎？」

「我站在這裡很久了耶！」小阿姨還一臉無辜，「剛剛你們說什麼電話的？為什麼不通？」

「不知道！」阿呆急忙的來到她跟前，「小阿姨，有人透過妳求的平安符在作祟，請快點把它給我！」

「咦？」小阿姨瞪圓了眼，拉出那條紅繩。「你說是這個平安符的問題？」

「對！就是它！」繞了一大圈，竟然忽略掉另一個平安符！

嗯？等等。阿呆頓了一下，奇怪，早先問小阿姨去那間廟的過程時，她怎麼都沒提到求符的事？

而且在他說出程阿姨的平安符有問題、她也親眼見到它在水杯裡火焚時，為什麼卻沒有想到自己身上可能也掛了一樣恐怖的東西？

他抬起首，擰著眉頭看著小阿姨。

「你知道電話為什麼不通嗎？」小阿姨淺淺的笑了起來，手中緊握著平安符的紅繩。

「把平安符給我。」阿呆伸出手，決定用搶的。

「因為，我剪斷了。」小阿姨嫣然一笑，雙手倏地往前推。

她推上了阿呆的胸膛，在迅雷不及掩耳之際，毫不猶豫的把他推下樓！

「阿呆！」班代根本來不及反應，站在側邊的他，只見到龐然大物壓近，須臾兩秒，他就被阿呆一起絆到了身子，一起往樓梯下滾去。

砰咚砰咚——

「怎麼了！小妹！」裡面的人在高聲喊著，「發生什麼事了！」

程霈雲微笑著，藏在背後的手，正緊握著一把水果刀。

「啊？沒事！沒事啦！」

第五章　手足

程霈雲緩步的走向房間，程霈晴抱著咪咪，她像是哭累了，正在睡覺的樣子。

「怎麼了？我好像聽見男生的叫聲？」

「喔，我把他們推下去了。」程霈雲說得自然，看著那亮得過分的燭火，有點疑惑。

「推？推下去了？」程霈晴以為自己聽錯了，妹妹怎麼會把阿呆他們推下樓？

「是啊，他們太礙事了！非常非常的煩！」程霈雲試圖要逼近床榻，可是頸子上的紅繩卻騰空飛起，拚命將她向後拉。

不能接近嗎？為什麼？只是蠟燭而已啊！

「為什麼！妳怎麼可以把他們推下去？」程霈晴慌亂的看著妹妹，

「我依指示在那杯水裡放了香灰，想說讓那個阿呆睡一下，免得礙事……結果他竟然沒有喝。」

那杯水，阿呆後來拿去圈住了小鬼，但裡面放的是「卐應宮」的香灰，根本沒有作用。

而那小鬼也奸詐，他早發現那水圈不住他，卻佯裝乖巧，再伺機逃跑。

「姊，妳已經有咪咪了，不需要那麼多孩子吧？讓一個給我吧？」

什麼！程霈晴深怕自己聽錯了，幾乎無法呼吸的看著眼前那最親的家人，借胎的人是——她的親妹妹？

她緊抱著孩子，往後頭退縮，再怎麼不願意相信，她還是串起了蛛絲馬跡！

是，那天去拜拜時，找路的人是妹妹！

她故意把她帶到另一間乒應宮去，那間偽裝的陰廟，害得她在那裡拜平安！

「借胎很簡單，只要讓孕婦為我插香就可以了。」程霈雲緊緊握著頸子上的平安符，「我祈願我的孩子平安，妳幫我插香……幫我求符、幫我包香灰，這一切都代表妳願意把孩子給我！」

程霈晴全身不住的發抖，是……那天在廟裡時，她的確接過了妹妹的香幫她一起插上，其他的事都只是舉手之勞而已！她沒有防心，因為她是她妹妹啊！

孕婦出入廟宇該特別注意的事，她再清楚不過了，但是……她怎麼可能會去提防親妹妹！

「但是廟祝說以防萬一，要我加強功效……所以我拿了妳的生辰八字、拿了妳的頭髮、妳的指甲，只要多花二十萬……然後我就能得到這個孩子。」

一切，都包裹在她這重要的平安符裡！

廟祝跟她承諾，孩子很快就會是她的了！

「為什麼……妳怎麼可以這樣做！」程霈晴嘶吼起來，既悲傷又憤怒！

「因為她生不出來吧？」

有個虛弱的男生聲音，自後頭傳來。

渾身是血的阿呆蹣跚的走了進來，他的前額破了個血洞，血一直流進他的眼裡。

「她剛剛不是提到，她在婦產科看過妳先生的外遇對象嗎？」阿呆用手抹去血，但卻沒甩掉，反而盛著。「小阿姨無緣無故為什麼去看婦產科？還有，羽凡說她兩個月前剛跟男友分手，幾乎得了憂鬱症，可是卻主動來照顧懷孕的妳？」

最好是憂鬱症的人會突然這麼熱心，而且每次見到她，都開朗得過分。

「對……我不能生！」程霈雲痛苦的叫喊著，「就是因為我不能生，所以他跟我分手了！」

這一切還不是為了他？他們在大學時交往，那時意外懷上幾個孩子，她接連為他墮了三次胎！

好不容易等到可以成家了，他們努力的想先做人，她卻幾乎無法懷孕，一懷孕就出血流產！

一切都是墮胎的後果，她的子宮壁被刮得宛如薄翼，再也住不下孩子了！

他的家族跟姊夫家一樣傳統，又算是當地的望族之後，家裡非有男丁不可，怎麼可能會接受不能生育的她？

她歇斯底里的四處拜求秘方、求神問佛，終於讓她遇上了高人。

「圻應宮」的廟祝告訴她，他們的師父非常靈驗，一定能幫她得到孩子。

借胎一法可行，而且還能保證破不了，她要做的，只是找一個孕婦，並且要讓那個孕婦疏忽，為她插香、無意間犯上禁忌。

一般的孕婦都知道這些禁忌，不能隨意去不明的廟裡祭拜，不能幫其他女人插香或是拜神。

但是如果孕婦是親人呢？她知道姊姊不會懷疑她、會理所當然的幫她插香，更會由她載著去那間頗負盛名的圻應宮！

「妳真的覺得那是一間正常的廟嗎？」阿呆痛得難以行走，「他們養小鬼、施咒術，還弄了這些亂七八糟的東西……」

「我不管！我只要孩子！」程霈雲怒斥著阿呆，「你根本什麼都不懂，我只要孩子！」

「那可以求助於科學啊！妳可以考慮試管或是……」程霈晴幾近哀求的說服自己的妹妹。

「我沒有那麼多時間了！他家人在幫他找對象了！我要立刻懷孕！」程霈雲舉起刀子，「我不會傷害妳的，姊，我只是刺一刀！一刀就好……根本不會痛，我保證我會叫救護車……」

她每往前跨一步，頸子上的紅繩就將她往後扯一步。

「為什麼？為什麼不讓我靠近！」她歇斯底里的朝著天花板吶喊，不知道在跟誰對話。

樓梯上出現了沉重的腳步聲，阿呆回首，那是一樣滿身是血的班代。

剛剛摔下去時，因為絆到了班代，結果他有了個很緩衝的墊子。

班代在緊要關頭時以手抓住欄杆，他們是以滑行的方式摔下樓梯的，並不是滾落，所以傷得都沒有很重。

而壓在班代身上的阿呆，只是頭撞到了梯面，可能有道裂口，腳挫傷，其他應該還好。

而班代就比較糟，除了撞出傷口外，手好像脫臼了。

「真謝謝你了。」阿呆一抹苦笑。

「沒關係，反正左手本來就不太能用。」他的左手今晚很可憐，又是燒傷又是脫臼的。

「吳先生跟程媽媽都在樓下，好像昏過去了，我剛安置好了！」

「媽他們……天哪！霈雲，妳對媽跟阿傑怎麼了？」

「只是打昏而已，而且是小鬼弄的，不關我的事。」她剛剛只有忙著剪掉電話線而已。

「羽凡也是小鬼搞的嗎？」阿呆緊握著拳，他好想一拳把小阿姨打昏。

「羽凡？她是最討厭的人了！從一開始就囉哩叭唆的！什麼拜錯廟、講你家那個什麼萬應宮的，才讓姊姊非去一趟，讓借胎的事被發現！」小阿姨對羽凡有著明顯的厭惡，「我才不會讓小鬼去對付她！」

程霈雲從口袋裡拿出一個小東西，往地上扔去。

清脆的鏗鏘聲傳來，滾到了阿呆的腳跟前，透著亮光的燭火，那東西清晰可見。是螺絲。

小阿姨鬆動了羽凡的腳踏車，阿呆完全不敢想像她在路上發生了什麼事！

「妳瘋了！妳瘋了——」程霈晴圓大的雙眼裡盈滿淚水，「妳是我妹妹啊，妳怎麼可以這麼對我？這是我的孩子，我死都不會給妳！」

「姊，反正妳根本就不會照顧小孩，讓給我，我會對他們更好的！」

「這是我的孩子，我盼了那麼久，我一定要把小琪的愛一起給她！」

「妳少來！妳忘記小琪是怎麼死的嗎？她根本來不及病死，都是因為妳顧著講電話，害她淹死在浴缸裡！」

這種人，憑什麼當母親！

她殷切的期盼為人母，她一定會是個好媽媽，上天卻不讓她有個孩子？

而姊姊那種放任孩子溺死在浴缸的人，才不配當母親！

小琪？阿呆他們聽到陌生的名字，是程阿姨的孩子嗎？名字聽起來是個女孩，但卻早已經溺死在浴缸裡——班代的視線，不由得看向也坐在床邊的小女孩。

「這是……第三胎？」他想起羽凡說過，這是程霈晴的第三胎，那第二胎已經……

哇哩咧！那、那個小女孩是什麼東西！

「她、她是女生嗎？」班代指向小女孩的方向，「臉圓圓的，綁兩邊頭髮，粉紅色的蝴蝶結還有一件淺紫色的洋裝？」

程霈晴一臉蒼白，看著班代。「你怎麼知道……小琪下葬時穿的衣服？」

哎喲喂呀！班代全身的寒毛都豎起來了。「因為她就坐在妳身邊啊！」

他趕緊看向阿呆，難道阿呆沒注意到嗎？

那個女孩子一開始就不是人，連羽凡都沒有察覺，就這麼開心的跟那個女孩共處一室一個多月？

「哪裡？」程霈晴四處張望，她什麼都沒瞧見啊！

連程霈雲也狐疑的往床上看，哪有什麼女孩子？從頭到尾，就只有姊姊抱著咪咪而已！

噹——噹——噹——

凌晨一點，客廳的鐘響敲出令人毛骨悚然的鐘聲。

程霈雲忽地揚起笑容，「時候到了。姊姊。」

窗戶緊閉的房間忽刮來一陣大風，試圖把燭火吹熄，阿呆飛快的將手裡的血往蠟燭一灑，那火又再度燃起，比剛剛更為炙熱！

此時此刻，班代冷不防的衝進房裡，擒抱住眼神渴切的小阿姨，往角落裡摔去！

「班代，平安符！」阿呆大吼著，而班代也握住紅繩，一把扯斷。

「不可以！」被壓住的程霈雲伸手要搶，右手的水果刀順勢一刺，就俐落的刺進班代的大腿裡。

「哇——」慘叫聲傳了過來，阿呆飛快的擋住她，阻止她試圖拔起刀子的動作，拚命將她往旁邊推。

刀子插在班代的腿上，他痛得哀號，阿呆蹲在一旁不知所措，料理鬼跟處理傷勢，他比較會料理鬼啊！

「啊呀——」這邊事情沒了，那邊又在尖叫了。

阿呆回首，看見了程霈晴躺著的床面下，竟漫出了某種詭異的東西。

那像是血……不是，是一種細細長長的東西，像極了蜘蛛的腳。

它們從整張床面下流了出來，一開始像是血水，絲絲交織的流出床面，然後繼續交織成一張網狀的東西。

該死！程霈晴躺著的地方就有咒法！

蜘蛛網？液態的、卻不會融合的網子？

才在為這景象吃驚，那水狀的網子突然瞬間固定，騰空拉起，直往天花板去！

兩面網子全都逼近天花板，程霈晴就被擋在裡頭，像是有人收起了魚網，而她就是待宰的魚兒！

「媽咪！媽咪——」咪咪哭到口都乾了，程霈晴也只能緊護著她。

阿呆跳過燭火，攀上那張網，拿自己的血在上頭寫下咒法，卻絲毫沒有效果！他很想引火來燒，但只怕反而會傷到程阿姨她們——

網子輕輕一揮抖，阿呆根本攀不住，直接被彈到窗邊，撞上了牆而落下！

「阿呆！」班代痛得再無力氣，根本站不起身。

他只能狼狽的爬向阿呆，看著在角落以狂喜神態望向姊姊的程霈雲，看著包覆住床榻的那兩張網子，像一雙向內彎的黑翅，朝程霈晴逼近。

那網子的尖端化為利刃，目標是她的肚子。

「不會痛的……只是流產而已。」程霈雲還在這邊做心理建設，「我一定會叫救護車的，而且不會有傷口，妳放心好了，姊姊！」

孩子，她的孩子，即將要到她的肚子裡來了！

「阿呆！你乾媽呢？」班代這時想要尋求另一股力量，「她應該出現了吧？」

網刃高舉，迅速的刺下。

只是床邊的小女孩更快，她撲倒在程霈晴的肚皮上頭，承受了那數支利刃的插入！

「也差不多了……」阿呆爬了起來，他的手好痛！

然後他的眼神，瞥向坐在咫尺距離，一臉失望的程霈雲。

她手上依然緊握著那平安符，阿呆想著，是不是得傷害她才能搶那個平安符？

『走開——』小琪終於開了口，尖叫著的她自身上迸出光芒，瞬間將鬼網銷融殆盡！

「好強……」班代看得瞠目結舌，幾乎忘記自己的傷。

「那是暫時的，我想程阿姨的床墊上面可能有陣法吧？」真是太厲害了，簡直是面面俱到……就算他在外頭擺了那麼多業火，也無法阻止就在她身下的攻擊！

「姊！拜託妳不要掙扎！我只要小孩，不要逼我傷害妳！」小阿姨恨恨的站了起來，她並沒有放棄。

「這是我的孩子……」她淌著淚的眼瞪著妹妹，「誰都不許傷害他們。」

肚子裡的孩子、懷裡的咪咪，甚至是她看不見的小琪，只要她還有一口氣在，誰都不許傷害她的孩子！

「那麼……」她轉過頭，瞥了班代一眼，有點惋惜刀子插在他腿上的感覺。

下一秒，她打算硬衝出門口，掠過阿呆面前！

肘擊！阿呆回憶著羽凡常常在打的那些一招半式，狠狠的就朝著程霈雲的臉打了下去。

鼻血噴了出來，連牙齒也跟著飛出，阿呆沒時間講對不起，急著搶過平安符，然後往前滑向蠟燭，將平安符點燃。

「住手！不可以！」程霈雲跳了起來，那裡面是她的寶貝，是她的孩子——

用地獄的業火燒盡吧，燒盡所有罪與惡，把這上頭不好的咒法全部都解除！

阿呆真的只是這麼想……只是，他想得太天真。

因為正要衝過來的程霈雲身上，竟然莫名其妙的著了火。

班代嚇得退到角落去，顫抖著看著這一景，而阿呆整個人跪坐在床邊，呆看著無媒介與星火的情況下，程霈雲正在自體燃燒！

程霈晴摀住孩子的雙眼，自己也緊閉起眼睛，埋在孩子的身上，不敢看那殘忍的一幕。

火在平安符上燃燒，也在程霈雲身上燃燒。

火燒掉了平安符的下方，也燒掉了她的下半身。

阿呆這輩子沒聽過這麼可怕的慘叫聲，那不僅僅只有淒厲，還帶了一種穿孔的痛。

比厲鬼的慘叫聲還恐怖，那是因為，在慘叫的人還有心跳，她會動、會掙扎，那皮膚的焦味也真實得多。

程霈雲打滾著，撞到了衣櫃，衣櫃沒燃，撞上了梳妝台，梳妝台也完好如初。

火只燒在她身上，她最後砰咚的倒在阿呆面前，伸長了一隻手，張牙舞爪的向著他。

火幾乎燒掉了平安符，也包圍了程霈雲全身上下。

她的肌膚焦黑、但她的雙眼卻圓而亮，她著火的手想抓住他、她的眼神充滿了憤恨。

「我的……孩子……」她吐出這幾個字。

然後，平安符燃燒殆盡，在阿呆手中滑落，成了一抹灰。

火突然從阿呆眼前的女人身上消失，只剩下一具人形的焦炭。

然後砰磅一聲，那人形竟整個塌陷，黑灰四起！

「糟糕！」阿呆立刻把口袋裡的眼鏡扔給角落的班代。

班代才接過，根本尚未從剛剛那駭人的景象抽離，只見到房間裡全是黑色的黑灰，正排山倒海的朝他而來。

只是眼鏡發著光，一如它擁有的防護能力，灰無法靠近他。

那灰繞著床邊轉，礙著燭火與水的守護，它飄不進床裡。

那灰最後群聚起來，直直朝阿呆衝去，但是他天賦異稟，加上身上的護身符，那灰根本也傷不了他。

下一瞬間，那焦黑的灰燼持續旋轉纏繞，像陣龍捲風似的往門外全數衝離！

「阿……呆？」班代喃喃的，唸著他的名字。

「剛剛那是霈雲嗎？」程霈晴依然壓著咪咪的眼，「她、她……被燒死了嗎？」

阿呆青著一張臉，先是點了點頭，又搖了搖頭……

「我不知道，那平安符連她的命……她把自己的命寫進去了！」他殺人了！他間接殺死一個人了！

是她自己寫的嗎？還是那間「ㄎ應宮」設計的？如果只是借胎，不該會施這麼重的術法啊！

平安符跟她的命連在一起，怎麼會有這種事！

「阿呆……那是什麼火？為什麼可以燒平安符、可以燒小阿姨……可是沒有燒到衣櫃？」班代的手還在發抖，冷汗已浸濕了他的背。

「業火……地獄的業火。」阿呆嚥了幾口口水，呆然的望著繞成一圈的蠟燭。

所有人不禁啞然，業火？那種東西不是會把什麼東西都燒毀殆盡嗎？萬一小阿姨真的被業火燒到，豈不是挫骨揚灰嗎？

「那她……連靈魂都……都？」班代顫著音，看向阿呆，要一個答案。

「不……不是！」阿呆再一次來回看著蠟燭，如果對方連靈魂都不存在，就不會有那些詭異的灰燼！「這些蠟燭……全是我點的嗎？你有沒有自己先點過？」

班代都已經遲緩了，只是搖了搖頭。

「我媽……媽有點了幾根，就立在我床邊這……裡。」程霈晴哭泣著，她根本無法接受這一連串的事實。

借胎的人是妹妹、狠心的妹妹，又在她面前活活燒死慘叫的妹妹。

阿呆看著她指的方向，發現就是他剛剛燒平安符的那幾支。

所以，程霈雲被燒成灰燼，那灰燼卻還意圖活動，想攻擊誰！

「完了。」阿呆幾乎沒有感受過這種絕望。

之前的畢旅，他在大火中奄奄一息時，想的是大不了賠上自己一條命。

但是，現在還有這麼多無辜的人在這裡，他卻親手把大家推進了危險之中。

「怎麼了？你別不說話！」班代力持鎮靜，逼自己回神。

「小阿姨不是被業火燒到的，那是程媽媽點的蠟燭……」只是普通的火，所以她的形體被燒毀了，但是……

她的靈魂卻依然存在。

在他手上化為厲鬼，為了她死前的執念。

她要孩子。
借胎，她要親自完成。

第六章　借胎

閃耀著燭火的房間裡瀰漫著一片死寂，連阿呆也都呆坐在地板，兩眼發直的看著前方。該怎麼辦？現在要怎麼辦？如果程霈雲真的化成了灰燼狀的惡靈體，他應該用什麼剋制她？

乾媽！阿呆緊握著衣角，開始呼喚他的乾媽！

床上的程霈晴不停的哭泣著，她的精神受到了創傷，只能抱著咪咪，拚命的哭；床面下的黑色織網又開始蠢蠢欲動，因為最大的礙事者正坐在地上，靠著床邊呢……

「不可以！」小琪忽然趴向床榻，在阿呆的正後方。

他嚇了一大跳，倉促回首，剛好用餘光瞥見黑色織網縮進床底下。

阿呆立刻踉蹌的站起身，過度緊張的情緒讓他的心跳加快，不停的大口喘著氣。

「班代……你還可以動嗎？」他正瞪著那張床。

「可以。」不可以也必須行！現在阿呆需要他的幫忙！

班代吃力的扶著牆站起來，他撐著的地方全都留下一個個鮮紅的掌印，血流得不少，但是這把刀當栓子，不至於讓血大量噴出。

而且他大腿肉那麼多，應該是沒什麼大礙。

單腳跳動著，他每跳一步，血滴便灑上了地，為他形成點點紅跡。

「程阿姨，我要妳離開這張床！」他要先卸除床面下的咒法，「程阿姨？程阿姨！」

程霈晴兩眼渙散的呆滯，阿呆偏偏又不敢靠近床榻，看著她淌著淚的臉龐，正自言自語，一會兒笑著，一會兒又哭泣。

這是正常現象，先是知道借胎的人是親妹妹，然後又親眼見到妹妹活活燒死在自己面前，任誰都會受不了吧？

但是現在不是時候！

「妳負責把她弄醒！」阿呆看向了小琪，「快一點，妳也不希望來不及吧！」

胎神點了點頭，趕緊抱住程霈晴，在她耳邊輕聲細語。

班代皺著眉，用手肘推了推阿呆。「你一開始就知道小琪是……」

「一開始？」

「就我們進門的時候啊，她不是就坐在樓梯上？」知道也不講一聲，「羽凡還跟她相處了大半月耶！」

「哦？是嗎？我進來並沒有看到她啊！」阿呆竟然笑了起來，「我是到停電後，完全摘下眼鏡才看到她！所以我知道她不是人嗎？當然知道！」

哇、哇、哇哩咧！阿呆一開始就沒看見她？那她剛走進來，扯著他衣角要大家注意小阿姨頸子上的平安符時，也都沒人看見？

「不過……她應該是好飄吧？」班代稍稍放了心，「是她暗示我去注意小阿姨有掛平安符，而且也都保護著她母親。」

喔……難怪，他那時覺得班代的反應很奇怪，這麼說來，羽凡臨走前，突然發現玩具間有小鬼潛入，應該也是她的傑作嘍？

他就奇怪，羽凡那種人怎麼可能會感受到有小鬼潛入！

「她是保護胎兒。」阿呆拍了拍班代的肩，「她是胎神，有禮貌點，還好飄咧……」

胎神！班代這會兒全傻了，民間傳說中只要有婦女懷孕，胎神就會進駐來保護胎兒，老一輩的人為了不驚動胎神，所以才有一堆不能動剪刀、不能釘釘子的禁忌習俗！

這個小女娃竟然就是胎神本尊！

「胎神都這麼幼齒嗎？」難怪怕驚動？

「她只是找一個程阿姨最能接受的形象而已，反正大部分時間她也看不見。」阿呆注意到程霈晴的雙眼對焦，正看向他。「好了，程阿姨，恭喜回神……妳得離開這張床。」

「這張……」程霈晴再鈍，也能感受到這張床並不想讓她離開。

「小琪會幫妳的。」阿呆邊說，邊隨時瞥向門口。

門外太安靜，這是暴風雨前的寧靜。

班代繞到另一頭去，準備攙扶程霈晴，而阿呆則不動聲色的曲膝，準備隨時取燭上的火。

而床鋪彷彿捨不得主人離開似的，開始跟水床一樣波動！

「哇呀！」這一異樣，逼程霈晴加快了速度。

班代迅速的接過程霈晴伸出的手，然後往旁邊牆壁躲，此時此刻的小琪……喔，胎神，正趴在床上，壓制底下蠕動的黑網。

黑網不甘心的將觸手全伸向程霈晴，它們還沒取得孩子啊！

在此同時，阿呆趁隙跳上床，一把扯掉床單，看著令人咋舌的景象！

床墊上，竟然用黑色的筆寫滿了密密麻麻的咒語！

「妳們姊妹真是情深吶！」阿呆搖著頭，不由得嘆了氣。

下個瞬間，外頭一陣聲響，強大的風壓旋即壓制而來——「班代！保護程阿姨！」

黑網全數交織，呈一個錐形尖銳物，纏繞兩圈後，便直撲阿呆而去。

不過他倒是從容，他只顧著回頭看著房門外那黑壓壓的影子，接著灰燼便開始飄了進來！

果然！小阿姨就是在等這一刻！

當程阿姨離開床榻，胎神無法分神保護胎兒、必須幫助他壓制床上的術法的空隙！

妳都已經死了，再也不需要借胎了！

阿呆直接利用左手上的血往床墊上去，開始抹除那黑色的字體，順道也寫上他熟悉的佛經。

反正他血還流滿多的，傷口還沒止住，要多少有多少！

黑網在咒語的消失中漸而減弱，不過焦黑的灰燼已排山倒海而來，像極了龍捲風過境，將他們團團的包圍，逼得沒人睜得開眼！

『孩子……』聲音從阿呆跟程霈晴中間傳來。

阿呆吃力的睜眼，有個以灰燼組成的人形，背對著他、站在程霈晴的面前，伸手要著孩子。

班代坐在地板，護著身後黏著牆的程霈晴，胎神早就已經跳上了她的肚皮，緊緊護住胎兒。

「霈雲？」程霈晴不敢相信，眼前那浮動的灰燼人是她的妹妹！

但是那拼湊起來的輪廓像極了，那身形也是……可是她知道那已經不是她認識的妹妹了！

因為黑灰組成的臉龐裡，竟然鑲著兩顆圓溜溜的眼珠子，正瞪著她！

「妳死了，要孩子做什麼？」阿呆終於解決了黑網，疲累的坐上了床榻。

程霈雲狠狠的轉過頭來，手指向阿呆。『你！一切都是你害的！』

「我不知道妳跟平安符會有關聯……那是很邪惡的陰法，把妳的命跟物品連在一起。我覺得妳根本並不知情，妳應該是被害的吧？」

『我要孩子！』到頭來，這厲鬼只剩下一個無謂的願望。

阿呆隱約的感覺，小阿姨早就已經被控制了。

她張開五指，伸手就往程霈晴的肚皮探去，胎神飛快的擋在前面，卻被黑手穿過了身體，直接往一旁掃去。

「住——手——」班代情急之下，緊握著阿呆的眼鏡抱住了程霈晴。

他們兩個人身上發出了光芒，讓厲鬼卻了步。

不過，下一秒，她卻咧出猙獰的笑容，再度伸出了手！

不好！阿呆旋即跳了起來，眼睜睜看著厲鬼破了眼鏡上的封印，直接往程霈晴的肚子去。

他自床上撲向了厲鬼，瞬間沖散了人形。

但由於厲鬼沒有實體，所以阿呆這一撲，狼狽的滾落了地，翻了好幾滾，一路摔出房門外頭。

好強的厲鬼！竟然能破他的眼鏡封印！那是姑姑親手做的，竟然有人能破？

阿呆緊握著左手，那是他剛剛撲上惡靈時，趁機抓住的一些灰燼……還有一顆眼珠子。

『你——』那四散的灰迅速重組，咻的來到阿呆面前，瞪著一隻眼看他。『把我的眼睛還給我！』

「小阿姨！妳被控制了！」他怎麼可能還她？「現在的想法都是有人操控妳的，妳清醒一點！」

『把眼睛還給我——』非常好，遇到了一個完全無法溝通的惡靈。

他伏下身子，閃過了惡靈揮來的拳頭，意圖趁機從樓梯旁的空隙往外鑽，至少那裡有一大袋麥當勞在地上，裡頭有一堆可樂可以用！

『你只會用水嗎？』惡靈忽地由後抓住了他的衣服，『你以為灰會溶於水嗎？』

哎，這真是個好問題。

但至少可以緩下妳的行動啊！

『應該找更高明一點的人來。』惡靈聲音，轉瞬間化成一個男人的聲音。

阿呆尚來不及反應，直接被揪著往樓梯下扔去。

班代——這次沒有肉墊了啦！

砰咚！

有個力量擋住了他，雖然沒有很穩當，但至少他沒滾下樓去。

阿呆整個人掛在對方身上，而對方渾身上下的氣……非常的旺盛！現在這個環境中，最需要強勢者。

「我說——是、誰、拆、了、我、的、腳、踏、車！」

八卦鏡忽地一閃，惡靈嚇得瞬間飛散，不知所蹤。

「太過分了！那台腳踏車是我預支六個月的零用錢買的！」來人把阿呆硬攙扶上樓，拿著八卦鏡到處照。「我才騎一個暑假而已！」

非常好……阿呆癱躺在地上，利用痛楚維持清醒，看著站在他身邊，火冒三丈、同樣也都有擦傷的王羽凡。

「妳在意的地方真是獨到。」他坐了起來，發現她全身上下也掛了彩。「妳好像沒什麼事嘛！」

「沒事？我的腳踏車毀了啦！」羽凡簡直是怒氣衝天，「萬應宮的人跟我說是有人動過手腳，不是我絆到什麼或是腳踏車劣質，你知道我有多火大嗎？」

「知道知道！妳繼續維持！」這種情況下，她如果能狠狠的海扁惡靈一頓，也會非常有用。

如果惡靈有形體的話，嘖！

「現在這裡是怎樣？」她左顧右盼，黑壓壓的。

「借胎的人是小阿姨，喔，拆妳腳踏車的也是她。」阿呆趕快提醒她最關心的事。

然後簡單用三句話講解完畢後，他非常笑容可掬的往樓下望。

「人呢？」

「什麼人？」

「妳不是說有遇到萬應宮的人嗎？我爸咧？」

「喔，他們沒來！」羽凡眨了眨眼，「好像你媽一個人在高雄迷路了，你爸下午就殺去找她了！來找我的是一個阿伯，他只給我幾樣東西，然後叫我們好自為之。」

好自為之？什麼叫做好自為之？有沒有人知道這裡現在發生了慘絕人寰的大事啊！

「妳摔車沒事？」他壓制胸口翻騰的怒氣。

「我說過我會很多腳踏車特技！」羽凡到這時還驕傲的昂首，「不過還是跌倒了。」

她摔下來後，發現地上那團報紙蠢蠢欲動，立刻先把報紙包緊，打算跑去萬應宮。

結果萬應宮的人剛好開車來了，聽了來龍去脈之後，便指點說是親人所為，所以她回程時隱約就猜到是小阿姨了！

因為程阿姨最近身邊的親人就只有幾個人，而事情出在廟，廟是小阿姨領去的。

不過小阿姨已經被火燒死這點，她倒是很意外。

萬應宮的阿伯給了她一些東西，收走報紙裡的玻璃，幫她叫了部計程車，就走了。

「那個阿伯，該不會……頭髮灰白，戴著一副小圓墨鏡……」

「咦！對呀！他好像是盲人，看起來很厲害！」不過好可惜，她死求活求，他就不願意跟她來！

「是叔公……」阿呆完全無力，「他是個萬應宮裡唯一什麼都不會的傢伙。」

「咦咦咦！」羽凡瞪大了眼睛，「那他給我的東西……」

「賭一賭了，有總比沒有好……至少八卦鏡有效！」阿呆拉著她站了起身，先往房裡去。

厲鬼終究怕點東西，尤其是萬應宮裡的八卦鏡，效果可比路鏡強很多了！

雖然他搞不懂為什麼整個萬應宮都沒有人，那些阿婆都沒人在嗎？還是只顧著打麻將，把這種對他而言的大事，被當成了芝麻小事……還叫他好自為之？

乾媽！妳聽見了沒？現在妳乾兒子很頭大啊！

羽凡倒是搞不清楚剛剛發生了的事情，她進了房裡只看到一圈蠟燭，還有一室的凌亂。

「你們在祈福嗎？」她好奇的問著。

「我們頂多祈求別再受傷了！」他嘆口氣，再一次希望自己可以跟她一樣樂天。

裡頭嚇得發傻的班代一見到來人，幾乎不敢相信自己的眼睛，竟然是他們擔心得要命的羽凡！

不過她也沒有多好過，全身的衣服都沾了血，身上有多處擦傷，膝蓋上的破皮感覺也相當的痛。

「天天天哪！班代！」羽凡見到他腿上插著的那把銀刀，在燭火照耀下閃閃發光，都傻了。「你們發生什麼事了！」

「別拔別拔！」班代連忙制止她，他相信她一定會失手把刀子拔起來。「這是血塞，至少不讓我流血！」

「為什麼搞成這樣？」她又氣又急，眼神瞥到一邊已昏厥的程霈晴。「程阿姨？阿姨妳怎麼了？」

阿呆叫班代跟她講清楚，他顧著拿八卦鏡到門口放，如果厲鬼怕這面鏡子，那他們是否可以撐到天亮再說？

他的注意力移到了房間的窗子上，這扇窗是今晚從頭到尾最詭異的地方。

小鬼寧願從陽台的落地窗進來，卻不從主臥室的窗子潛入？日光燈上那一隻眼睛寧願從客廳觀察，卻不願意在主臥室裡窺探？

明明這屋子裡有程霈雲設下的咒法跟陷阱，為什麼對方卻像是無法進入這主臥室一般的忌諱？

那扇窗有什麼嗎？是他們可以逃出生天的方式嗎？

乾媽依舊沒來，他就知道媽一定出事了！絕對不是迷路那麼簡單，要不然爸不會去、乾媽也不會無法抽身！

「我叔公還給了妳什麼？」阿呆跟班代他們窩在一起。

「就這面鏡子……還有幾串佛珠。」羽凡把身上的佛珠串交給他。

「嗯，還有呢？」阿呆接過佛珠，這些是泡過淨水的佛珠，表姑加持過的，效用應該不差。

「沒了。」

不過有鑑於剛剛厲鬼連眼鏡的護法都能破，他有點遲疑。

「沒了？」阿呆瞠目結舌，都特地去一趟了，難道不能夠多帶一點點東西嗎？

他隨手拿了個罐子，把剛抓到的惡靈眼睛塞進去，緊接著再扯斷一串佛珠，把珠子撒進去。

最後，拿起串著佛珠的那條繩子，把罐口封住。

「那是眼珠子嗎？」羽凡皺著眉，好噁！

「是小阿姨厲鬼的一部分。」他也不知道有什麼作用，不過奪去多少算多少。

外頭又是一陣風壓，那黑灰幾乎要衝進門口，瞬間又退了開，她的確是畏懼八卦鏡的。

「程阿姨醒著嗎？把她搖醒！」

「幹嘛啦！她都已經昏過去了，再嚇她一次嗎？」羽凡微慍的打了他一下。

「我要問她那窗戶的事啦！小鬼都不敢進來，我覺得那邊一定有問題！」

「那扇窗戶？」羽凡往那扇窗看，她瞇起眼，總覺得她好像有件事沒想起來……

蠟燭快燒盡了，有些燭火虛弱而搖曳，而映著路燈的那扇窗，忽然轉回灰暗，然後出現了沙沙的聲響。

沙……沙……沙……

阿呆睜亮雙眼，往前爬了幾步，拔起一根蠟燭，緩緩往前逼近。

房間的窗戶下，放著橫置的矮櫃，上頭有一小段白牆，才連接到窗子；而現在，有微微的灰塵，竟從窗戶未緊閉的縫往內滲了進來。

「八卦鏡！」阿呆趕緊回頭叫羽凡到門口去拿。

灰燼從窗子飄進來，緩緩的再度形成了漸清楚的人形。

小鬼進不來的這扇窗，力量更加強大的厲鬼當然能進入，但是她卻沒有破窗而入？阿呆擰著眉，羽凡已經拿著八卦鏡湊了過來。

羽凡把鏡子往前放，但是那灰燼卻沒有因此閃開，反而越飄越多。

「她不是怕八卦鏡嗎？」班代倒抽了一口氣。

「因為……因為她避開了鏡子！」阿呆指著窗戶的縫隙高喊著，「他們是從一邊的縫跑進來的，鏡子要正對窗子的縫隙啦！」

阿呆邊喊，想搶過羽凡手上的鏡子照向空隙。

但是那灰燼更快，它捲起了角落的衣服，先罩上了八卦鏡，羽凡迅速的要把衣服拿開，就被放在櫃子上的擺飾品敲個正著。

羽凡慘叫一聲，頭昏眼花眼冒金星，她疼得直撫後腦勺，厲鬼的舉動只是讓她更生氣而已。

「不——不要！」驚嚇到所有人的叫聲從後傳來，程霈晴不知何時驚醒，緊緊抱著咪咪，恐懼的看著眼前漫飛的灰燼，急著要站起身！

「程阿姨！」班代拉住她，卻發現她的力量超大。

「不要！不要過來！霈雲，妳不要這樣！」程霈晴進入一種半歇斯底里的狀態，拚命對著那團灰燼狂吼。「我並沒有害妳，妳不要再來了！」

她往前拽著身子，輕而易舉的就把班代的牽制給甩掉，接著以驚人的速度衝離了房間！

啊啊啊啊——阿呆連叫都叫不出聲，為什麼她要往危險裡鑽！

他立刻望向窗戶，那灰燼迅速抽離，從窗戶退去，百分之一千是追程霈晴去了！

「鏡子給我！」阿呆抽過羽凡手上的鏡子，也不知哪來的爆發力，跟著追出去。

羽凡被搶過鏡子的力道反彈，趴在地上，一雙眼骨溜溜轉著，她好像真的應該想起一件事……

完全失了方向跟頭緒的程霈晴抱著咪咪跑出去後，根本就看不清楚外面的樣子，她完全陷在黑暗之中，只有更加的慌亂與恐懼，在原地驚慌失措的徬徨哭泣。

霈雲死了，活活的燒死了……借胎的人是她，是她想要殺她肚子裡的小孩，還對她施陰法！

她們姊妹感情明明這麼好，為什麼會這樣？她怎麼能狠心的想要搶她的小孩，又把小琪的傷疤揭開來撒鹽！

她好多事情沒有問清楚，妹妹就死了！莫名其妙的在她面前燃燒，她至今都還聞得到火燒身體的焦味，聽得見火蒸發著肌膚的水分，發出那滋滋的聲響……

霈雲那淒厲慘絕的叫聲，一直盈繞在她耳邊！

『姊姊……』那聲音頓時響起。

程霈晴愕然的回頭，一張巨大的臉，就飄散在她的側邊。

是的，這是伸手不見五指的黑暗，她為什麼看得見？

那是因為那僅存的一顆眼珠子，正懸在上方，以睥睨的姿態瞪著她！

『把孩子給我……』

「哇呀——不！」程霈晴失聲尖叫，旋即感受到身後有亮光，她回過身子拔腿就跑！

阿呆拿著手電筒跑出來，黑暗中他只要藉著胎神就能找到程霈晴，只是擔心她看不見，才拿著手電筒亂晃。

手電筒的光閃過客廳一角，來到他正前方的小廊，終於在玩具間前發現了程霈晴的身影，當然還有小阿姨不散的陰魂。

只是，阿呆不確定性的，再把手電筒往陽台邊的落地窗那兒照去。

三隻小鬼，又不見了！

小鬼呢？他一心無法多用，一邊要顧左手邊三隻小鬼為什麼都消失了？另一邊要顧奔過來的程阿姨……

他把手電筒往上移，赫然發現陽台的玻璃窗開了！

有人潛進來嗎？天哪！小鬼出入是不需要開門的吧！

他認真覺得，用幾秒鐘思考這麼多事情、還沒開學就覺得壓力很大的高中生，全國可能只有他一個！

「程……」他趕緊攔住程霈晴，「我在這裡，妳不要再跑了！」

「不要！我要離開這裡！我不要待在這裡！」程霈晴拚命扭動身子，掙扎的要鬆開阿呆的手。

「妳離開這裡就完蛋了啦！拜託妳鎮定一點！」阿呆的右手根本不聽使喚，左手還要拿八卦鏡，吃力得不得了！

「讓開！」程霈晴不知哪來的力氣，一個肘擊就擊向阿呆的下巴！

全身是傷的阿呆，加上重心不穩，八卦鏡就這麼滑離了他的手中……

聽見破碎的匡啷聲響起，班代不可思議的跛著腳跳出來，那該不會是鏡子的聲音吧？

一心想逃命的程霈晴根本沒聽見，她只顧著往樓下奔去，絲毫沒注意到保命的八卦鏡，已經在地上碎成一片。

『呵呵……孩子！孩子！』厲鬼讓灰燼瀰漫在整間屋子裡，愉悅的在空中繞著飄零的螺旋狀，再俯衝而下，朝著程霈晴追了過去。

孩子啊，快到母親的懷抱來吧……快點吧！

阿呆精疲力盡，沒有八卦鏡，他還能做什麼？他根本什麼都救不了了！

他緊閉上雙眼，別過頭去，他現在只能專心的祈禱，厲鬼得逞後，不會傷害羽凡或是班代！

唰——結實的聲音響亮的傳來，緊接著是厲鬼的哀鳴！

一塊黃色的布飛揚在空中，準確徹底的將灰燼打散，而且還能讓她慘叫出聲！

「什麼……」阿呆跳開眼皮，拿著手電筒往前照，一邊避開四散的灰塵。

羽凡手中拿著一大塊黃色的方巾，在那兒抖呀抖的，揮呀揮的。

「這個是……」阿呆搶過來看著，左翻右瞧，完全瞧不出端倪——但是它確實的傷到厲鬼了！

「我上次不是在你那邊抄經文？然後你媽給了我一尊佛像，就用這塊布包的！」羽凡有點興奮，「我那天到阿姨家，把佛像放進紙袋裡，將這塊布捲起來後，不小心掉到窗戶下的櫃子後面了！」

「你把包裹佛像的黃巾拿掉，把祂扔進紙袋裡？」阿呆想哭。

「我只是捲起來而已，我想另外收嘛！」怎麼知道，不小心滾進小縫裡了！「我剛突然想到，我還沒從櫃子後面挖出來呢！」

所以剛剛，她在房間很努力的挖它呢！

「妳弄掉了還會忘記挖？那是多久之前的事情了！好歹也有兩個星——」

「不要再吵了！她來了！」班代忍著痛大喝，這兩個永遠有鬥不完的嘴！也不看看現在是什麼時候！

阿呆立刻拉緊黃巾的一角，朝著撲來的厲鬼攤開，碰觸到灰燼的瞬間會發出些微的火光，像是灰燼尚未燃燒殆盡，所散發出來的餘熱。

「哇……你怎麼甩的？可以把布甩成碗狀？」然後一伸，那些灰就被包進去了。

「這應該可以把她收起來才對！」阿呆把布收回，灰燼卻又繼續飄出去。

「水呢？」羽凡憶起在萬應宮阿婆的動作，「那天香爐的香不是也這樣嗎？阿婆是用濕布收的！」

說時遲那時快，阿呆火速往前衝到佈滿鏡子碎片的沙發邊，即使踩出整腳的傷口，他還是只顧著拿出麥當勞裡的可樂，灑滿整張黃巾！

他只會用水是嗎？是的，但是永遠不要小看水的力量！

『為什麼……我只是要孩子而已！我要一個孩子！』她沒有錯！她是個很棒的母親，她一定是！

廟祝跟她說，只是一個小小的術法，只要能引一個孕婦來，並不會傷害到誰……她不會傷到姊姊，她就能擁有孩子的！

灰燼化為程霈雲的模樣，質問著、哀號著，就站在阿呆的面前。

「因為妳命中無子，就不該強求！」他緊握著濕透的方巾，忽地唸出一串佛號，直直朝程霈雲拋去。

那是很奇特的景象，方巾完美的開展，像張網子一樣，從頭到尾將程霈雲包裹住，靈活得彷彿具有生命一般，主動的收口，朝著阿呆而去。

阿呆抓住自動歸來的一角，迅速將四個角落收緊，把小阿姨的怨靈關在佛巾裡！

「耶！太正了！」羽凡興奮的又叫又跳，「太神了，你剛剛是變魔術嗎？為什麼那方巾會這麼乖的收起！」

「我只是借神佛的力量。」可是這要付出代價的……阿呆雙腿一軟，差點癱在碎片中。

他的體力消耗太多，加上之前受了傷，他人有點輕飄飄的。

「喂喂！」羽凡趕緊攙住他，粗魯的往旁邊拖，幸好阿呆沒有很重！

班代站在樓梯口，瞧著空無一物的樓梯，他沒有再聽見程阿姨的腳步聲，也沒有聽到出門的聲音……那程阿姨呢？

「阿呆，你還好嗎？醒一醒啊！喂！」羽凡搖著他，乾脆揮下幾巴掌，希望他等會兒再睡。

她憂心忡忡的打著阿呆，不安的張望著，如果一切都解決了，那為什麼燈還不亮？

阿呆沒有完全昏去，他努力的握緊黃巾，與裡頭掙扎鑽動的厲鬼抗衡。

巾子是軟的，可以隨意化形，那裡頭的程霈雲一會兒伸出手、一會兒冒出個頭，拚命的想要把布撕開、暴衝出來。

充斥在耳邊的聲音，除了孩子，還是孩子。

「小鬼……」他吃力的出聲，「小心小鬼。」

羽凡立刻朝落地窗看去，該死的空無一鬼，而且——「門為什麼是開的？」

「問得好。」他也不知道。

「班代，你看……」羽凡回過頭，誰也沒看見。「班代？」

敲門

四周陷入一片死寂，阿呆明顯的感受到壓力，那不是厲鬼逼近的風壓或是恐懼，而是一種窒悶感，他並沒有感受到危險或是生命威脅，但是卻全然不對勁。

「班代？你在哪裡？」羽凡高分貝叫著，想要起身去找，卻被阿呆一把抓住。

現在在身邊能護住的人就別走，落了單，那些小鬼反而有機可乘！

「嗚哇！滾！滾！」樓梯間果然傳來急促的聲音。

羽凡抓起手電筒一照，班代竟然揹著昏迷不醒的程霈晴，火速衝上樓來！

「小鬼！樓下有一堆小鬼！」班代腳好像沒傷似的，把程霈晴往阿呆身邊送。「他們吱吱喳喳的，說要剖開程阿姨的肚子，把小孩拿出來！」

「莫名其妙！小阿姨已經不在啦，借胎應該已經結束了！」阿呆氣急敗壞的怒吼，「究竟是誰！想要什麼！」

『至少要給她，一個也死掉的孩子。』

一個沉穩的聲音，自空中傳來。

阿呆愣了一下，那聲音，他絕對聽過。

『國中生能有這種能耐，真的很不錯，只可惜，借胎巫法一旦施行，一定要成功。』

那是剛剛在跟厲鬼周旋時，被摔下樓時，厲鬼發出的聲音。

『你們也真奇怪，何須幫助犯上禁忌的人？』

「她是被引誘的，她理所當然的信任自己的親人，是你們的手法太下流了！」阿呆吃力的反駁，「這個禁忌，她根本不算犯到！只能說是掉進惡質的陷阱裡而已！」

『隨便你解釋，她就是為別人插了香，她妹妹還在等呢……呵呵……』那聲音忽遠忽近的笑著。

阿呆手裡的黃巾中，突然撐出一張小阿姨的臉，她的五官清楚的拓在黃布上，猙獰尖叫的想要破巾而出！

『孩子！我的孩子！我是個母親——』

此時，有許多腥臭的小鬼，跳上來了，他們在樓梯的扶把上，嘻笑著、嘶叫著，每人手上的指甲尖如利刃，互撞時還嚓嚓作響。

阿呆回首，眼睛瞥向了天花板。

「燈。」阿呆虛弱的看向同學們，「那個燈上，有一隻眼睛，控制著全部的事情。」

「你醒一醒！不要再做夢了！」羽凡真的很擔憂，握著他痛死的肩拚命搖。

「痛痛！我醒著啦！我說真的！」哎喲喂呀……

『我喜歡你們這種小鬼……大是大了點，但是用途倒是很廣……』那聲音又開了口，伴隨著冷冷的笑意。

敲門

一種陰沉且毛骨悚然的笑聲，低低的傳開來了。

小鬼們一隻一隻躍下，磨刀霍霍。

羽凡瞪大了眼睛，什麼叫用途很廣？

「阿呆——」班代忽然曲起插有刀子的大腿，大喝一聲。

阿呆幾乎沒有思考，彷彿瞬間領會班代的用意，他拿起剩下的可樂杯，用盡力氣的施予咒法。

小鬼開心的尖笑著，他們準備先取出血淋淋的孩子，再來撕裂他們的身體，飽餐一頓！好餓喔，今天晚上還沒吃飯呢！

班代站起的瞬間，用力自腿上拔起了刀子，再立刻將刀子浸入阿呆手中的可樂裡，然後不顧一切的往前衝去。

他跳上側邊沙發的扶手、再跳上桌子，然後拚死的往上躍。

將手中的刀子，深深的刺進天花板的燈罩裡。

「我們高中了！」誰跟你國中生啦！

慘叫聲將碎裂聲取而代之，逼近羽凡及阿呆的小鬼們風雲變色，他們在瞬間變得全身顫抖，摀眼慘叫，然後狼狽踉蹌的往陽台奔去，簡直是逃之夭夭。

燈在一剎那亮了，房間的燈、走廊的燈、樓下的燈，甚至是外頭的路燈都跟著亮了起來。

連客廳的燈都亮了，只是那燈罩上，插了一把刀子。

羽凡看見光明重現，喜出望外的趕緊探視班代，卻發現他早已經摔到了桌下，可能是剛剛奮力一跳後，支點不穩而掉了下來。

桌上一片怵目驚心的血，感覺非常詭異，因為那像是自破裂的燈罩所流下的鮮血！

『孩子啊！不不——說好那是我的孩子的！』黃巾裡的小阿姨，貼著布朝著她哭喊著。『你們不能這樣——不可以！』

她的眼睛拓在巾布上，真的只有一顆眼珠。

阿呆將四個角落緊緊的綁住，如同對付另一顆眼珠的做法，找了一個箱子，把包裹著灰燼的黃巾放進去，然後扯下所有的佛珠串，佈滿在黃巾的周圍。

封起箱子，他拿著奇異筆，在封口寫滿了咒文。

樓下隱約的傳來聲響，吳先生喊著程阿姨的名字，急如星火的衝上來，困惑的看著他們，還有不知為何悄然流逝的時間。

十分鐘後，救護車的聲音由遠而近，阿呆緊緊抱著箱子，跟羽凡頹然的坐在樓上等待。

他的眼神，落在開啟的落地窗那兒。

有人來過，為的不是別的，純粹是解救小鬼。

地上的水不僅被抹去，還被覆上厚厚的香灰，對方是小鬼的主人或是……他不清楚。

「程阿姨的小寶貝沒事吧？」羽凡虛弱的開口。

「不會有事的。」他微笑著，看著胎神正坐在樓梯扶手，衝著她笑。「她們不是在廟裡拜過，祈求孩子平安嗎？」

雖然兩個姊妹的心思不同，但終究為的都是這個孩子的平安。

不管在哪個時代、在什麼樣的心思下，孩子永遠都是塊寶。

『請菩薩保佑，讓我肚子裡的孩子健康平安，沒有任何病痛！』

『請菩薩保佑，讓她肚子裡的孩子健康平安，沒有任何病痛……然後，變成我的孩子！』

尾聲

充斥著藥水味的醫院裡，依舊穿梭著忙碌的人們，護士、醫生，還有傷心的家屬們。

而位於角落的一間病房，格外的特別，因為在病人的堅持下，門外掛上了迷你的八卦鏡。

五人病房裡只住了三個人，兩男一女，年紀都很小，全都是高一新鮮人。

一個比較重量級的男孩左手脫臼、左手掌不明的黑點，怎麼清洗都洗不淨、但觸著又會喊痛，不過這情況在前幾天突然痊癒；最嚴重的是左大腿的傷勢，被水果刀刺入，傷口雖深，所幸沒傷到神經跟大血管，共縫了八針。

另一個瘦小乾癟的男孩，右手也出現怪異的情況，不僅無法握起，就算不碰觸也會喊疼，但這種情形也同樣在四天前自癒；其他的傷口只有多處擦傷、瘀青，較嚴重的是右前額撞裂了一個口子，縫了兩針。

還有一個女孩子，是三個人中最高大的，除了全身的擦傷外，幾乎沒有什麼特別的傷口。

「啊！耶！過關！」羽凡始終抱著她的 PSP，開心的過關斬將。

「妳能不能不要那麼 high？」阿呆半躺在病床上，這一次眼鏡跟耳環全都戴上，誰叫醫院的飄實在太多了！他是病人，得求一個安寧。

敲門

「登登～過關嘍～」她還亮了 PSP 給阿呆瞧一眼。

「為什麼每一次、每一次，妳都能沒事？」阿呆真的非常的不平，上一次畢旅時他差點嗆死，她這個被附身的人卻安然無事？

「因為我很會騎腳踏車！」羽凡自豪極了。

「可是妳不是說前輪整個飛出去？」班代虛弱的開口，他最慘，大腿裹了厚厚的繃帶。

「是啊，但我跳車更快啊！」

「我真不想跟妳講話！」阿呆皺著眉，討厭每一次都要住院！

被血融蝕的傷口也是靠表姑才搞定的，他知道她昨晚偷偷來，趁著大家都在睡覺，將看不見的傷口解決，但皮肉之傷就一定要等自然痊癒！

「他在說氣話啦！」班代咯咯笑個不停，「小鬼一說妳出事，他就超緊張的咧！」

「班代！」阿呆趕緊出聲制止，不知道自己紅了耳根子。

羽凡眨了眨眼，悄悄紅了臉……嘿，阿呆有擔心她喔？

白色的門忽地被輕叩三聲，吳先生探出一個頭，溫和的對著他們笑；他帶來了看病聖品麥當勞，誰讓他上次送了花，卻被三個小朋友嫌棄。

「麥當勞！」中間病床的羽凡咻的跳下床，開心的分著食物。

這種病人有需要住院嗎？阿呆搖了搖頭，他最衰，三個月內住兩次院，一次比一次嚴重！

吳先生現在每天都會來看他們，雖然他話變得很少，但看完程阿姨後，都會順道過來跟他們聊聊天。

有時候程媽媽會陪著來，昨天甚至連她婆婆也來過。

那個家劍拔弩張的氣氛變少了，反而變成一種微妙的和諧。

程阿姨送進醫院後，昏迷了一陣子，孩子的狀況趨於穩定，甦醒後的她變得相當的沉默寡言。

她總是希望那夜的一切只是場惡夢，醒來時丈夫在身邊，妹妹也會在身邊。

但事實證明，妹妹已經不在了，真的在她面前活活的燒死了。

既然這樣……就表示她的妹妹真的為了想要一個孩子、想要獲得幸福，所以引誘她借了胎！

她做了好幾次的惡夢，持續夢見有人要搶她的孩子、睡夢中哭喊著妹妹的名字，夢見她全身著了火，尖叫著好可怕、好燙！

每次哭著醒來，會看見媽媽、有時是丈夫緊緊握住她的手，給予她最大的精神支持與安慰。最近深夜，甚至會看見婆婆坐在一旁打盹，陪著她。

『大家都很忙，我剛好比較有空啦……就過來坐坐。』徹夜陪著她的婆婆總是紅著臉這樣說，『聽說妳都一直做惡夢，我想說多一個人比較不會怕啦！』

程霈晴感動莫名，她不知道該怎麼表達情感，但是所有人都感覺得到，她們這對婆媳，正往好的方向走去。

「我聽說……昨天下午有人去看霈晴。」吳先生溫聲的開口，「是個小姐，長得滿漂亮的。」

「是你認識的人嗎？」

「不是！」吳先生搖了搖頭，「她留了一張紙跟一本經文在桌上。」

阿呆一口咬下大麥克，眼神卻暗暗的朝他瞥了過去。

「對方說霈晴命中大劫已過，不過應該會想為親人多做點事，要我們反覆抄寫那些經文一千遍，多少……多少能幫霈雲一點。」吳先生說著，大滴的淚滾了下來。

他真的萬萬沒想到，霈雲會設下陷阱引妻子同意借胎！

羽凡跟班代對望一眼，他們不知道該說什麼，甚至也不知道來人是誰。

「你們多少抄一下吧！」阿呆漫不經心的開了口，「誠心誠意的去抄，可以讓程阿姨的心靈更加平靜，對小阿姨或許也有幫助。」

事實上他知道，這些東西對小阿姨有沒有用，但至少可以讓吳先生一家子的心靈獲得一種無形的救贖。

「你認識那個小姐嗎？」吳先生不安的問著。

阿呆淺淺一笑，應該是表姐吧！

吳先生苦笑一抹，搓揉著雙手，有點猶疑的開口。「那個……我媽說，等霈晴出院後，想再去廟裡拜一下。」

羽凡暗自驚訝，她以為經過這一連串事情，說不定吳先生一家對於廟宇會有什麼意見咧。

「當然好。」阿呆微微一笑，「萬應宮隨時歡迎你們。」

這一切的錯誤並非來自於廟宇，而是來自於人禍。

當孕婦的肚子裡有了小生命時，諸多的禁忌接踵而至，過去的確有許多以訛傳訛或是無道理的禁忌逼迫孕婦遵循，但其中還是有許多禁忌是有著一定的典故與來由的！

人們只知其果而不究其因的後果，就變成禁忌百百種，卻沒有人說出個所以然來，遇上這個科技昌明的、凡事求實證的世代，很容易被新世代的人推翻。

但是不知道禁忌的來由，不代表禁忌不存在。

為他人插香，親手促使借胎成功，是程霈晴沒有顧及的禁忌。

但是借胎者是她感情親密的妹妹，為了愛情而決定奪胎，更是她始料未及的事情。

借胎的禁忌完全是個陷阱，程霈雲為了孩子意欲借胎，而程霈晴也為了孩子而戰勝了一切。

等霈晴阿姨復元了，他會在萬應宮裡，親自幫那個孩子祈福，相信未來出入任何廟宇，程阿姨再也不會觸犯任何禁忌了。

「那……媽很想問……霈雲她究竟怎麼了？」

這個問題換來一室的沉默，因為他跟程媽媽那時早已經在樓下被小鬼弄昏，並不知道事實的來龍去脈。

偏偏程霈晴對這件事情根本緘口不語，他們更加不知道事情的真相。

但是知道真相，有時候不一定是最好的。

既然沒有人清楚，那何必讓他們更明瞭呢？讓吳先生知道一直信任的小阿姨是禍害妻子的元凶？讓程媽媽承受自己的女兒竟然謀求姊姊腹中的胎兒？

這些打擊都不需要，相信這也是程霈晴的意思，所以她不說，他們也就沒有必要開口。其他的，應該隨著小阿姨逝去。

所以他們三個人早就約好，一句話也不說，同時用沉默與微笑回應一切。

「吳先生，程阿姨還活著，孩子還活著，有必要再去追尋那麼多事嗎？」班代是個溫柔的男生，「我覺得，你們應該好好的把握還擁有的事物才對！」

真的，追求真相，只是會換來打擊而已。

「嗯，說的也是！」至少霈晴還在，孩子健康。

阿呆咬著薯條，他喜歡班代那種大愛的胸襟，即使自己的腿是被小阿姨刺傷，他也說是自己不小心的。

他是個讓人很舒服的人，他覺得有這位朋友，是他三生修來的。

「那我……我走了！你們好好休息！」吳先生起了身，再三的點著頭。

程阿姨的狀況穩定，因為胎神一開始就跟在身邊，緊緊守護。

羽凡後來聽說那個「小妹妹」原來是胎神，也嚇了一大跳，她沒想到自己竟然可以看得那麼清楚，甚至還親手牽過胎神的手。

阿呆認為，胎神會現身讓羽凡瞧見，可能就是暗示些什麼，畢竟她保護著胎兒，不可能不知道小阿姨的圖謀。

只是她一定沒想到，王羽凡會把她當成活生生的人……絲毫沒有注意到異樣，還有小阿姨的怪異舉動。

至於小阿姨……借胎的背後有著詭異的術法牽制，他很明白，因為她甚至出賣了自己的靈魂而不自知。

小阿姨的灰燼送回萬應宮後，他就沒再過問了，因為她不會有好下場，不是被封住，就是被徹底的消除，挫骨揚灰……後者的機會大得多，因為沒有人想留下後患。

不過封住她眼珠子的那個罐子他忘了帶出來，想到的時候已經不知道到哪兒去了，甚至遍尋不著。

他並不希望這樣對待她，但是一如畢業旅行發生的事一樣，很多情況他必須做出殘酷的抉擇。

羽凡總說這是天賦，但對他而言，是個詛咒。

不過既然遇上了這些事，他還挺喜歡這樣的詛咒，至少……他有保護同學的能力！

畢竟那晚在他們被救護人員用擔架抬離時，他親耳聽見了那個低沉的男人聲音：『真可惜……』

可惜什麼？他始終對那聲音無法忘懷。

對方來自施行借胎術法的「卐應宮」，那是什麼來頭他不清楚，不過他已經跟家裡報備過了，萬應宮派人找遍台南縣郊，卻遍尋不著那間廟宇。

再問程霈晴地點，未免是傷口撒鹽，所以他不打算再傷害她。

但是他確切的記得，那個平安符上頭寫的，絕對不是「卍應宮」，而是「卐應宮」。

法輪逆轉的宮廟，那到底是什麼東西？

「阿呆，你還好吧？」羽凡試探性的望著他，誰叫他一直若有所思。

「不好。」只要想到莫名的聲音跟那個ㄈ應宮，心情就好不起來。

「你該不會在生我的氣吧？」羽凡小心翼翼的問著。

「生妳的氣？」阿呆狐疑的挑了眉，「哦～妳不說我還忘了！哪一件事情呢？是把我們扯進這件事、還是把佛像用紙袋裝回家……喔，還是把裹佛巾亂捲亂扔呢？」

「欸……」羽凡臉上三條槓，她是白痴嗎？幹嘛提？

「呵，要不是羽凡亂扔那條黃布，我們說不定都完蛋了呢！」班代趕緊幫忙緩和氣氛。

「對呀！說的也是呢！」羽凡開心的轉向班代，「不過你真強，這麼胖還可以一下就跳上去把燈刺破了呢！」

上頭流下的血，據說真的是人血呢！

班代一怔，尷尬得不能自已，哼！他一定要減肥——這麼想時，他再塞入一口薯條！

阿呆非常喜歡最後那剎那與班代的默契，他抽刀、他施咒，用他擅長的水，直接破解操弄著一切的天眼。

他滿意的笑著，看見那些血，他確定對方鐵定受到了非常大的傷害！

「寶貝——」遠遠的，外頭傳來了高跟鞋的噠噠聲響跟呼喚聲！

阿呆倒抽一口氣，媽回來了？

一陣紅影自門外先一步飛了進來，滿是擔憂的飄在阿呆身邊。

『你傷得很重啊！』美麗的紅衣乾媽，看著他全身上下。

現在處在祥和的世界，不是惡靈的空間，所以羽凡跟班代今天無緣再得見乾媽一眼。

「妳都沒理我！」阿呆耍起脾氣來。

羽凡才覺得阿呆為什麼要自言自語之際，砰噠一聲，門被少婦推了開。

阿呆的媽，身上的繃帶沒比阿呆少到哪裡去，走路甚至還一拐一拐的，梨花帶淚的衝向兒子。

「我聽說了，為什麼會發生那麼大的事情！」她狠狠的抱住兒子，「廟裡都沒人了嗎？為什麼放你一個人孤軍奮戰！」

「媽……」阿呆趕緊推開她，「妳是發生什麼事了？」簡直比他還嚴重！

「沒有啦……哈哈哈！」少婦尷尬的笑著，而騰在空中的紅衣美女，不悅的瞪著她。

阿呆仰首，看乾媽一臉不爽樣，媽鐵定又惹事了。「乾媽！怎樣了？」

『還不就是她！把人家封印一千多年的墳塚打開！』乾媽漂亮的臉龐扭曲著，『那個地方誰都不會去，她偏偏——』

「噓！學姊！不要亂說啦！」少婦緊張兮兮的打斷她的話，眼神望著阿呆的右方。

問題是，乾媽飄在左方。

「啊，是解決了沒！」阿呆跳下了床，往羽凡床上靠！

「好了！」『還沒徹底！』

阿呆倒抽一口氣，看看說還沒的乾媽，再看著雙眼瞇出燦爛笑顏的母親……當然，絕對要相信乾媽！

「沒解決乾淨妳就不要來看我！這裡是醫院！我們有三個虛弱的病人耶！」

「我擔心你啊！他們說有間什麼也叫萬應宮的廟的……」

「媽！妳先出去啦！妳把一堆東西帶進來了啦！」

那間什麼乜應宮的廟，再難纏也輪不到媽擔心啦！

因為他知道，總有一天，他們會再碰頭的。

番外・墮魔

「很遺憾。」白鬍白鬚的男人很誠懇著望著他，「無緣。」

「師父！可是我……」男子跪在地上，誠惶誠恐的大聲喊著。「我真的很想要當萬應宮的弟子，請您——」

「真的無緣。」老人搖了搖頭，將門關上。

剛入秋，還是炎熱的天氣，傍晚一場滂沱大雨至今，香客也少了，只剩下荒煙蔓草，還有萬應宮門口兩個高掛的燈籠。

男子頹然著趴在地上，他已經來求了好幾次，為什麼就是連讓他進萬應宮從打掃做起都不可呢？

他有的是能力啊！他具有敏感體質、他有陰陽眼，他甚至能夠收伏小鬼，還可以驅使他們……天生具有能力的人，不是更有潛力嗎？

這遠近馳名的萬應宮主持，為什麼就是不收他？

他踉蹌的站起身，低垂著頭在大雨裡跨上機車，絕望痛苦的離去。

窗邊站了老者，他憂心忡忡的望著在大雨裡消失的車影，那紅色的車尾燈若隱若現。

他回首，桌邊坐了一個女孩，長至耳下的黑髮，只是個小學生的年紀，正專注的寫著回家功課。

「阿——」老者才開口。

「不能收。」她的視線移都沒移，「我們跟他無緣，神鬼也與他無緣。」

「可是他有靈力，我看得出來啊！」

「孽緣。」女孩拿起五彩的糖果橡皮擦，用力的擦去寫錯的痕跡。「那個人心術不正，不是好東西！」

「所以我們就該指引他正道啊！」

「我們可是明燈，但不是每個人都看得見我們！」小女孩睨了老者一眼，「我在寫功課，不要吵我啦！」

「好好好！」老者笑著點頭，「寫完來吃甜湯喔！」

「好～」

老者走了進去，裡頭幾個老婆子正在煮著紅豆湯圓，紛紛瞥了他一眼，那眼神彷彿在說：那孩子說什麼，聽就是了。

老者嘆了口氣，他也看得出那男子有在驅養小鬼，只是希望可以讓他走回正道罷了。

希望那孩子能夠自個兒把持得住，別走向歪魔邪道啊！

※ ※ ※

可惡！男子低垂著頭，不停的抹去眼前的雨水，他越想越氣、越騎越快，為什麼天資優異如他，卻不得其門而入？

萬應宮到底有什麼了不起？傳說中的高人連現身都沒有，好歹他去拜師十幾次，卻倨傲到連見他一眼都不？

他就不信自我修煉不成！只要潛心修煉，一定可以達到更強的境——

只是一個閃神，一隻狗似的東西自田邊竄出，男子煞車不及，龍頭一拐，連人帶車的摔了出去。

他只記得一陣暈眩，耳邊聽著引擎聲響，然後全身上下就痛得不得了！

又濕又冷，所幸沒有失去意識，他吃力的爬起來。

他整個人掉下田裡，幸好剛好卡在田埂上頭，傷得不重，手腳都還能動，就是屁股感覺裂成兩半似的疼

『哼！那些人沒有看你的眼光。』

嗯？男子愣了一下，左顧右盼，有人在跟他說話嗎？可是觸目所及並沒有人啊！

摔到頭了嗎？還是去大醫院檢查一下。

『看你天生靈力高強，何必去求那間什麼萬應宮的？』那聲音又傳來，男子嚇了一大跳。

他渾身寒毛豎了起來，因為他眼裡沒有魍魎鬼魅，不該是幽鬼開口，但是這聲音從何而來？

『求人不如求己，如果我出手相助，你早幾十年就能修出一身高強法力！』男子終於發現聲音是直接傳進他腦子裡的，『憑你的資質，要自成一門根本不是問題！』

「你、你是誰？」

『我？我是你高攀不起，求神問卜都遇不到的！』對方冷哼一聲，『我是看在你極有潛力才出聲的，一般尋常小輩，我根本不放在眼裡。』

「是……」男子緊張的嚥了口口水，「我的潛力真的不差？」

『豈止不差？簡直是難見的優異體質！』神秘人大笑起來，『假以時日，三界都會在你的掌握之中！』

「……真的嗎？」男子喜出望外，從來沒有人給他如此的肯定！

『當然！我從不說假話！』神秘聲音高傲的說著，『只要你認真聽話，好好的以血修煉……』

男子沒有漏聽詭異的話語，「血？」

『難道要吃齋唸佛嗎？哈哈！那些拿素菜當飯吃的傢伙，百年之後連顆舍利子都找不到，想成什麼佛！荒唐！』腦海裡的聲音充滿嘲弄，讓男子有些戰戰兢兢。

「所以？」

『沒有比魔道更好的修煉方式了！』

魔道？男子瞪大了眼睛，他遇上了什麼？

『這有什麼好遲疑的？修魔道不必二十年，你就能遊走三界，你就能擁有榮華富貴跟數不盡的美人，你可以坐在屋裡享受，大把的鈔票就不請自來！』腦海裡的聲音聽起來很舒服，說出來的話更加悅耳。『更別說你將擁有無上的能力！屆時，瞧不起你的萬應宮就將什麼都不是了。』

男子幾乎沒有掙扎，二十年，他只要花二十年的時間，就能夠擁有一切嗎？甚至是擊潰狗眼看人低的萬應宮？

「那我該怎麼做？」他吐出了幾個字。

『把手伸進田裡，我在裡頭。』那聲音忽然變得沉穩，『左邊一點，對，爛泥裡會有一個圓形的東西，抓出來便是。』

男子雖然狐疑，但還是卯足了勁開始在爛泥裡搜尋，他跟個瘋子一樣在大雨的田裡，把作物挖開，把深深的泥地刨開——終於，他摸到了。

他握著那圓形的小物，忽地有點猶豫。

『凡人得不到的好機會，你還猶豫？』

一咬牙，男子把那圓形物拉了出來。

躺在他掌心上的只是一顆圓形的石子，路邊俯拾即是，上面似乎有些紋路，但雨太大，他看不清楚。

『好了，該走了。』

「咦？就這樣？」他還沒看清田裡的狀況呢！

『我已自由，跟在你身後了。』那聲音的語調愉悅，『從今天起，我會教你怎麼修煉！』

「是！師父！」

『我是魔主！』那聲音忽地架起威嚴。

男子倒抽一口氣，那是魔？「是……魔主。」

『回去之後，先備餐給我吃，我餓太久了。』魔主的聲音變得溫和許多，『現代不方便了，吃不到嬰孩，準備兩隻貓給我吧。』

「貓？」

敲門

『等你熟練了，再準備嬰兒給我吧。』魔主一副委屈的模樣，『再熟練點，我要吃七個月大，剛從女人肚子裡剖出來的孩子。』

男人騎著車，身子不住的發抖。

這魔主怎麼如此嗜血？抓貓還好，要他去哪裡準備嬰兒給他吃呢？

『呵呵……別擔心！我會幫你的。沒有人抓得到你。』

「可是……」

『你一定會習慣的。』

不知怎地，男子突然信心大增，是啊，如果魔主真要他剖開個女人的肚子，勢必會幫他掩蓋行蹤吧？

有魔主在，他怕什麼？

『對對！這樣想就對了！我可以預見你的未來，不久你就能興建一間廟，興旺的香火，香客絡繹不絕……』魔主悠揚的低吟著，『得先幫你取個魔號呢……藏真，你就叫藏真吧！！』

「藏真……」這麼快，他有法……魔號了？

『我喜歡人類的謙詞，是掩飾驕傲的手法，很有意思！有了魔號，你有的是時間可以慢慢思考，你的廟要起什麼名了。』

「弟子已經想好了！」男子深吸了一口氣，彷彿早已下定決心。

『哦？』

「就叫LI應宮吧！」

※　※　※

啪！鉛筆筆芯斷了。

小女孩皺起眉心，不由自主的往外看出去。

有哪個封印解開了嗎？她嘛起嘴，繼續按著自動筆，算了，只要不是那討人厭的魔物跑出來就好。

只要不是……

番外・鄰居

女人才從電梯步出，立刻就看見了掛在門上的袋子，她遲疑的上前，發現袋子裡頭竟放了好幾個保鮮盒，盒子裡是各式美食！

她拿出裡面的紙條，驚訝的朝旁邊的鄰居家門看過去。

「我回來了！」她才進家門，丈夫就已經跑過來，接過她手裡的東西。

「哇，這什麼？怎麼這麼重？」老公接過了沉重的袋子，擱到餐桌上，沒忘順手摸了摸她沒有動靜的小腹。

「隔壁鄰居給的！」她訝異的說著，「說這都是健康的補品，給我補身體，都是對孕婦好的！」

「咦？隔壁？」連老公都驚愕了，「怎麼這麼好？我們還沒跟鄰居見過面耶！」

他們才剛搬來這個社區沒多久，因為作息時間與一般人不同，還真沒遇過同層樓的鄰居，但從這袋食物看起來，對方是見過他們的，才會知道她懷孕了啊！

「這得回禮吧，我們搬來沒打招呼，結果人家還送東西來！」宋雪倩覺得心暖暖的，「你等等去買個蛋糕吧！」

「不必這麼麻煩，我直接叫外送。」老公當機立斷，點開手機要訂個蛋糕。

宋雪倩下意識摸摸肚子，再看著桌上的餐盒，頓時湧起幸福感！看著正在訂蛋糕的丈夫，老公長得很帥，跟模特兒一樣，家境雖只是小康，但是在這個物價高漲的時代，工作收入都很好，甚至有房有車，這是多棒的條件！她真的是撿到的！

因為……在遇到他之前的人生過得並不太好，甚至可以說是一般人口裡的「8+9妹」。只要誰對她好，或是誰很帥或有錢，她就能跟對方在一起，長相其他倒是其次，重點是要能養她、讓她有地方住，且不必自己負擔房租跟生活費；高中輟學後她就離家出走，原本想著要闖盪後風光回家——結果最後卻是場笑話。

直到又被劈腿，行李還連夜被扔出來，揹著大包小包要先去找閨密借住那天，遇到了現在的丈夫。

她永遠記得那是輛特斯拉，突然停在她身邊，車上的男人下車時她都愣住了，又高又帥體格又讚，而且非常溫柔的問她需不需要幫忙？是否出了什麼事？還是幫她報警？

然後他們因此認識了！為了他，她也努力變成一個好女孩，不再跟過去那些朋友在酒吧裡天天喝到爛醉，不務正業，甚至也找了正常的工作……直到她懷孕了！

她太快懷孕了，他們正式交往才兩個多月而已，她惴惴不安的告訴男友，但是他卻欣喜若狂，不僅讓她生下來，還說應該立刻登記結婚！

他們真的隔天就登記了！結婚後，他讓她辭掉工作好好待在家裡，帶著她搬進了這個豪華社區，這也是老公的房子之一！她可嚇到了！

而且老公雖然有上班，但總是煮好早餐才出門，午餐都先幫她備妥，她只要熱了就能吃，晚上一下班，也趕著回來煮飯給她吃。

這種生活已經讓她夠幸福了，沒想到還有好鄰居！

「好了，等等就會到！」蔡之成轉過頭，趕緊拉開椅子讓她坐下。「妳好端端的跑出去做什麼？要什麼東西可以網購啊！」

「哎唷，我才三個月，都快悶壞了！」宋雪倩撒起嬌來，「我懷孕後就很少出門了，很悶的！」

蔡之成露出寵溺的笑，輕輕捏了她的鼻尖。「那好，等我放假，我週末陪妳去逛街，我們玩一整天！」

「嗯！」宋雪倩張開雙臂與丈夫親密擁抱，「我太幸福了！」

蔡之成用力抱緊了她，貼著她的臉頰。「這是我應該做的！我們是夫妻啊！」

擁抱充電後，蔡之成便將鄰居那些食物拿到廚房去察看，裡頭除了有海鮮跟滷牛肉外，居然還有中藥燉補，全都是好料，真是令人目瞪口呆！重點是還超級好吃，直接幫他晚餐加菜了。

「好好吃喔！」宋雪倩吃出一臉幸福，「這手藝也太好了吧！」

「對啊，我都自嘆不如了！」連蔡之成也都連連感嘆。

「沒有喔！你做的最好吃！」宋雪倩趕緊收了點笑容，「全天下沒有人做飯比我老公厲害！」

哎唷！蔡之成露出了靦腆又害羞的笑容，趕緊再夾一份菜到愛妻的碗裡。

「好吃就多吃點，吃得營養吃得健康，我們的寶寶才會頭好壯壯！」

宋雪倩輕撫著肚子，也是滿臉期待。

「下個月就可以看出是男是女了……我們有空要幫他起名了吧！」她含蓄的暗示，「還有，你覺得什麼時候……可以跟你爸媽見面？我是說視訊！」

他們結婚結得倉促，僅僅只是登記而已，但宋雪倩好歹混過社會，知道像蔡之成這樣的家庭環境，家裡就算不大擺宴席，至少也得宴請至親好友吧？這樣不聲不響的結婚，對他的父母也說不過去。

不過蔡之成的父母都在國外，還正在搭郵輪環球旅遊，收訊不好，加上他又是獨生子，所以他都不必急著跟誰交代！但至今連視訊都沒有過，她沒跟他父母說過話，他父母也只看過她照片而已。

蔡之成一眼就看出她的擔心了，伸手握住她的手。

「妳別擔心！他們下週就回家了，我想等超音波照片出來，再給他們一個驚喜！」蔡之成很快安排好日子，「就下個月第二個週末吧！」

「好緊張喔！他們……真的對你突然結婚都沒有生氣嗎？」

「沒有！我爸媽向來尊重我的決定！照片我都有給他們看啊，還是妳要看對話？」蔡之成拿出手機，調出了聊天頁面。

這舉動反而讓宋雪倩嚇了一跳，連忙搖手拒絕！

因為交往期間，她發現老公非常重視隱私，也從未要求過看她手機，她希望也要做一個懂得互重的人。

「不必不必！這樣搞得我好像很不信任你一樣！我只是怕他們不喜歡我！」宋雪倩說出了自己的焦慮。

她會憂心夫家的家庭，蔡之成當然也問過她家的情況。基本上她是隔代教養，媽媽一生下她就把她扔給外公外婆，因為根本不知道她爸是哪一個，所以就當沒有！媽媽離開後不停的換「叔叔」，偶爾回來看她，但大概在她國中後就沒有再回來過了。

她的人生中只認外公外婆，外婆前幾年走了，剩下外公一個人在鄉下老家，幸好阿姨們都住在附近會照顧外公，她離家後有好一陣子都沒回去，每次都是分手最孤苦的時候，才會想到回家！目的都是拿錢避難，說實話，她也很對不起外公。

她至今也沒跟外公聯繫，因為她暫時還不想讓蔡之成知道她的背景有多糟糕！她只說外公生病不太方便，等孩子生下來後，他們再一起去看望外公。

蔡之成非常尊重她，她對於家庭狀況點到為止，他也不會多問，只說有問題隨時告訴她，要回去探視外公的話，隨時開口，他就能隨時帶她回鄉。

多麼好的一個人，她怎麼配得上他？

「我爸媽不是那樣的人。」蔡之成打斷了她的疑慮，「我愛的是妳這個人，與其他無關。」

宋雪倩感動的看向他，她真的不知道是不是上輩子拯救了地球，這輩子居然能遇到這麼好的男人！

言談間，門外突然傳來了聲響，蔡之成立即放下筷子，急急忙忙的跑到門口偷聽！宋雪倩這才反應過來。他們兩個就是在等鄰居回來，蔡之成的耳朵好靈喔，幸好他聽見！

「您好！」蔡之成趕緊開門，朝著正準備進家門的鄰居打招呼！

咦？一對男女驚愕的回身，看見他們時綻開了笑容。「哎，您好！」

「嗨……」宋雪倩探頭而出，「謝謝您們送的食物！」

鄰居是對中年夫妻，也是郎才女貌，男的沉穩成熟，女的風姿綽約，而且完全是副貴婦人的姿態！她一瞧見宋雪倩立刻笑著走來，瞇起眼打量起她的肚子。

「我是營養師，我丈夫是中醫師，我們會得也不多，但食補還是能做一點的！」女人熱切的看著宋雪倩，「之前偶然在樓下看見妳，我丈夫說妳氣色不太好，我就想著順便做點美食讓妳補補！」

「謝謝！」宋雪倩下意識撫上自己的臉，她氣色不好啊！

「真的非常謝謝你們，都沒見過面也沒打招呼，卻收了你們的禮物！」蔡之成認真一鞠躬。

「別這樣！大家都鄰居啊！」男人趕緊要蔡之成起身，「太客套了，互相照應是應該的！」

宋雪倩突然想起了蛋糕，輕輕戳了老公一下，眨眨眼用嘴型說著：蛋糕。蔡之成這才想起，直嚷著等等，趕緊要進屋拿蛋糕。

「欸，要不要到我們家坐坐？」男主人已經按下密碼鎖，「我可以順便幫這位準媽媽把把脈？」

「咦！」宋雪倩雙眼都發光了，對啊，鄰居是中醫呢！

她身子都趨前了，女人笑著輕輕扶過她，領著她往自家的方向去，蔡之成帶著蛋糕走出時，還帶了點錯愕。

「到我們家坐坐。」男主人說著，給了蔡之成一個眼神。

「啊？」他一臉措手不及，趕緊把門帶上，捧著蛋糕一起到鄰居家去拜訪。

一進屋，宋雪倩就聞到了焚香的氣味，那應該是像檀香之類的東西，鄰居家中有個神桌，紅色的燈在黑暗中看起來有些許怪怪的；當女主人打開所有的燈後，那份詭異感才少了許多。

一尊神像，香爐裡沒有香灰，但整個家裡卻滿是檀香味，桌前供著新鮮的鮮花素果，家裡許多陳設都是佛像，有石雕有木雕，看起來鄰居有宗教信仰。

「請隨意坐。」女主人拉著宋雪倩坐下，蔡之成趕緊把蛋糕放上客廳的茶几上。「欸，以後不要這麼客套，我們純粹是關心她的身體而已。」

「不不不，真的很謝謝你們。」蔡之成再三道謝。

「你們坐一下，泡個茶給你們喝。」男主人說道，便走到一旁去忙，這看得蔡之成更加坐不住。

「請不要，我們也剛吃飽而已！」事實上他們才吃到一半。

「哦？」女主人已起了身，「那剛好，我泡個解膩的茶吧！」

男、女主人很快的動了起來，女主人直接進了廚房，男主人則走到神桌邊，從抽屜裡拿出一支薰香，點燃後插進香爐裡，雙手合十的膜拜後，他轉頭看向客廳裡的新婚夫妻，淺笑道：

「這個是無害的，妳別擔心。」語畢，他便往某間房裡走去。

突然間客廳裡只剩他們了。宋雪倩好奇的站起，打量著這間寧靜高雅的屋子，蔡之成輕拉著她的手暗示不好，該好好坐著；但宋雪倩抵不住好奇心，四處走動張望，她又不碰物品，只是看著啊。

來到神桌前，她才發現除了一尊神像外，旁邊還有一個相框，但相框卻是倒下蓋在桌上的，看不見照片裡是誰，可是擺在這裡的話……嗯……

「那是我們的孫女。」身後突然傳來女主人的聲音，嚇得宋雪倩趕緊回身。

「啊……是喔。」宋雪倩結結巴巴的說著，尷尬的趕緊走回沙發。

女主人優雅的將托盤擱上茶几，「是啊，她是天使，我們這輩子最最疼愛的孩子。」

但是，現在她的照片供在神桌前啊！宋雪倩不禁在心中咕噥，這樣不就代表已經掛了？

男主人此時換了身休閒服走出來，也是看著神桌淺笑。「人生總是很不公平的，那麼可愛的孩子，卻這麼早就結束了。」

馬的，超尷尬啊！宋雪倩都不知道能接什麼。問怎麼死的會不會很靠夭啊？但不問她又不知道能接什麼話！

「這麼小？方便問是……意外嗎？」蔡之成溫溫的接口。

宋雪倩立即看向老公，投以欽佩的眼神，她的之成好厲害，說話真委婉，她怎麼就沒想到這麼說呢？

「是啊，車禍，孩子跟媽媽一起走了。」男主人挽起袖子，朝著宋雪倩笑笑。「準媽媽，先過來診個脈吧！」

「好！」宋雪倩迫不及待的即刻站起。

蔡之成才想說什麼，女主人即刻安撫。「病患隱私，等等她同意的話，我丈夫會跟你說情況的。」

「噢……噢！」蔡之成緩緩坐下來，看著已經逕往前走的妻子，宋雪倩連回頭都沒有，雀躍的跟著男主人往其書房走去。

男主人的書房完全就像個中醫診所，除了書桌與書櫃外，果然有穴位圖跟一堆醫學相關的東西，但桌角又有小小的香爐跟佛像，看起來很信耶！

她坐到了桌邊，將手擱在診脈枕上頭，男主人沉穩專注的把著脈。宋雪倩其實是有點緊張的，她想知道是男是女，又想著平安就好……對，平安就好，只要能好好生下來，沒有什麼疾病，就是她最大的願望了

男人眉頭開始微蹙，略瞥了宋雪倩一眼，接著又皺眉沉思。

「先生，你這表情很嚇人。」她忍不住說了，她都快剉屎了！中醫把脈皺什麼眉啊！

「我姓周，您怎麼稱呼？」

「我叫宋雪倩，不過我老公姓蔡。」她嚥了口口水，「孩子不好嗎？」

「蔡太太，我們就老實說了——妳之前拿過幾個孩子？」

喝！宋雪倩倏地抽回手，整個人都不好了，她卸下那個客氣裝溫柔的模樣，不爽的瞪著周先生。

「你說話給我小心一點喔！」她不客氣的警告著，「少在那邊給我挑撥離間！」

唉，周先生搖著頭。「我沒有要挑撥什麼，所以才讓妳進來把脈，因為我之前看妳的氣色就不好，想著不是身體差，就是怕婦科有什麼不妥。剛剛一診脈……三個？四個？」

宋雪倩抽了嘴角，馬的，摸個手也能看這麼準，她隨手比了個五，不就打掉五個而已。

「有好好坐月子嗎？妳這樣很傷身體的！」

「總比生下來好吧？之前那些生了反而麻煩……哪有坐什麼月子，有的是做人流，有的是吃藥，反正弄掉了就好。」宋雪倩抿了抿唇，「我就問，這對我這胎會有影響嗎？」

「妳必須好好養胎，因為之前都沒有顧好身體，妳身子若虛，孩子也不會健康……妳放心，我不會告訴蔡先生的！我會說妳身體不好，得好好補。」周先生語重心長的交代著，「但妳不能有不良習慣，必須完全按照醫囑，好好的照顧這個孩子——妳想要生下他吧！」

「我想！我很想！」宋雪倩嘆了口氣，突然抓住周先生的雙手。「醫生，我好不容易抓到幸福，你得幫我，千萬不能告訴我老公──」

「這是病人隱私，我是醫生，我絕對不會說的。」周先生嚴肅的保證，「但妳也要向我保證，絕對以身體健康為前提──戒菸吧。」

宋雪倩又嚇得縮回手，「你怎麼知道……我每天就抽兩次，電子菸……」

「我聞得出來啊！」周先生笑著，「蔡先生未必不知道，不說破有時可能也是一種體貼。」

……之成！宋雪倩突然心生愧疚，趕緊說以後再也不抽了。

「還有一個，我不知道您的信仰是什麼，但是……我們寧可信其有。」周醫生從書桌抽屜裡拿出一個本子，「在家有空時，抄抄經文吧。」

三小？宋雪倩瞪著擱在眼前的本子，狐疑的瞟向周醫生。

「妳也看得出我們夫妻有信仰，別的不說，單就妳打掉五個孩子，那五個孩子難保不會有怨氣，萬一對這個可以平安出生的弟弟妹妹不爽怎麼辦？抄一抄，好好安撫他們吧！」

幹，這男人在跟她扯嬰靈嗎？宋雪倩緊張的握著拳，她不是不信，她們這些夜路走多的人其實都很信這套的，每次墮胎後，她都有塞錢給宮仔辦法事。

「其實我都有做法事的……」她說得很小聲，心虛嘛。

「妳有全程參與嗎？」周先生問道，得到否認後，便再度嚴肅開口。「就怕有人收錢了事情辦不好，什麼都不如媽媽親自抄寫；上面是經書、下面是抄經本，妳就照著抄就好了。」

啊？很麻煩耶！宋雪倩不禁在心中唸著。「這一定要抄嗎？不足，我就沒什麼耐性……」

「不急，慢慢抄就好了，也沒說一定要抄多少，妳只要能抄個五篇，至少送他們走吧！」

周先生安撫著她，「這是為了妳現在肚子裡的孩子好，大家都得個心安。」

宋雪倩點了點頭，但心裡可一點都不這麼想。

她做法事也花了不少錢耶，還有什麼好抱怨的？她都沒把他們生到這個人世間受苦了，其他事情是不是少靠夭？

但避免麻煩，她還是假意收下，隨手翻著那本經書。「……應宮……」

「那個字唸萬。是我們常去的一間，很靈驗的廟。」

「喔，我只覺得這跟納粹的符號一樣，原來唸萬的音啊！」宋雪倩恢復了嫻雅的模樣，周先生帶著她走出了書房。

跟在後面的宋雪倩才出書房門，就看見書房對面的房間走廊上，有個小女孩望著她，她穿著檸檬黃的洋裝，但走廊沒開燈見不著臉，她就害羞似的很快躲進了旁邊的房間。

周先生他們家還有別的孩子嗎？

周先生果然信守諾言的跟蔡之成表示她身體不好，必須要格外注意養胎跟營養，周太太則催促她快點喝剛剛泡好的茶，對她身體也有好處，未來他們也會燉補或是配藥，好讓宋雪倩能夠順利生產。

「那錢要怎麼？還是您的診所在哪裡？我帶雪倩過去。」蔡之成立即婉拒，「不能讓你們出這些錢……」

「就說了別這麼客套，我們……也只是轉移情感。」周太太倒是不拐彎抹角，「看見她，我會想到我女兒懷著莎莎時的樣子，我們現在就兩個孤單老人，已經都沒機會照顧誰了……」

此話一出，蔡之成反而不知道該怎麼接了。

宋雪倩只覺得莫名其妙，只剩他們兩個？啊剛剛那個小女孩咧？但她不想問，她開始不太喜歡這個鄰居，因為知道她太多事了！從哪些能吃哪些不能吃、到叫她戒菸，重點是知道她墮過胎，這就讓她不自在了！

所以她一口氣喝完那杯藥茶，就暗示著蔡之成離開了。

兩家人客套的道別，宋雪倩回到家裡也還不能完全鬆口氣，真是夠嗆的，這種好真令她不適應。

「經書？㐀應宮？」蔡之成看見隨手扔在餐桌上的經書，好奇的拿起來端詳。

哇，大家隨便都認得上面的字嗎？果然念書好像挺重要的。

「周先生說抄那個可以平心靜氣，讓我為孩子積點福，你看……他們很有信仰。」說完，宋雪倩在心裡讚美了自己一遍，說得真不錯呢！「我也不好拒絕，就……」

「我覺得不錯耶！抄這個好。」果然，蔡之成翻著經書深表贊同。「我也陪著妳抄，為我們未來的孩子祈福！」

宋雪倩笑容凝在嘴角，笑不出來也收不回去，看著老公熠熠有光的雙眼，他是認真的耶！所以她只能暗暗深呼吸，擠出最甜的笑容。「好！」

接著便是日常，蔡之成收拾桌面，宋雪倩則先去洗澡

她用力抹去鏡子上的水汽，剛洗好澡的她對著鏡子深呼吸，白眼都快翻到天際了——抄你媽啦！她最討厭念書寫字了！現在還要抄什麼東西？寫一遍就算了，是要寫幾遍？不能用影印的嗎？

呼，她不是沒想過以後會遇到的各種不合，但孩子還沒生下，很多事她得忍，在此之前她得是溫柔典雅的女孩，不能是那個粗魯滿口髒話的瞎妹。

雖說已經結婚了，但是她能遇到蔡之成真的是運氣好，她不想毀掉這得之不易的幸福！她也想改變，變成能配得上之成的女人。

忍一下吧，照抄她還能抄錯嗎？

她閉上眼睛做著心理建設，無聲的各種髒話宣之於口，她就只能抓一些獨處時間做自己，其他時候，她得是那個甜美又溫柔的宋雪倩。

睜眼，對著鏡子練習微笑，湊近望著自己。「幸好妳生了副好皮囊啊……呵！」

她的身後下方，曾幾何時站了一個女孩子。

「揹！」她這個字在喉間沒逸出來，驚恐的回首，牆邊沒有任何人？

搞什麼東西啊！她一顆心跳得超快，不敢待在浴室太久，連忙衝了出去！

「洗好啦！我幫妳吹頭！」

「沒關係，我自己會！」她無奈的說著，「親愛的，我只是懷孕，沒有殘廢喔！」

「我喜歡幫妳吹頭。」

「我喜歡你快點去洗澡，我們快點睡覺。」

蔡之成沒轍的笑笑，輕吻她的額頭後便進浴室洗澡。

門一關，宋雪倩的笑容便斂起，剛洗好的她冷汗直冒，她趕緊走到客廳，把桌上那本經書帶進房間。

「阿彌陀佛，我會抄的！我是養不起你們，你們也知道，別來亂！」她雙手合十默默唸著，「好好保佑我這個無緣的媽媽跟你們的弟妹吧！」

她唸完後雙手相扣，多怕又看見那個女孩……話說回來，那個女孩是不是在周先生家看見的那個？好像也穿著檸檬黃的洋裝啊！媽呀！她打了個寒顫，渾身起雞皮疙瘩，那是周家跟過來的？還是她的某個孩子？

算算時間，她第一胎如果有留著的話，也差不多是那個歲數啊。

別想別想！宋雪倩跪在床上再次膜拜，然後順手把經書壓在了枕頭下。

這樣，應該可以保平安吧。

※　※　※

半夜三點三十分。

大床上一雙儷人正沉睡著，女人抱著月亮枕側睡，懷孕五個月的她已顯肚子，得側睡才舒服。

房門緩緩的開啟，黑暗的房中突然因開門而進入光線，三角形的光線就照在床榻上，但絲毫沒有吵醒沉睡中的人們。

床尾的被子略微掀起，接著被子開始隆起移動，似乎是有個人從床尾鑽進被窩裡，一點點朝床頭爬過去，直到兩個人中間的被子隆起。

「嗯……」宋雪倩不太安穩的動了一下，順手抓了被子，冷啊！

『媽媽……』

吵什麼！她用力扯著棉被，之成又捲被子，很冷耶！「別拉被子！」

微睜惺忪雙眼，她正抓著棉被一角，而眼前居然是高高隆起的被子，像個深黑的小洞穴似的？

「嗯？之成？幹什麼啊……」她弱弱的問著，「幹嘛躲在裡面……」

『媽媽……』

被子裡，傳來的是孩子的聲音。

同一時間，右手邊的人動了一下，轉過身的男人也困惑的望向她。「嗯？」

一雙血淋淋的手瞬而伸出，被窩裡爬出一個血肉模糊的孩子，連五官都看不清楚的扭曲，只有滿臉的鮮血。

『媽媽！』

「哇啊啊啊——」宋雪倩嚇得就往床的另一頭翻，使勁推開孩子。「走開——」

溫熱的手抓住了她的手腕，用力的制止她。

「雪倩！雪倩！」男人的聲音傳來，「惡夢！妳做夢了！是惡夢！」

喝！宋雪倩驚恐的看著她上方的男人，蔡之成正抓住她的手，另一手緊張扣著她的身體，深怕她真摔下去！

「……之成？」她停下掙扎，氣喘吁吁的看著他。「之成！」

「沒事！是做夢！只是惡夢！」蔡之成趕緊將她扶起，轉身將房間的燈打開，焦心的察看她的狀況。

敲門

被扶坐而起的宋雪倩心跳依然快得要命，她幾乎全身濕透，不安的環顧四周，剛剛那個血肉模糊的東西是什麼！

「剛剛……」

「都是做夢，妳這樣下去不行啊！妳這幾個月都睡不好。」蔡之成拿過衛生紙，輕柔的為她拭汗。「我們得跟周醫生說說，讓他給妳開點助眠的藥。」

是啊，惡夢不只一晚了！宋雪倩無力的扶額，打從過了三個月後，她就惡夢不斷，睡眠不足的情況下，心悸也跟著發生，食不下咽，別說養胎了，她連自己都養不好。

房間的燈全部打亮後，蔡之成去幫她沖杯草藥，宋雪倩抱著雙膝緊張的晃動身子，剛剛那場景好真實，而且那也不是她第一次夢見那個孩子了！

是她抄得不夠多嗎？她趕緊掀被下床，她可以再抄的，抄一百卷、兩百卷都沒問題！只是被子一掀開，她卻看見自己潔白的小腿上，竟有小小的血手印！

不……不可能不可能！她嚇得直接用手抹去，但染上手掌的就是紅色的血汗，她驚恐的將整條被子扯掉，驚駭的看見床單上，真的有孩子的血手印，從床尾、一直到床頭，她的身邊……

「來，喝點……」蔡之成端著熱茶進來，「雪倩？妳怎麼了？」

她哭著指向床單，身子顫抖不已。「手印……他來了！他真的來了！那不是惡夢！」

蔡之成望著床單，卻滿眼困惑。「妳在說什麼啊？床怎麼了嗎？」

「血啊！是小孩子的血手印，印得整張床都是，他剛剛真的來過了！」宋雪倩哭喊出聲，舉高雙手。「我的手上、我的腳也全都是血！」

蔡之成趕忙衝到妻子邊，將熱茶擱到一旁，焦急的攙住快暈倒的她。

「那是夢！那真的都是夢！」蔡之成抱著她趕緊安撫，「妳醒醒啊！」

「我要洗掉！我要洗掉……」她掙扎的要去浴室沖洗，蔡之成只好陪她去。

宋雪倩發顫的手拚命沖洗自己的小腿，使勁搓著直到小腿都泛紅，恐懼的淚流不止，虛弱的坐在梳妝台邊，捧著溫熱的藥草茶，看著蔡之成大半夜更換床單跟被套。

蔡之成什麼怨言都沒說，偶爾四目相交時，他還會擠出笑容面對妻子。

「我沒有瘋。」她幽幽的說著，「我只是努力不夠……」

「沒事的，喝完藥，我們再睡。」蔡之成溫柔的回應，抱著待洗的床單被套走了出去。

他將衣物先放進洗衣機裡，隻身在黑暗的陽台待了好一會兒，做了好幾個深呼吸，拍拍臉頰，像是練習笑容一般，再走回臥室；但走回去時，卻看見宋雪倩已經再度抄起經文，她的手指最近都因為抄寫過度生繭破皮，貼上OK繃，但仍舊未曾中斷。

「老公，幫我點香，點那個香我會舒服點。」她喃喃說著。

「該睡了，雪倩。很晚了。」

「我就抄一卷，抄完就睡。」她頭也不回的說著。

蔡之成打開了床頭櫃的抽屜，裡面放滿了周醫師他們給的薰香，他拿著薰香走到房間角落地板邊的香爐插上，這兒是周醫生他們指定、所謂對孩子最好的地方。

點燃後，蔡之成拉著椅子默默的放到了門口，他不喜歡那薰香的氣味，但又要陪著宋雪倩，所以他都會待得遠遠的。

白煙裊繞，宋雪倩聞見香氣後，突然間覺得放鬆了些，再次低首專心的抄寫著經文；門邊的蔡之成坐在椅子上，滑著手機默默的看著妻子，偶爾拍幾張照片，雪倩的氣色真的越來越差了。

「啊！」她才要再喝水，筆卻不小心掉了下去。

「我撿我撿！」蔡之成趕緊起身。

「沒關係，腳邊而已。」宋雪倩趕緊阻止丈夫，「我一下就能撿到了。」

梳妝台邊就是床，她伸出左腳，試圖勾著筆，再用趾頭夾起來便是了……左腳在床底下勾著、勾著，剛剛看筆就在下面而已啊。

床底下的小手握著那枝筆，瘦小的身軀呈側睡之姿，看著伸進來的腳，默默的把筆放到了前面。

勾到了！宋雪倩愉快的夾住筆，撿了起來。

床底下發亮的雙眼看著眼前一雙潔白但略有浮腫的腳，小小的手一點一點的伸了出去。

真希望……阿姨不要再點那個香了……

※　※　※

七個月，宋雪倩的情況每況愈下，產檢時胎兒都健康，但母體卻越來越糟，看著超音波裡那強健有力的胎兒，對比暴瘦憔悴的宋雪倩，頗有一種胎兒要吸乾母體的錯覺。

周太太的營養補品從未斷過，而且一有空就會來陪宋雪倩，各種食補無微不至，這其實開始讓她感到厭煩！她一開始就覺得周醫生他們管太寬，後來因為做惡夢而信了他們的焚香與抄經，可是時至今日，根本沒有任何改善！

她吃不下睡不好，周醫生也開了助眠的藥給她，可是她依舊很常從惡夢中驚醒，而夢境總是一樣：一個面目全非血肉模糊的孩子，抱著她喊媽媽。

周太太聽了她的夢境，建議她辦個大法事，只要她需要，她能請卍應宮幫忙！不過陷入恐懼的宋雪倩卻意外的沒有答應，只說再看看。

因為一旦做法事，不就讓之成知道她之前墮過胎了？

不能讓之成知道這件事！不能讓他知道，她以前是什麼樣的人！她不是妄自菲薄，但蔡之成與她本來就是不同世界的人，沒有幾個男人能接受她過去的荒唐！

對於五個孩子她已經抄了不下上百卷的經文了，她只要醒著都在抄，但卻絲毫沒有用處！

而且……坐在餐桌邊的宋雪倩幽幽往客廳看去，在那紗簾後方，小孩子的身影就隱在後方！

孩子已經不只在睡夢中出現，那個孩子隨時會出現在她的視野中！

「你到底要什麼！」她崩潰的哭喊著，「我能做的都已經做了！」

哭紅的雙眼抬起頭，簾後已經沒有身影了，卻有個突然出現在身後的足音，噠噠噠噠，那是孩子奔跑的聲音。她倏地回身看向廚房，什麼都沒有，但廚房的門卻在晃動。

「不要傷害你弟弟！這是你的弟弟！」宋雪倩咬牙說著，突然抓起鑰匙就出了門。

結果一開門，門口卻站著周醫生！

喝！她嚇得呆站在門口，驚愕的望著醫生。

「蔡太太。」周醫生皺了眉，「妳臉色怎麼這麼難看……發生什麼事嗎？妳在哭？」

宋雪倩搖了搖頭，「我沒事！」

她胡亂的抹去淚水，反手把門關上，有點上氣不接下氣。

「妳的身體狀況不宜亂跑，應該要在家靜養，妳看……妳走都走不穩。」周醫生上前想要攙扶。

「我沒事，我想要出去走走……再闕下去我會瘋掉。」她拒絕了他的攙扶，逕自走向電梯。

周醫生站在她家門口做什麼？監視她嗎？

同時間隔壁門開啟，周太太憂心忡忡的走了出來，宋雪倩緊張的看向她，同時看見了一雙小手攀在門緣上……又是檸檬黃的裙襬！

「我聽見說話聲……怎麼了，蔡太太要出門？」她也是滿眼擔憂，「要不妳等我，我載妳出去好了！」

「不必！我想一個人靜一靜！」宋雪倩看著石英數字，電梯怎麼不快點來！

「蔡太太，妳一個人我們真的不放心，想想蔡先生也不能安心吧？」周醫生抬頭看向妻子，「妳載她去，但都在車上等她，給她一個人的空……」

「他馬的我就說不要了，你們哪個字聽不懂啊！耳包嗎幹！」

宋雪倩突然忍無可忍的尖吼起來！

樓層裡驀地一片死寂，周醫生夫妻吃驚的望著她，但宋雪倩沒有回頭的迅速走進抵達的電梯，這才轉過身，急切的按著關門鈕……快點關快點關上！

門緩緩關上，那個穿著檸檬黃裙子的小女孩倏地站在電梯口，還揮手向她說掰掰……這個女孩是清晰的！她有相當可愛的臉龐！

周先生跟周太太在門一關上後，臉立即冷了下來。

「她這樣出去行嗎？得通知人跟著她吧！」

「我先讓警衛攔下她！」周醫生焦急的拿起手機。

周太太緊張的拉出頸間的護身符喃喃唸著，就快成功了，千萬不要有任何閃失——她的孫女就快回來了。

※　※　※

啊啊啊！電梯裡宋雪倩忍不住轉頭對著鏡子敲著自己的前額，滾開滾開啊！她家裡有一個？周醫生家也有一個？為什麼要纏著她？她伸手摸向自己的肚子，他們都想傷害這個孩子嗎？

「蔡太太！您還好嗎？」

才出電梯，警衛卻關切的喚住她。

宋雪倩一臉惶駭的望向他，警衛準備離開櫃檯，她先聲奪人的大喊：「我沒事！不許過來！」

沒事？他在監視器都看見了，她不停的撞頭耶！

但宋雪倩沒有再多說話，快步的走了出去，路邊隨手招了輛計程車就坐了進去。

「請問要去哪裡？」司機透過照後鏡，不安的望著這個臉色慘白的乘客。「繫一下安全帶喔，妳懷孕捏！」

「你隨便開吧……先開走再說！」她痛苦的說著，要去哪裡她也不知道……

她想要一個能讓她安心的地方，一個不再看得見那些鬼的地方，她不需要有人叫她媽媽——

「那個，你知道有間廟叫ㄙ應宮嗎？」她幽幽的問著，「ㄙ是……」

「喔！我知道！」

※　※　※

車子停在寬敞的腹地上，宋雪倩虛弱的下了車，她踉踉蹌蹌的走到廟門前，看著上面的匾額，卻盈滿了困惑。

「萬應宮」？她記得不是這個「萬」字啊！

「哎唷！妳是怎麼了？黑白吃了什麼東西啊！」門口有個阿婆看著她，彎著腰佝僂著。

「亂七八糟亂七八糟，是要不要命啊？」

宋雪倩左看右瞧，她四周沒有別人，阿婆是在跟她說話嗎？

「妳妳妳，就素妳啦！懷著孩子還在那邊吃有的沒的，什麼東西都不知道就亂吃！」阿婆筆直朝她走來，嚇得宋雪倩連忙想往後退。「過來！跑什麼，妳不是來消災解厄的嗎？」

「我……」還來不及說什麼，宋雪倩已經被抓住了手，直接就往廟裡拖。「等等，放開我！妳做什麼……」

她驚恐的開始尖叫，準備入廟的人也都看了過來。

「阿婆！妳不要這樣就拉，會嚇到人家的！」一個男人急忙從廟裡疾走而出，「妳要先解釋，別每次幫人消災都搞得像綁架一樣！」

男子看上去非常俊朗，氣質出眾，溫聲催促著阿婆放開宋雪倩。

「她都這樣了！還拖？」

「她亂吃符水、被施法詛咒也是她的事，妳要先問她願不願意解災啊？因為我看這樣子她是自願的啊！」

宋雪倩含淚的眼眨了一下、再一下。「自願什麼？什麼叫被詛咒？」

男子上下打量了她一遍，微微一笑。「那孩子，每天都去找妳嗎？」

「……不不——」宋雪倩崩潰的雙手抱頭，彎身就尖叫起來。「不——」

這尖叫聲驚天動地，男人趕緊將她請入廟後一間小房間，讓她緩緩心情，雖然她狀況很糟，但孩子健康得很，可別一激動搞個早產兒出來；接著廟後方又出現好幾個阿婆，一人一句吱吱喳喳的，多虧男人出來「維持秩序」，宋雪倩才能穩定下來。

她說了這幾個月吃的藥品與補品、水果與各式營養品，沒做家事也不操勞，但就是睡不好惡夢不斷，動不動就看見可怕的小孩，聽見家裡有奔跑音。

「吃進去的東西很有問題，都被下咒了，喝了一堆符水。」阿婆鐵口直斷，「放進什麼藥妳根本不知道。」

「還有妳自己也有問題，妳對自己下了什麼咒吧？妳看看妳的手！」另一個阿婆執起她的右手，「這裡面都潰爛了！」

宋雪倩緊張的喘著氣，「我、我抄經文……」

「咒術吧，經文只怕也不正。」男子微擰著眉，「妳接觸到很不好的東西，有人在妳身上施法，目的應該是……孩子。」

宋雪倩抽回手，十指交扣的發顫。「我、我最近開始覺得不舒服，我不想吃周醫生給我的東西！我還覺得我不管做什麼，他們都監視著我的一舉一動，他們家也有一個鬼……」

從上個月開始，周家開始介入了她跟丈夫所有的私下活動！假日之成好不容易帶她出去散心逛街，他們竟要跟！她去社區花園走走，也都會「巧遇」；不想吃周太太做的食物，就會遭到各種情緒勒索，還有像今天，一出門周醫生就在門口！

「好好跟妳丈夫溝通，也避免往來吧！不過妳說他們家也有一個……鬼？到底幾個？」男人狐疑的問。

事實上這位太太的身上，倒是沒有被什麼東西附身，只是有被施咒的痕跡。

「兩……兩個？」她緊張的回著，「有個看得見五官的小女孩，另一個……沒看清楚臉。」

她家的是一個？還是五個？她不敢說。

因為每次看見那孩子的臉，都像是各種肉塊拼起來的東西，完全看不出是男是女！

她不安的瑟瑟顫抖，男子遞給她一杯熱茶，她卻非常遲疑的望著。

「每天我都喝他們的中藥、補品跟食物……」她瞪著水杯發顫，「點他們給的薰香、抄他們要我抄的經文……」

「啊薰香！那些香直接從她七孔進去！」

「難怪她身上有種腐爛的味道！」

腐爛？阿婆們又開始你一言我一語，卻說得宋雪倩臉色蒼白，男人擊掌要阿婆別把悄悄話說得這麼大聲，會嚇到孕婦的。

「這些都避免，我們覺得那些都是邪物，屬於詛咒的一環；至於這杯水是普通開水，妳喝就會知道，符水會有灰的苦味道對吧？」男人非常輕聲，深怕會嚇到她似的。

宋雪倩接過了水，嗅聞了一下，淺嚐一口……好甜啊，是開水！她好久好久沒喝到水了！

這瞬間，她又淚崩，不明白為什麼她會遇到這種事！

「我就知道他們有問題！那些薰香也會傷害我的孩子嗎？抄這麼多經文都不見效，就是他們害我的——為什麼？」她猛然抓住了男人的手，「還有，他們拜的宮廟，跟你們的廟名字一樣！」

一瞬間，廳內鴉雀無聲，連阿婆們的眼神都變得凌厲。

「夭壽死無人欸，一直在害人！」

「又是那個ㄓ應宮！」

「黑白拜黑白請！不知道又去求什麼折壽的願！」

宋雪倩當然秒懂這氛圍，驚恐的看向男人。「那是不好的廟對不對？他們目標是我？還是我的孩子？」

「應該是孩子，幾乎是讓孩子吸收妳的精力，但是……還不嚴重，現在這些只是讓妳虛弱，妳的孩子沒受到傷害。」男子端詳著她的肚子，「連妳說的鬼，好像也沒有惡意……」

「騙人！她每天都爬上來……」喊媽媽。

喊著媽媽，只是要媽媽嗎？

「我等等會讓妳喝下一杯茶，喝完後妳會非常的不舒服，想吐就儘管去吐，吐完後會舒服些。」男人語重心長的說著，「我會再給妳六包香灰，明天起，妳每天一早都必須喝一杯，連續六天後，就能把體內的遺毒清除。」

「香灰？我是孕婦耶！你們的香灰誰曉得是什麼？」

「太太，妳都喝幾個月了，有差這七天嗎？」男人失聲而笑，「我們萬應宮是正廟，那些加持過的灰是為了把妳體內的咒術逼退。」

她想走。

宋雪倩恐懼的把杯子扔回桌上，撐著身體就站起，慌張的往門外去。

這些都是騙人的，每個人都想設計她、設計她的孩子！她不要再吃任何藥、吃任何香灰，什麼經文她都不想理了！

「妳如果這樣出去，只怕妳再也沒有機會陪妳孩子長大。」

男人沒有上前追著，只是在後面低沉的開口。

宋雪倩淚如雨下，她不安的回首，事到如今，她該信誰？

萬應宮？還是卐應宮？

※　※　※

蔡之成剛洗好澡，偷偷瞄著在搥腳的妻子，幾度欲言又止。

「怎麼？」宋雪倩突然轉頭看向他，「周醫生他們還纏著你嗎？」

「也不是……唉，他們只是關心而已。」蔡之成尷尬的爬上床，「這兩天周太太還一直提起妳，說想當面跟妳道歉。」

「沒什麼好說的，她也沒錯，只是我不想再吃中藥，也不想再吃那些補品了。」宋雪倩淡淡的說。

她沒有選擇撕破臉，也沒有直接談論兩間廟的事，單純說她吃膩了，也想在後期以西醫為主，婉拒了鄰居所有的食物；另外由於她精神不佳，不想與人接觸，也認真覺得周家關心太過，希望暫時停止交際。

「周醫生說了，後期的話要格外注意，營養餐都搭配好了……」蔡之成顯得很為難，「他們真的是很好很好的人，我真不知道為什麼……還是我們收了，但不吃？」

「那就更沒必要了，別讓人浪費那個精力，還得欠更多人情。」宋雪倩看著丈夫，「讓你為難了！沒關係，我明天自己去說好了。」

「別別別！大家都是鄰居啊，別搞壞關係了。」蔡之成顯得頭很痛。

「放心好了，我會妥善處理的。」宋雪倩挑了眉，用滿不在乎的語氣。

今天是第四天，事實上自從不吃周醫生家的食物與藥後，她就不再做惡夢了，甚至食慾也恢復，再加上那個萬應宮的香灰，身體真的越來越輕鬆。

「我希望妳別瞞我事情，前幾天妳外出後究竟發生了什麼事？那天之後妳就變得怪怪的。」蔡之成不安的問，因為那天之後的雪倩，似乎不再那麼溫柔婉約了。

她瞥了蔡之成一眼，她其實只是露出了一點點的本性而已。因為不這樣，她就沒辦法保護自己、保護肚子裡的孩子。

「我很好，我讓自己變好了。」宋雪倩撫上丈夫的臉頰，「親愛的，不覺得我恢復精神了嗎？等我再好一點，就可以跟你爸媽視訊了。」

原本約定好要視訊的日子，她自己推遲了，因為那時即使照出性別，可是她變得憔悴難看，只敢出聲，不敢露臉。

「是啊，妳這幾天精神變得很好！」蔡之成笑著點頭。

宋雪倩凝視著一臉幸福笑的丈夫，突然開口。「我們可不可以搬家？」

咦？蔡之成愣住了。

「我不喜歡周醫生他們，他們現在的關心讓我毛骨悚然，真的管太多了！這種移情作用我受不了，他們完全沒有邊界感，我怕孩子出生後，他們會把我的孩子當成他們的孫子。」

宋雪倩直言自己的疑慮，「我不希望跟他們那麼親近，像現在我拒絕跟他們交際，關係也都尷尬了，以後也不要見面或許更好？」

蔡之成蹙起眉，顯得有點煩惱，但他明白雪倩說得有道理。

「我會好好思考這件事，如果真的要搬，最近就得開始著手了！我還有另外一棟房子，不難！」他重重嘆口氣，「都是我不好，也是我太信任他們，放任他們介入我們家的生活太多。」

還有別的房子！宋雪倩真是太驚喜了，老公家到底有幾間房啊！她張開雙臂摟住了他的頸子。「我知道你都是為我著想。」

「是……幸好妳懂。」

她懂，所以她很愛之成，她想要的家庭是她、之成與孩子，不該包括隔壁鄰居。尤其他們的東西說不定都是咒術，天曉得他們的目的是什麼？

她沒有盡信萬應宮，也只是抱持試試的心態，所以她現在對誰都防、對誰都不信。再吃兩天香灰，就知道結果了！不過周家給她的薰香跟經書她全部都丟掉了，香爐她也拔掉丟棄，她再也不需要那些東西。

由於之前的精神耗弱，宋雪倩一直處於極度疲憊中，因此這幾天總是沾床就睡，每天都一覺到天亮，她懷孕以來都沒有睡得這麼舒服了，宋雪倩每每一躺下去，就像是沉入海底一樣，飄浮著……

一隻手，從床底下伸了出來。

灰色的頭顱晃盪著，從床尾爬出，他用力的做出仰首深呼吸的姿勢，汲取角落不知何時燃起的白煙。

扭曲著身子，枯槁的手攀上床緣，吃力的站了起來。

那身影與六、七歲孩子的高度相仿，他邊走邊顫抖著走近宋雪倩的身邊，靜靜的看著沉睡中的女人。

於此同時，隔壁的周家正一片黑暗，地上卻點起無數根蠟燭，唸咒聲迴盪著，周醫生夫妻坐在地上捧著一本經書，不停的誦唸；他們前方擺放著好幾隻被開腸剖肚的貓與狗，而在那堆動物屍體上，插著一個相框。

相片中，是一個可愛、穿著檸檬黃洋裝的女孩。

每唸到一個節點，周太太就會搖晃手中的鈴，叮！

快回來吧，回來吧莎莎！快點回到外公外婆的身邊吧！叮！

隨著鈴聲響，宋雪倩床邊那詭異的孩子，就會呈現不自然的扭動，他雙手緩緩伸入被子裡，輕輕的握住宋雪倩的小腿，緩緩往上滑去。

嗯？宋雪倩感受到透骨的冰冷，她皺著眉睜眼，卻看見自己下方的被子再度隆起了——

「哇啊！」

她嚇得顫動，急忙抽腳要縮起……但、但她動不了！有東西抓著她的腳！

「之成！蔡之成——」她尖吼著，轉頭看向隔壁，卻發現她枕畔空無一人！「蔡之成！」下方的隆起越來越高、越來越高，直到被子滑落，那個孩子再度出現了！宋雪倩拚命的掙扎著，那個孩子雙手抓著她的腳踝，就趴在她的雙腿間，仰頭吸取空中的香氣，宋雪倩這才驚覺到，為什麼房間還有那個薰香？

她都丟掉了啊！

『媽媽……』那個孩子再度開口了，但宋雪倩甚至不知道他是用哪個嘴巴在說話的。

「哇啊——滾開！我不是你媽媽！滾開！」

這是怎麼回事！她不是所有東西都丟掉了嗎！為什麼這個孩子還在！

孩子的臉真的是無數肉塊組成的，沒有五官，但是卻彷彿正在看著她似的，然後突然間——臉的下半部裂開了！

孩子笑了。

『嘻嘻……我就勉強挑妳當我的媽媽吧！』

電光石火間，孩子彎下頭，直接往她兩股間鑽了進去！

「哇啊啊——不要！不行！」宋雪倩瘋狂的扭動身子，但是她完全無法阻止！連抽回腳都不可能！

噠噠噠噠噠噠——孩子奔跑聲再度傳來，是從房外奔來的，宋雪倩胡亂的把手伸進枕頭底下，她有帶萬應宮的護身符回來，她怕之成發現，還刻意藏在枕頭套裡，伸手進去胡亂摸索著，在哪裡！在哪裡！

檸檬黃色的身影從黑暗中出現，那個孩子突然間從門外暴衝進來，直接躍起，轉眼間就在宋雪倩的正上方！

『阿姨，我來幫妳了……不要拿那個！』

她抓到了！宋雪倩即刻高舉起護身符。「滾出去——」

『呀——』

「雪倩！雪倩！妳醒醒！宋雪倩！」蔡之成握著女人的雙肩不停搖著，「妳做惡夢了！醒醒啊！」

床上的女人毫無反應，蔡之成緊張的拍著她的臉也無濟於事，憂心的揭開被子檢查，卻赫見她兩股間漫出的鮮紅！

「啊啊！宋雪倩！妳不要嚇我！」蔡之成趕緊回身抓過了手機，慌亂的撥打了電話！

「喂喂！救護車！我老婆、我老婆懷孕七個月，她流血昏迷了！」

儀器的心電圖穩定的跳動著，血氧都在正常範圍內，在冰冷的機器聲中，病床上躺著臉色蒼白的女人，平靜得跟睡著一樣。

蔡之成抱著孩子在她床邊，拉起她的手，放在嬰孩的臉上。

「雪倩。這是我們的孩子，妳摸摸看。」

只是他才鬆手，宋雪倩的手又垂了下去。一旁的護理師看了也於心不忍，但蔡太太已經是植物人，無法給出任何反應的。

兩個月前她出血被送到醫院急診，雖然最後母子平安，但蔡太太卻一直沒醒，躺在醫院直到生產；上週剖腹取出了健康的男嬰，手術非常順利，但是蔡太太還是沒醒。

「說好搬家的，我們今天就要搬了，我選了妳會喜歡的地方，妳要趕快醒來，我好帶妳回家。」蔡之成看著宋雪倩平靜的睡臉說著，「好親手抱抱孩子……」

說著，他哽咽起來，抱著孩子別過頭去。

「蔡先生！你現在有孩子了，你要堅強！說不定有一天，蔡太太真的會醒！」護理師只能這樣鼓勵著他。

※　※　※

敲門

「謝謝。」他噙著淚擠出苦笑，「她就暫時拜託你們了。」

「這是我們的職責。」

蔡之成頷了首，抱起孩子走出了病房，那間屋子的東西完全不需要搬動，他只要帶走自己的行李就好了；小心的抱著懷中粉嫩的嬰孩，幸好孩子一切健康無礙，這才是最重要的。

在醫院走廊上，他撞見了幾個分貝過大的家屬，他們扶著一個步履蹣跚的老先生，最後還是護理師推來輪椅讓老人家坐；蔡之成瞥了他們一眼，加快腳步從一旁的樓梯步下。

「你們找誰？」

「我找宋雪倩！宋雪倩啦！」一位身形臃腫、濃妝艷抹的女人說著。

護理師們當然知道這個名字，這是他們醫院現在最特殊的病患。

「宋雪倩？她的丈夫剛好過來，還有孩子！」護理師領著他們往前走，「你們是？」

「我是她媽！這是她外公！」濃妝的女人皺著眉，「什麼丈夫跟孩子？這死丫頭，我們根本不知道她結婚了！那男的在哪裡？」

蔡之成此時正抱著孩子走出醫院，趕緊坐進停在外面等待他的車子裡！一上車，裡頭的人便迫不及待伸手討要孩子！

司機開著車才遠離醫院不到一公里遠，就迫不得已的在一個路邊暫停，激動的回首看著嫩嬰。

「周先生，這是那房子的鑰匙，還你。」蔡之成把孩子連同鑰匙都交了出去，「現在孩子也健康的給你們了！」

周太太正抱著孩子，露出幸福的笑容，淚水迸出眼眶，周醫生也回頭看向孩子，一樣激動的哭了起來。

「真的太謝謝你了！幸好最後被你發現她在吃別間廟的香灰……要不然……我們可就功虧一簣了！」周醫生感激涕零，「否則我們的孩子，就進不了這胎了。」

「我這人很有職業操守的，說好的一個健康的孩子。」蔡之成職業笑容一抹，「錢我已經拿到了，合作愉快啊！」

「謝謝！真的謝謝你！」周太太熱淚盈眶，「下次我……」

「沒有下次的！這種事我不重複合作的喔！」蔡之成反手打開車門，左右張望無車後便下了車。

這工作得花費一年以上的時間，應付一個女人、還要扮演有錢的體貼丈夫，真的太累了！不過那種瞎妹是很好拿捏的，只要有錢又溫柔就能讓她們撲上來，迅速讓她懷孕後，接著就等生產了。

他知道宋雪倩也裝得很辛苦，他觀察她很久了，跟過去根本十萬八千里，他是有一點點對不起她啦，因為她拿這個當幸福的契機，但對他來說只是個生意——幸好，他也長了副好皮囊！

只是這次扯上邪門的事：乩應宮？什麼讓孫子的靈魂殺掉腹中孩子的靈魂取而代之？這種事真的超詭異，但金主爸爸就是主子，他只能盡力支持宋雪倩抄經、吃下那些食物，然後點那個他怎麼聞都噁心的薰香，搞得每次點香時，他都退避三舍。

直到她開始排斥周醫生，他又在垃圾袋裡發現她擅自丟掉的薰香跟經書，他就知道不對勁了！所以他偷偷把薰香拿回來，把經書壓到床墊底下，周醫生他們也趁著他們不在，直接在床墊上畫了咒——說好不畫他那邊的。

接著他找到了她藏香灰的地方，把香灰全部換掉，大家都避免功虧一簣！就只差幾天了！

那晚他被告知是關鍵日子，宋雪倩一睡死，他人就溜到客廳去了，他身上戴著正宗的護身符，還請有觀音護身，聽著裡頭的求救聲，他也只能在外面阿彌陀佛。

抱歉了，宋雪倩，這只是單生意。

雖然妳很厲害的發現端倪，試圖避開邪門歪道，但「人」妳卻沒防到。

等裡頭沒了聲音，他便進入呼喚她、叫救護車，雇主說她的靈魂被鎖在了那間房間裡，永遠都出不去。而她肚子的孩子，已經是他們的孫子了，一切圓滿成功。

話是這樣說啦，但是厚……他實在很想問，雇主家那個檸檬黃洋裝小女孩到哪裡去了？

之前他很常看見她跟在宋雪倩身邊，雖然總是不停拽著她衣角搖頭，但因為無害，所以他也就開無視了。

「哎唷！真不舒服！」蔡之成打了個寒顫，用APP叫了輛計程車。

他不敢隨意攔車，因為他覺得這個案子很邪，那個卐應宮更邪，處處都有監視者，萬一有人偽裝成計程車堵他怎麼辦？叫車安全多了！

「您好，請問是叫車的嗎？」司機按著回報系統，「陳先生嗎？」

「對。」

「您要去哪裡？」

「萬應宮。」

對，還是去找間好廟，好好除一下穢氣吧！

敲門

後記

再版撒花！

《敲門》終於也再版了！手中有了四個版本的《禁忌》系列，感覺還挺奇妙的！這一次因為《化劫》電影上映的緣故，我很認真的重看了一次，把眾多錯字跟bug都修了，至於最有趣、但不修的是——年代感！

因為裡面提到的科技，都是二〇〇七年的事，畢竟我二〇〇七年就寫完《禁忌》系列了啊！例如文中的台南縣，台南縣市合併是二〇一一年喔，所以我便不改了！當時也還沒智慧型手機，因此都是用簡訊與打電話，阿呆用的還是上掀蓋式手機呢！

這種美好的回憶當然不更正，因為每樣東西，都代表了那個年代！

這次新增了一篇與孩子有關的番外，上一次番外還是二〇一〇年版的吧？文章不長但資訊量還不小，裡面每個人都有自己的故事，究竟是執念可怕？親情可怕？邪法可怕？還是人可怕？這就是相當有趣的問題了。

最後，由衷感謝訂閱購買這本書的您們，購書才是對作者最實質且直接的支持，沒有您們的購書，作者便無法繼續書寫下去，謝謝！

敲門

敲門

禁忌

國家圖書館出版品預行編目資料

禁忌：敲門 / 等菁作. -- 二版. -- 臺北市：
春天出版國際, 2023.09
面；　公分
ISBN 978-957-741-732-9 (平裝)

863.57　　112013076

ISBN 978-957-741-732-9
Printed in Taiwan

作者	等菁
總編輯	莊宜勳
主編	鍾靈
編輯	黃郁潔
出版者	春天出版國際文化有限公司
地址	台北市大安區忠孝東路4段303號4樓之1
電話	02-7733-4070
傳真	02-7733-4069
E-mail	frank.spring@msa.hinet.net
網址	http://www.bookspring.com.tw
部落格	http://blog.pixnet.net/bookspring
郵政帳號	19705538
戶名	春天出版國際文化有限公司
法律顧問	蕭顯忠律師事務所
出版日期	二〇二三年九月二版
特價	390元
總經銷	楨德圖書事業有限公司
地址	新北市新店區寶興路45巷6弄6號5樓
電話	02-8919-3186
傳真	02-8914-5524